CB005960

Clube do Crime é uma coleção que reúne os maiores nomes do mistério clássico no mundo, com obras de autores que ajudaram a construir e a revolucionar o gênero desde o século XIX. Como editora da obra de Agatha Christie, a HarperCollins busca com este trabalho resgatar títulos fundamentais que, diferentemente dos livros da Rainha do Crime, acabaram não tendo o devido reconhecimento no Brasil.

A MORTE DO ADIVINHO

Rudolph Fisher

Tradução
João Souza

HarperCollins

Rio de Janeiro, 2023

Copyright da tradução © 2023 por Casa dos Livros Editora LTDA.
Título original: *The Conjure-Man Dies*

Diretora editorial: *Raquel Cozer*
Gerente editorial: *Alice Mello*
Editora: *Lara Berruezo*
Editoras assistentes: *Anna Clara Gonçalves e Camila Carneiro*
Assistência editorial: *Yasmin Montebello*
Copidesque: *Isis Pinto*
Revisão: *Pérola Gonçalves e Midori Hatai*
Design de capa: *Giovanna Cianelli*
Projeto gráfico de miolo: *Ilustrarte*
Diagramação: *Abreu's System*
Imagem do autor: *GRANGER - Historical Picture Archive/Alamy Stock Photo*

Dados Internacionais de Catalogação na Publicação (CIP)
(Câmara Brasileira do Livro, SP, Brasil)

Fisher, Rudolph, 1897-1934
    A morte do adivinho / Rudolph Fisher ; tradução João Souza. – Rio de Janeiro : HarperCollins Brasil, 2023.

    Título original: The conjure-man dies
    ISBN 978-65-5511-410-2

    1. Ficção norte-americana I. Título.

22-124033   CDD-813

Índices para catálogo sistemático:

1. Ficção : Literatura norte-americana   813
Cibele Maria Dias – Bibliotecária – CRB-8/9427

HarperCollins Brasil é uma marca licenciada à Casa dos Livros Editora LTDA.

Todos os direitos reservados à Casa dos Livros Editora LTDA.
Rua da Quitanda, 86, sala 218 – Centro
Rio de Janeiro, RJ – CEP 20091-005
Tel.: (21) 3175-1030
www.harpercollins.com.br

Nota da editora

Originalmente publicado em 1932, *A morte do adivinho —
The Conjure-Man Dies*, em inglês — foi, até onde se tem
registro, o primeiro suspense policial de autoria afro-ame-
ricana lançado nos Estados Unidos, assim como o primeiro
mistério com detetive e protagonistas negros. Seu autor, Rudolph Fisher, reconhecido na época também por sua atuação como médico, tornou-se um dos principais nomes do
Renascimento do Harlem, movimento intelectual e cultural
de música, dança, arte, moda, literatura, teatro, política e
estudos afro-americanos centrados naquele bairro majori-
tariamente negro da Nova York das décadas de 1920 e 1930.

Quando Fisher escreveu e publicou seus primeiros contos, nos anos 1920, o romance policial vivia sua era do ouro,
cerca de um século depois de começar a se firmar como um
gênero literário. Seus principais expoentes naquele início
do século XX eram britânicos, nomes como Agatha Christie e Dorothy Sayers, e muitos dos autores estadunidenses
que conquistavam sucesso nesse tipo de mistério acabavam
trazendo consigo algo do estilo britânico eternizado desde
o século XIX por nomes como Wilkie Collins e Sir Arthur
Conan Doyle.

Nesse cenário, o que Fisher trazia em sua escrita era algo
absolutamente autêntico: ele discutia a dinâmica e os rela-
cionamentos das pessoas negras que viviam na cidade e seus
conflitos na vida urbana depois de séculos de escravização.

Mas não só: fazia isso unindo o mistério a um tom de humor, e recorrendo a uma linguagem repleta de gírias locais — que Fisher chamava de "harlemês". Seus personagens, vivida e ricamente retratados, iluminavam um lugar, um tempo e uma história que vinham sendo negligenciados na literatura americana.

Seu primeiro romance, *Walls of Jericho*, publicado em 1928, foi idealizado depois que um amigo o desafiou a escrever uma obra que retratasse as diferenças de classes entre os moradores do Harlem. Nele, já recorrendo a um tom satírico que voltaria com força em sua posterior estreia como romancista policial, Fisher apresenta a visão de que homens e mulheres afro-americanos deveriam se unir contra séculos de opressão. Essa visão decorria também do interesse do autor pelo pan-africanismo, um movimento iniciado em 1900 que visava incentivar e fortalecer a unidade de todos os afro-americanos.

Em *A morte do adivinho*, lançado quatro anos depois, o autor conta a história de N'Gana Frimbo, um rei africano, que, depois de se formar em Harvard, se instala no Harlem na década de 1930. Ele se torna um "conjure-man", um adivinho, uma figura misteriosa que permanece envolta em escuridão enquanto os clientes se sentam à sua frente, iluminados. É assim que um desses clientes descobre que está falando com um morto. À medida que os detetives avaliam a lista de suspeitos, Fisher leva os leitores a uma jornada para entender a figura misteriosa que era Frimbo e como se davam as relações interpessoais do Harlem.

O termo *conjure-man*, muito usado no Sul dos Estados Unidos, se refere geralmente a um sacerdote, também curandeiro, de algumas religiões de origem africana. Em nossa edição, por não haver uma correspondência exata no português, optamos por traduzir como adivinho e, em alguns casos, feiticeiro, também usado como referência a Frimbo.

Fisher teve sua obra reconhecida em vida por importantes periódicos literários, tais como a *New York Times Book Review* e a *New York Herald Tribune*. Quando o autor morreu, em 1934, estava dedicado à adaptação de *A morte do adivinho* para o teatro, trabalho que acabou chegando finalizado aos palcos em 1936. Apesar do reconhecimento em vida, o autor e sua obra foram obliterados com o passar dos anos. *A morte do adivinho* voltou a ganhar edição nos Estados Unidos em 2021, noventa anos depois do lançamento original, e chega agora a sua primeira edição no Brasil, com tradução de João Souza e posfácio de Stefano Volp.

Boa leitura!

A MORTE DO ADIVINHO

CAPÍTULO 1

Encontrando-se com a vivacidade iluminada da Sétima Avenida do Harlem, a gélida noite de meio de inverno parecia abrandar um pouco. Dera uma olhada fria no Battery Park e, sem dúvidas, congelaria o Bronx. Mas ali, naquele reino celestial de ritmo e risadas, parecia tornar-se mais quente e amigável, percebendo, talvez, que os que ali habitavam eram misteriosos e obscuros, assim como ela.

Dessa dádiva, a avenida prontamente tirou vantagem. Calçadas sem utilidade durante o dia branco e frio naquele momento brotavam vida como campos na primavera. Enquanto isso, garotos gingavam em roupas de fibra de camelo, ao lado de garotas com pele de coelho e rato almiscarado; saltos largos e planos ressoavam; outros, curtos e altos, estalavam, deixando com relutância os teatros que golfavam ou procurando com avidez os vorazes salões de dança. Havia uma zombaria no ar e altas eram as risadas e o frequente erguer de vozes alegres na música mais popular do momento:

Vou ficar feliz quando você morrer, seu danado,
vou ficar feliz quando você morrer, seu danado.
O que é que você faz
Pra minha esposa querer sempre mais?

Ah, seu safado... vou ficar feliz quando você passar pro outro lado![*]

Mas nem todo o Harlem negro era tão feliz e iluminado. Várias ruas laterais, escuras, vazias e silenciosas, recusavam a dádiva da noite branda. A rua 130, por exemplo, ao leste da avenida Lenox, naquele momento estava fria, parada e quase proibida; qualquer um que olhasse de relance para aquele quarteirão ficaria feliz que seu destino fosse outro lugar. A escuridão concentrada era ainda mais intensificada pelo lantejoular ocasional de uma luz elétrica, ineficientemente respingada contra a escuridão, ou pela sobrenatural palidez do céu, na qual um paredão de moradias se erguia para esconder a lua.

Entre as casas nessa sequência imponente, uma se levantava mais alta e mais abatida que suas companheiras; as outras pareciam encolher e se agrupar nas sombras de ambos os lados. O porão daquela casa era bastante escuro; o primeiro andar, acima da calçada e ladeado por degraus de pedras cinzas, era apenas vagamente iluminado; o segundo era um pouco mais; o terceiro, que era o último, era quase tomado pela escuridão, como o porão. Sobre o lugar, pairava um silêncio opressor, como se aqueles que ali entrassem fossem avisados de antemão para não falar num tom mais alto que um sussurro. Havia, como uma nota de rodapé, em uma das janelas dos dois primeiros andares, à esquerda da entrada, uma placa branca com letras pretas em que se lia:

SAMUEL CROUCH, AGENTE FUNERÁRIO

---

[*] *I'll be glad when you're dead, you rascal you, / I'll be glad when you're dead, you rascal you./ What is it that you've got/ Makes my wife think you so hot?/ Oh you dog —I'll be glad when you're gone!*

No estreito painel, à direita da entrada, as letras prateadas de outra placa reluziam escuras contra o ônix:

N. FRIMBO, ADIVINHO

Entre as duas placas, recuava o alto e estreito vestíbulo, que terminava em um par de portas altas com painéis de vidro. Cortinas, totalmente esticadas, diminuíam a já supercontida iluminação superior.

Faltava cerca de uma hora para a meia-noite quando uma das portas retiniu e se escancarou, revelando a figura de um jovem homem careca, baixo e redondo, que obviamente estava bastante agitado e com muita pressa. Sem fechar a porta ao sair, ele correu escada abaixo, foi em linha reta pela rua e, em um instante, apertava freneticamente a campainha da moradia em frente à dele. Um homem alto, magro, negro, com a pele clara e uma serenidade indiscutivelmente habitual, atendeu à invocação exaltada.

— É... é o senhor? — gaguejou o homem agitado, apontando para uma placa escrita JOHN ARCHER, MÉDICO.

— Sim, sou o dr. Archer.

— Bom, então venha até aqui, doutor, por favor? — encorajou o visitante. — Aconteceu alguma coisa com o Frimbo.

— Frimbo? O adivinho?

— Aperte o passo, doutor, por favor?

Rapidamente, o médico, com uma maleta na mão, apressava-se para seguir seu condutor, que subia os degraus de pedras cinzas. Passaram pela porta que permanecera aberta, adentrando o corredor, e se alçaram pelo lance de escada densamente atapetado.

No fim da escadaria, uma figura alta, murcha e ossuda os esperava. O condutor baixo, redondo, negro e agora completamente sem fôlego arfou para o outro:

— Consegui um, rapaz! Esse aqui é o doutor do outro lado da rua. Venha aqui, seu doutor. É bem aqui.

Dr. Archer, ao passar, viu um rapaz tão alto e magro quanto ele, de aparência similarmente clara, exceto por uma profusão de sardas marrom-escuras e um semblante curiosamente carrancudo, que o encarava com mau humor ou apreensão. O médico contornou o topo da escada e deu longos passos atrás de seu guia em direção à frente da casa, seguindo o corredor superior, no meio do qual, ainda seguindo o baixinho agitado, virou-se e se jogou para dentro de um quarto que dava para o corredor. O homem alto foi na retaguarda.

Dentro do quarto, o médico parou, olhando ao redor, surpreso. A câmara estava quase em completa escuridão. As paredes pareciam cobertas, do teto ao chão, com cortinas pretas de veludo. Mesmo o teto estava coberto, as pesadas dobras de tecido convergiam dos quatro cantos para se unir em um ponto central acima, de onde pendia uma corrente com a única e estranha fonte de luz: um dispositivo à baixa altura, sobre uma cadeira atrás de uma mesa tipo carteira, que deixava esses objetos e, na verdade, a maior parte do quarto, às escuras. Isso ocorria porque, em vez de irradiar seu brilho para baixo e para os lados como uma luminária convencional, o mecanismo focava um feixe horizontal sobre uma segunda cadeira, do lado oposto da mesa. Era evidente que a pessoa que usava a cadeira sob o excêntrico holofote podia permanecer em relativa escuridão, enquanto quem ocupava a outra ficava vividamente iluminado.

— Aí está ele, do jeito que Jinx o encontrou.

E, naquele instante, na cadeira escura sob a estranha lâmpada, o médico distinguiu uma forma encolhida e obscura. Rapidamente, deu um passo para a frente.

— Essa é a única luz?

— A única que eu vi.

Dr. Archer retirou uma lanterna da maleta de médico e balançou o fraco feixe na direção das paredes e do teto. Sem encontrar nenhum sinal de outra instalação elétrica, apontou o instrumento na direção da figura na cadeira e viu uma cabeça negra e careca inclinada para o lado, um semblante flácido com a boca aberta e os olhos fixos, encarando por baixo de pálpebras pendentes.

— Não tem muito o que fazer aqui. Tem alguém no cômodo da frente?

— Sim, senhor. Duas moças.

— Tem que levar ele para fora. Vamos ver. Já sei. Lá embaixo. No Crouch. Tem um sofá. Vocês o levantam e o levam lá para baixo. Por aqui.

Houve um momento de hesitação.

— O doutor está falando com a gente?

— Claro. Rápido. Ele não parece muito quente agora.

— Eu também não estou muito quente, não — murmurou o baixinho.

Mas ele e o amigo obedeceram, cumprindo a tarefa com uma pitada de desgosto. Nos pés da escada, seguiram o dr. Archer e entraram na recepção pouco iluminada do agente funerário.

— Ei, Crouch! — gritou o médico. — Sr. Crouch!

— Chamando de "senhor", ele deve aparecer.

Mas não houve resposta.

— Deve ter saído. Não tem problema, coloquem no sofá. Aperte aquele outro interruptor ao lado da porta. Isso.

Dr. Archer inspecionou a figura deitada de costas enquanto alcançava a maleta.

— Nada bom — comentou.

Sob o robe de cetim preto, o paciente vestia roupas comuns: calça, colete, camisa, colarinho e gravata. Com destreza, o médico despiu o tórax; com uma das mãos, apalpou a região do coração e, com a outra, ajustou os auriculares do estetoscópio. Curvou-se, posicionou o instrumento no tórax escuro e imóvel e auscultou por um longo período. Removeu o estetoscópio, desconectou primeiro um, depois o segundo tubo de borracha da junção com o auscultador e assoprou vigorosamente, um de cada vez. Logo, os reposicionou e repetiu a operação de ausculta. Por fim, endireitou-se.

— Nenhum espasmo — disse ele.

— Já foi faz tempo, hein?

— Não muito. Ainda está morno. Mas definitivamente morto.

O jovem baixinho olhou para o colega carrancudo e sardento.

— O que foi que eu falei? — sussurrou. — E não é que eu estava certo?

O mais alto não respondeu, mas observava o doutor. O médico deixou o estetoscópio de lado e inspecionou a cabeça do paciente mais de perto, os lábios afastados e os olhos entreabertos. Esticou uma das mãos e, com os dedos extremamente longos, apalpou com gentileza o couro cabeludo.

— Olhe só — disse ele.

Virou o lado oposto do rosto para si e olhou primeiro a face, depois os dedos.

— Que... quê?

— Tem sangue no cabelo — anunciou o médico.

Retirou uma gaze da maleta, esfregou os dedos úmidos, limpando com cuidado, e inspecionou de novo o ferimento. Abruptamente, virou-se para os dois homens, os quais até o momento havia tratado de modo impessoal. Ainda inabalado, mas de forma incisiva, como se estivesse perfurando um abcesso, questionou:

— E quem são os dois cavalheiros?

— A gente? Hum... esse aqui é Jinx Jenkins, doutor. É meu parceiro, entende? Ele e eu...

— E você é... Posso saber?

— Eu? Eu sou Bubber Brown...

— Bem, e como isso aconteceu, sr. Brown?

— Isso eu não sei, não, doutor. Como assim? Alguém matou ele?

— Você não sabe? — Com curiosidade, dr. Archer fitou o par por um momento, depois se virou para examinar melhor. De um estojo de instrumentos, pegou uma sonda e procedeu à exploração da ferida no couro cabeludo do cadáver. — Bem, e o que você sabe, então? — questionou, ainda sondando. — Quem o encontrou?

— Jinx — respondeu aquele que se denominava Bubber. — A gente só estava vindo aqui pedir um conselho ao Frimbo sobre um projetinho de negócios que a gente pensou. Jinx entrou para ver o adivinho. Eu fiquei na sala de espera. Depois, Jinx veio correndo com os olhos arregalados e me chamando. Eu fui junto com ele... e o Frimbo estava lá, do jeito que o senhor o achou. A gente nem sabia que ele tinha passado dessa para a melhor.

— Ele caiu e bateu a cabeça?

— Não, seu doutor. — Jinx ficou falante. — Ele não fez nada enquanto eu estava lá. Nada além de falar. Ele me contou quem eu era e o que eu queria antes mesmo de eu abrir a boca. Aí eu disse que já sabia de tudo aquilo e que tinha ido para descobrir umas coisas que ainda não sabia, né? Então ele continuou falando, me dizendo várias coisas. Ele sabia das coisas, de verdade. Mas, do nada, ele parou de falar e disse, assim, meio enrolado, que não estava conseguindo ver. Parecendo assustado. Ele disse: "Frimbo, por que você não vê?". Depois, não falou mais nada. Ele parecia tão esquisito que eu fiquei com medo, dei um pulo, peguei a luz, apontei pra ele... e ele estava assim.

— Hum...

Dr. Archer, prosseguindo com o exame, entregou-se ao que parecia ser um hábito característico: começou a falar enquanto trabalhava, de forma distraída e prolixa, sobre um assunto que, a princípio, parecia inapropriado.

— Eu sou um homem excessivamente curioso. — Com destreza e delicadeza, os olhos semicerrados, manipulava a sonda. — As perguntas ficam o tempo todo pipocando na minha cabeça. Por exemplo, qual dos dois cavalheiros, se é que algum de vocês... vai ficar responsável pelas despesas médicas do atendimento dessa infeliz circunstância?

— Está perguntando quem vai pagar o senhor?

— Isso deixa a pergunta um tanto vaga. — O médico sorriu.

Bubber deu um sorriso amplo e compreensivo.

— Bom... aqui tem uma mais certa, doutor — respondeu ele. — Quem foi que recebeu ajuda médica?

— Hum — murmurou o doutor. — Esse era meu medo. Não que eu seja movido por motivos mercenários — acrescentou. — Não, não é nada disso. Mas, se eu não vou ser pago do modo tradicional, com dinheiro, então tenho que obter alguma remuneração de outra maneira. O que, no fim das contas, é o motivo de todos os nossos ganhos e gastos, não é?

— É claro — concordou Bubber.

— Nesse caso — o médico devolveu a gaze para a maleta —, mesmo tomado por essa promessa material, faz bem alimentar minha curiosidade inata... senão meu protoplasma celular. Estão acompanhando?

— Até de olhos fechados — confirmou Bubber.

Mas aquela parte da mente dele, que estava proferindo o discurso, não causou a expressão enigmática no semblante magro e mais claro do médico quando este molhou outro curativo com álcool, esfregou os dedos e a sonda e pausou outra vez.

— Melhor a gente informar a polícia — comentou. — Vocês dois! — Ele os encarou. — Liguem para a delegacia.

Eles prontamente foram em direção à porta.

— Não, vocês não precisam sair. Os policiais, sabem? — falava quase em confidência. — Os policiais vão querer interrogar todos nós. O sr. Crouch tem um telefone lá atrás. Usem aquele.

Os rapazes se entreolharam, mas obedeceram.

— Vou ficar pensando sobre meus achados.

Enfiaram-se pelo próximo cômodo, entrando na ampla suíte nos fundos do primeiro andar. Lá, também se detiveram de forma abrupta e, outra vez, fitaram-se, mas agora por uma razão completamente diferente. Paralela a uma das paredes do quarto, que eles só puderam ver depois que entraram, esticava-se uma longa e estreita mesa, coberta por um lençol branco que ocultava uma forma inegavelmente humana. Não havia muita luz. Os dois homens ficaram imóveis.

— Parece que está... ocupado — murmurou Bubber.

— Outro — balbuciou Jinx.

— Cadê o telefone?

— Eu que sei? Eu estou é zonzo.

— Ali... na mesa. Vá lá, pode ligar.

— Liga você — sugeriu Jinx.

— Eu vou é voltar.

— Ah, não vai, não. Vamos ligar juntos.

— Está bem. Mas se esse fulano falar "oi", avise que eu falei "tchau".

— E onde é que você acha que eu vou me meter se ele falar "oi"?

— Que lugarzinho para ter um telefone!

— Vamos, devagar.

— Alô!... Alô? — Bubber chacoalhou o gancho. — Alô, telefonista? Telefonista!

— Nossa senhora! — exclamou Jinx. — Será que o telefone está morto também?

— Telefonista... me transfira para a delegacia... rápido... Pensilvânia? Não, senhora... Nova York... Harlem... Escuta, moça, não é a da Pensilvânia, ok? A do Harlem. *Por favor,* senhora... Alô... oi... mande um bando de policiais aqui... Frimbo... o adivinho... é... na 130, número 13, lado oeste... é... Alguém fez alguma coisa com ele! É... Ok!

Às pressas, retornaram ao cômodo da frente, onde o dr. Archer marchava de um lado para outro com as mãos enfiadas nos bolsos, a testa franzida e rugas de preocupação.

— Mandaram esperar, seu doutor. Eles já, já chegam.

— Que bom. — O médico seguiu sua marcha.

Jinx e Bubber analisaram a forma reclinada. Bubber disse:

— Se ele podia evitar a morte dos outros, como não conseguiu evitar a própria?

— Suponho que não tenha tido tempo para pôr um feitiço nele mesmo — deduziu Jinx.

— Não — respondeu Bubber, ríspido. — Mas alguém teve tempo de colocar um nele. Eu sabia que algo ia acontecer. Eu disse. Foi a primeira vez que vi a morte na lua desde que cresci. E ainda faltam duas.

— Como você acha que aconteceu?

— Está perguntando para mim? — questionou Bubber. — Você estava mais perto dele do que eu.

— Estava um breu total no lugar todo. Alguém pode ter se metido atrás e apagado ele enquanto a gente conversava. Mas não escutei nenhum pio. Nossa... melhor eu tomar um ar. Eu estava bem no meio daquele lugar, não é?

— Está bem, burro. Fuja e prove que foi você que fez isso. Não seria um movimento inteligente?

Dr. Archer interrompeu:

— A melhor coisa que vocês podem fazer é ficar aqui e ajudar a resolver esse mistério. Eles vão chamar vocês de qualquer forma... já que foram vocês que acharam o corpo, certo? Fugir vai fazer parecer que estão... bem... fugindo.

— Que que eu falei? — concluiu Bubber.

— Está bem — rugiu Jinx. — Mas não dá para entender o motivo de culpar alguém por querer fugir desse lugar. Um cemitério parece um parquinho perto disso aqui.

CAPÍTULO 2

Dos dez agentes negros da força policial do Harlem a serem promovidos da patente de patrulheiro à de detetive, Perry Dart foi um dos primeiros. Como se a administração municipal desejasse não deixar dúvidas na opinião pública quanto às suas intenções naquele assunto, haviam escolhido um homem que não poderia, sob nenhuma circunstância, ser confundido com nada além de um negro; ou talvez, como os colegas insistiam, o escolheram porque sua pele, generosamente pigmentada, o tornava invisível no escuro, decerto uma grande vantagem para um detetive que conduzia a maior parte de seu trabalho à noite. De toda forma, o aspecto ora sombrio, ora sisudo de sua figura, de modo algum refletia seu cérebro, que era brilhante, alerta e hábil. Ele havia nascido em Manhattan, estudado em escolas públicas. Destacou-se nos esportes nas instituições em que cursou o ensino médio e, tendo crescido na comunidade negra, conhecia o Harlem da espelunca mais baixa até o templo mais elevado. Sua estatura era pequena, com traços excepcionalmente finos, o que acentuava a magreza de seu corpo franzino, mas viçoso.

Era a vez de Perry Dart pegar um caso quando a ligação de Bubber Brown soou na delegacia. Então, com mais quatro policiais, ele foi designado.

Cinco minutos depois, Dart estava na entrada do número 13, lado oeste da rua 130, cumprimentando o dr. Archer, seu conhecido. Os subordinados, dois homens negros, com peles claras, um deles quase amarelo, rondavam o hall de entrada em volta dele, grandes e ameaçadores, mas não havia dúvidas de quem estava no comando.

— Olá, Dart — respondeu o médico ao cumprimento do oficial. — Que bom que foi você que pegou esse. Vai precisar de um pouco de cerebração ativa.

— O que é isso, doutor? — O pequeno detetive abriu um amplo sorriso, que exibiu rapidamente seus dentes brancos. — Agora você está falando com um policial, não com um professor universitário. O que tem aí?

— Um homem que não conta mais histórias. — O médico gesticulou para a recepção do agente funerário. — Está ali.

Dart se virou para os subordinados:

— Day, cubra a frente do lugar. Green, vá por cima e cubra o quintal dos fundos. Johnson, vasculhe a casa e junte todo mundo que encontrar em um só cômodo. Deixe uma luz acesa por todo lugar que passar, se tiver... depois vou dar uma conferida. Brady, você fica comigo.

Então, virou-se e seguiu o doutor para a recepção do agente funerário. Pararam ao redor do sofá, que ficava em uma alcova apertada, formada pelas janelas da frente do cômodo.

— Como ele morreu, doutor? — inquiriu.

— Para falar a verdade, não tenho a menor ideia.

— Alguém o apagou. — Bubber se voluntariou, solícito.

— E alguém lhe perguntou alguma coisa? — questionou Jinx, áspero.

Dart se curvou sobre a vítima.

O médico, então, acrescentou:

— O que eu achei foi um ferimento no couro cabeludo. Está vendo?

— Estou... agora que você falou.

— Mas não foi isso que o matou.

— Ah, não? Como sabe que não, doutor?

— Foi só um machucadinho. Não está em um lugar que afetaria nenhum centro vital. E não tem fratura no local.

— Um homem não pode ser morto por um golpe na cabeça sem fraturar o crânio?

— Bem... sim. Se fosse golpeado de um jeito em que toda a pressão se concentrasse em certas partes do cérebro. Nunca ouvi falar de algo assim, mas é concebível. Porém, esse golpe não atingiu o lugar certo para isso. Um golpe ali só poderia causar uma morte se produzisse uma hemorragia intracraniana.

— Poderia falar na minha língua, doutor?

— Claro. Ele teria que ter um sangramento dentro da cabeça.

— Agora, sim.

— O acúmulo de sangue aumentaria a pressão intra... quer dizer, a pressão dentro da cabeça dele, até um nível em que os centros vitais paralisariam. A energia seria cortada. O coração e os pulmões também parariam. Entendeu? Como se uma lâmpada se apagasse.

— Está bem, se você diz... Mas como sabe que ele não sangrou dentro da cabeça?

— Bem, não há mais que duas coisas que causariam isso.

— Estou entendendo, doutor. Continue.

— Artérias rompidas sem resistência... sem elasticidade. Se ele tivesse isso, nem precisaria ser golpeado... uma emoção forte poderia aumentar a pressão sanguínea e estourar uma artéria. Entende o que eu quero dizer?

— Isso é apoplexia, não é?

— Isso mesmo. A outra coisa seria uma batida forte o suficiente para fraturar o crânio e assim romper os vasos sanguíneos. Agora, esse sujeito tem mais ou menos a minha idade ou a sua... uns trinta e poucos. As artérias dele são flexíveis... sinta nos pulsos. Para um golpe matar esse homem, teria que ter fraturado o crânio.

— Caramba! — sussurrou Bubber, admirado. — Escute como o doutor faz o trabalho dele!

— E o crânio não está fraturado? — perguntou Dart.

— Não se a gente acreditar no exame.

— Não vai me dizer que você também fez um raio X nele? — questionou o detetive, com um amplo sorriso.

— Qualquer fratura que conseguisse matá-lo de uma vez não precisaria de raio X.

— Então tem certeza de que a pancada não o matou?

— Não, só a pancada, não.

— Quer dizer que talvez alguém tenha matado ele primeiro e dado um golpe depois?

— Por que alguém faria isso? — questionou o dr. Archer.

— Para parecer que foi violento quando na verdade foi outra coisa.

— Entendi. Mas não. Se ele estivesse morto quando golpeado, não teria sangrado. A circulação já teria sido interrompida.

— É verdade.

— Mas de uma coisa eu tenho certeza: o ferimento é evidência de um golpe muito fraco para matar.

— Principalmente — interrompeu Bubber — um negro cabeça-dura.

— Lá vem você de novo — rugiu o parceiro magricela.

— Ele está certo — confirmou o médico. — Precisa de um golpe muito pesado para estraçalhar um crânio. Com uma arma de espuma — prosseguiu —, um golpe fatal teria que ser arrasador para deixar um ferimento assim tão leve na cabeça. Isso está descartado. E uma arma mais dura, sem a espuma, que acertaria o couro cabeludo tão de leve assim, só com um pequeno sangramento e sem nem ao menos lascar o crânio, poderia, no máximo, ser uma pancada atordoante, mas não fatal. Entende o que eu quero dizer?

— Claro. Você quer dizer que ele só ficou atordoado com a pancada e a morte mesmo foi por outra coisa.

— É o que parece.

— Bem... de qualquer forma, ele está morto e as circunstâncias indicam pelo menos a possibilidade de uma morte violenta. Isso, de fato, justifica nosso chamado. E também é o caso para um legista. Mas a gente ainda não sabe se ele foi mesmo assassinado, não é?

— Não, ainda não.

— Então é mesmo o caso para um legista. Tem um telefone aqui, doutor? Ótimo. Brady, vá lá nos fundos e ligue para a delegacia. Peça um médico-legista e mais quatro agentes... não importa quem. Agora me fale, doutor. A que horas esse homem bateu as botas?

O médico sorriu.

— Melhor ligar para um relojoeiro.

— Está bem, doutor. Mas aproximadamente?

— Bem, ele com certeza estava vivo há uma hora. Talvez até meia hora. Dificilmente menos.

— Há quanto tempo você está aqui?

— Uns quinze minutos.

— Então ele deve ter sido morto... se é que ele foi mesmo assassinado... digamos, em algum momento entre cinco e 35 minutos antes de você chegar aqui?

— É.

Bubber, o incontrolável, comentou para Jinx:

— Caramba! Estão analisando tudo nos mínimos detalhes, não é?

Mas Jinx apenas respondeu:

— Seu idiota, dá para calar a boca?

— Quem o encontrou... você sabe?

— Esses dois.

— Os dois? — perguntou Dart à dupla.

— Não, senhor — respondeu Bubber. — Jinx aqui que encontrou o corpo. Eu encontrei o médico.

Dart começou a interrogá-los mais a fundo, mas, na mesma hora, Johnson, o agente que havia sido designado para investigar a casa, reapareceu.

— Já vasculhei o lugar todo — reportou. — Só há duas pessoas na casa. Mulheres... as duas morrendo de medo.

— Está bem — respondeu o detetive. — Leve esses dois para o mesmo cômodo que elas. Vou para lá em seguida.

O agente Brady retornou, dizendo:

— O legista está vindo já, já.

O detetive, então, questionou:

— Ele estava aqui no sofá quando você chegou, doutor?

— Não, estava no andar de cima, na sala de... consultas... acho que dá para chamar assim. Um lugar esquisito. Escuro como breu. Sentado meio tombado em uma cadeira. A iluminação tornou o exame impossível. E, na verdade, achei que tinha sido chamado para ver um paciente, não um cadáver. Então mandei trazê-lo para um lugar que serviria para examinar. Claro que se eu achasse que era um assassinato...

— Deixe para lá. Não tem lei contra mudar ele de lugar ou examinar o corpo, mesmo que você suspeitasse de assassinato... desde que não estivesse tentando esconder nada. As pessoas acham que isso é proibido por lei, mas não é.

— Mas provavelmente o legista vai ficar irritado.

— Deixe ficar. Temos mais com que nos preocupar.

— É. Você tem algumas perguntas a fazer.

— E para responder. Como, quando, onde, por que e... quem? Ah, eu sou ótimo com perguntas. Mas as respostas...

— Bem, já temos o "quando" reduzido a um período de meia hora. — Dr. Archer olhou de relance para o relógio. — Teria acontecido entre 22h30 e onze horas. E o "onde" não deve ser difícil de verificar... ali mesmo na cadeira dele, se aqueles dois estão falando a verdade. Agora, "por que" e "quem"... essas vão ser a sua cruz. "Como" é a minha nesse momento. Não consigo entender...

Outra vez, olhou para a figura deitada de costas, encarando. De repente, seu semblante fino ficou mais pálido que o normal. Ainda encarando, puxou o detetive pelo braço.

— Dart — disse ele, reflexivo —, pessoas inteligentes como nós muitas vezes são incrivelmente... estúpidas.

— E o que você quer dizer?

— Perdemos momentos preciosos em especulações inúteis. Nós nos satisfazemos na extravagância da razão, quando um pouco de observação frugal bastaria.

— Por acaso andou bebendo algum licor com receita,[*] doutor?

— Olhe para o rosto dele.

— Bem... se você insiste...

— Só a aparência geral do rosto... os olhos... a boca aberta. O que parece?

— Parece que está com dificuldade de respirar.

— Exato. Dart, esse homem pode... eu disse *pode*... ter sido esganado.

— Esga...

— Atordoado por um golpe sobre a orelha...

— Para evitar uma luta!

— ...e estrangulado até a morte. Simples assim.

— Estrangulado! Mas como?

Ansiosamente, dr. Archer curvou-se outra vez sobre o semblante sem vida.

— Há dois modos — dissertou com seu jeito floreado — de interromper a respiração. — Espiou dentro da boca. — O

---

* Durante o período da Lei Seca nos Estados Unidos, entre 1920 e 1933, a legislação proibia a produção, a importação, o transporte, a venda e o consumo de bebidas alcoólicas. Entretanto, emendas na lei possibilitaram que, a partir de 1921, médicos pudessem receitar o uso dessas bebidas como parte de tratamentos medicinais. *[N. T.]*

que podemos chamar, para resumir, de interno e externo. Nesse caso, o externo seria difícil precisar, já que é complicado distinguir a típica descoloração azulada em um pescoço com essa fisionomia.

Retirou dois depressores linguais e, com um em cada mão, examinou a garganta o mais profundo quanto foi possível. Parou de falar, como se uma descoberta tivesse elevado ainda mais seu já alto interesse. Descartou um depressor, alcançou a lanterna com a mão que havia liberado e, ainda segurando o primeiro depressor no local, direcionou a luz para a boca, como se estivesse examinando as amígdalas. Na sequência, com um pequeno resmungo de descoberta, descartou também a lanterna, pegou um par de longos fórceps de aço de uma aba na lateral da maleta e inseriu o instrumento na boca da vítima, ao lado do depressor lingual que servia de guia. Dart e o policial silenciosamente assistiram enquanto o médico tentava remover algo da garganta do cadáver. Uma vez, duas... as pontas batiam uma na outra, e ele recolheu o instrumento vazio. Mas, na tentativa seguinte, o fórceps conseguiu agarrar a descoberta do médico e a arrastou para fora.

Era um longo lenço branco com bordas azuis.

CAPÍTULO 3

— Doutor — disse Dart —, você se importaria de nos acompanhar?

— Quero ver eu sair do seu pé — respondeu o dr. Archer com um amplo sorriso. — Isso parece valer a pena observar.

— Se você tivesse dito que não — Dart sorriu de volta —, eu o teria mantido aqui de qualquer forma, como suspeito. Vou precisar de um pouco do seu cérebro. Não sou desses detetives brilhantes que têm todas as respostas na ponta da língua. Sou só um rapaz pobre tentando ganhar a vida, e esse tipo de enigma ainda não apareceu muito na minha carreira para ser algo fácil. Já vi casos curiosos, mas esse é mais. Uma coisa dá para saber: a vítima não foi eliminada por um principiante.

— O assassino planejou muito bem — concordou o médico. — Já vi autópsias que deixariam passar aquele lenço. Estava bem no fundo, quase longe da vista.

— Isso faz de você um espertinho.

— Isso eu admito. Agora, de quem será esse lenço?

— Coloque na maleta por enquanto. E vamos indo.

— Para onde?

— Primeiro, vamos conhecer o lugar. Quem estiver aqui vai ter que esperar um pouco. O passarinho que fez esse serviço já deve ter voado para o Egito a essa hora.

— Eu não acho isso, não.

— Acha que ele ficaria por aqui?

— Ele não agiria como o esperado... não se foi esperto o suficiente para pensar numa mordaça como essa.

— É uma mordaça mesmo. Vamos começar pela parte de cima. Brady, você vem comigo e o doutor... e esteja preparado para surpresas. Onde está Day?

O médico fechou a maleta. Eles saíram para o corredor. O agente Day estava de guarda em frente ao vestíbulo, conforme as ordens.

— Mais quatro policiais e o legista estão a caminho — informou o detetive. — Eles vão chegar em um minuto. Coloque um policial nos fundos da casa e mande os outros subirem. Vamos, doutor.

Os três homens subiram dois lances de escada até o último andar. O magro Dart liderou, o alto médico seguiu, o robusto Brady foi na retaguarda. Ao longo do corredor superior, abriram caminho até a frente do terceiro andar da casa, movendo-se com determinação, ainda que com os olhos em alerta, com cuidado e antecipando quase toda eventualidade. O médico e o detetive carregavam lanternas; o policial, um revólver.

Na entrada do corredor, encontraram uma porta fechada. Estava destrancada. Dart a abriu de uma vez e encontrou a luz do teto acesa, provavelmente deixada assim pelo agente Johnson, em obediência às suas ordens.

O cômodo era um quarto amplo, estendendo-se, exceto pelo corredor, pela mesma largura da casa. Era luxuosamente mobiliado. Havia uma cama de quatro colunas, em mogno, detalhadamente cravada e realçada por uma colcha de cetim dourado. Ela ocupava a porção central de um longo tapete chinês preto e amarelo, que cobria quase todo o chão. Duas cadeiras estofadas, adornadas também com cetim dourado, ladeavam a cama, e um sofá de design similar ficava aos pés. Havia elaborada mesa de cabeceira com cinzeiros em um dos lados. Uma cômoda e uma escrivaninha de mogno, cada uma tão imponente quanto a cama, completavam a mobília.

— Não tem como não saber de quem é esse quarto — disse Dart.

— De um homem — diagnosticou Archer. — Um homem de posses e ideias definidas, boas ou ruins... mas definidas. Muito rústico para ser o quarto de uma mulher... veja as paredes... estão completamente vazias. Não há decoração — disse e, com uma fungada, concluiu: — E não tem nenhum perfume.

— Acho que você já esteve em muitos quartos de mulher para perceber isso.

— De homens também. Mas este é estranho. Percebe a evidente ausência de alguma coisa?

— Agora você me pegou.

— Fotografias de mulheres.

O olhar do detetive varreu o quarto.

— Um homem que não gostava de mulheres?

— Talvez — apontou o médico —, mas...

— Espere um minuto — interrompeu o detetive.

Havia um guarda-roupa à esquerda da entrada. Ele se virou, abriu a porta e iluminou o interior com a lanterna. Uma variedade de vestimentas masculinas penduradas de forma ordenada, assim como ternos de diferentes estampas em cabides individuais. No fundo, havia um conjunto de pijamas pretos. Na parte de baixo, pares de sapatos arrumados em uma fileira. Não havia evidência alguma de qualquer contato ou influência feminina, apenas a atmosfera de uma excepcionalmente bem ordenada e decidida masculinidade.

— O que acha? — questionou o dr. Archer.

— Não gostava de mulher — repetiu Dart, conclusivo.

— Ou era um conquistador de nascença.

O detetive olhou para o médico.

— De nascença... sei que ele nasceu preto. Mas conquistador...?

— Não é possível que essa tão completa... bem... rejeição por mulheres seja apenas acidental? Não pode ser deliberada... uma cautelosa omissão de evidências... o recurso de um amante de grande experiência e sabedoria, que não deixa a mão direita saber quem a esquerda abraçou?

— Não bom... só cuidadoso?

— Ele não devia ser casado... sem chance. A influência da esposa poderia ser... farejada. E, se não era casado, essa ausência notável de feminilidade... bem... significa alguma coisa.

— Ainda acho que pode ser o caso de um homem que não gosta de mulher. Essa sua outra suposição me parece bem fraca.

— Deus não permita, velho amigo, que você perca a fé em meu julgamento. Se acha que ele não gostava de mulher, então não gostava. Vá em frente.

Um quartinho estreito, da largura do corredor, ocupava a porção da frente não tomada pelo quarto principal. Lá, encontraram uma cama de solteiro, uma mesa pequena e uma cadeira, mas nada aparentava ser relevante.

De volta ao corredor, refizeram os passos, testando cada uma das três portas consecutivas que levavam para fora da passagem. A primeira conduzia a um depósito desocupado, a segunda, a um banheiro de azulejos brancos e a terceira, para um armário vazio. Isso não dava nenhuma sugestão do tipo de pessoa ou das circunstâncias com as quais eles estavam lidando. Nada vinha também do menor dos dois cômodos no fim do corredor, na ponta mais afastada, pois havia lá apenas uma cozinha estreita, com um pequeno fogão, uma mesa, uma geladeira e um armário. Nesses itens, tampouco encontraram inspiração.

Entretanto, o mais amplo dos cômodos dos fundos era chamativo o suficiente. Era um escritório, equipado em um estilo que aqueceria o coração e provocaria a ambição de qualquer estudante. Havia duas poltronas largas em couro marrom, cada uma com sua mesa de estudos e lâmpada de leitura; um divã com estofado parecido em frente a uma lareira, que ocupava a parede oposta à entrada; e, próxima às janelas dos fundos, uma mesa plana, sobre a qual ficava um abajur de bronze; atrás dela, uma longa poltrona giratória. As partes da parede não ocupadas pela lareira e pelas janelas eram compostas de massas sólidas de livros, encaixados na altura da cabeça de um homem alto, em prateleiras lotadas.

Dr. Archer ficou absorto.

— Esse homem não era um faquir comum — observou. — Olhe! — Apontou para vários documentos emoldurados na parte superior das paredes. — Aqui... — Aproximou-se do mais largo e o observou por um tempo.

Dart se acercou, olhou uma vez e disse, sorrindo:

— Faz sentido, doutor?

— Um diploma de Harvard. N'Gana Frimbo. N'Gana...

— Não é do Caribe?

— Não. Isso me soa definitivamente africano. Muitos nomes deles têm esse N'. O "Frimbo" sugere isso também... mumbo... jumbo... sambo...

— Limbo...

— Por que será que ele escolheu uma universidade nos Estados Unidos? A maioria dos filhos dos chefes vão para Oxford ou para a farra. Já sei... Esse sujeito provavelmente é da Libéria ou de algum lugar perto. Muita influência dos Estados Unidos por lá... entende?

— E como ele foi se meter com uma falcatrua de adivinhação?

— Mande outra pergunta. Provavelmente é uma falcatrua melhor que medicina nessa comunidade. Um homem esperto consegue fazer maravilhas.

O médico estava olhando de relance pelas fileiras de livros. Avistou títulos como *Determinismo e fatalismo: um contraste crítico*, de Tankard, *O conceito de inevitabilidade*, de Bostwick, *Causa e efeito*, de Preem, *A ciência da história*, de Dessault, e *As bases filosóficas do destino*, de Fairclough. Tirou esse último do lugar, abriu a contracapa e leu a inscrição "N'Gana Frimbo", e uma data. Folheando as páginas, avistou a mesma caligrafia em notas feitas a lápis nas margens, em intervalos frequentes. No fim do capítulo intitulado "Unidade de estímulo e reação", a anotação a lápis dizia: "Fairclough também deixou o grande segredo passar".

— Isso é estranho.

— O quê?

— Um africano nativo, formado em Harvard, estudante de filosofia e feiticeiro. Tem alguma coisa errada nessa história.

— Dá alguma luz sobre quem o matou?

— Qualquer coisa que dê uma luz sobre a personalidade dele pode ajudar.

— Bem, vamos indo. Quero percorrer o resto da casa antes de começar o trabalho de verdade. Você se preocupa com a personalidade dele. Eu vou me preocupar com a personalidade dos suspeitos.

— Isso aí. É você quem manda, professor.

CAPÍTULO 4

Enquanto isso, Jinx e Bubber, na sala de espera de Frimbo, no segundo andar, estavam entretidos em uma de suas típicas discussões. Essa havia começado com os empenhos galanteadores de Bubber em amenizar a situação incômoda para as duas mulheres, já que ambas estavam desnorteadas e aflitas, e uma delas era jovem e bonita. Bubber não só anunciara e descrevera em detalhes o que havia acabado de testemunhar, mas também, desatento ao fato de que a mulher mais velha quase havia desmaiado, continuou a explicar como ele sabia, bem antes do fato, que estava prestes a "ver morte". Para dissipar qualquer vestígio restante de tranquilidade, acrescentou que a morte de Frimbo era apenas a primeira de três. Mais duas estavam para chegar.

— Assim que o Jinx me chamou — disse ele —, eu sabia que tinha chegado a hora de alguém. Me enfiei naquele quarto lá longe com ele... vocês me viram indo... e, sem dúvida, lá estava o homem, fraco como um trapo e duro como uma tábua. Acreditem, a lua não mente. Porque a maioria dos sinais são sem importância. Agora eu, vocês não vão achar ninguém que seja preto que nem eu e menos supersticioso.

— É só falar que não vamos achar ninguém tão preto quanto você, e ponto. Isso sim é verdade — rugiu Jinx.

— Mas um sinal na lua é diferente. Um sinal na lua é o único do qual você não duvida. Um sinal na lua...

— Você deve ter bebido umas sob o luar — interrompeu Jinx.

— A lua vermelha indica matança, a lua nova sobre o ombro direito indica boa sorte, a lua nova sobre o ombro esquerdo indica má sorte, e assim por diante. E tem ainda um sinal na lua que minha vozinha me ensinou antes de eu ter a altura do joelho dela, e esse é o mais importante de todos. E foi o que vi hoje. Eu estava descendo a avenida, me sentindo bem e respirando o ar...

— E o que você respira quando não está se sentindo bem?

— Pensando em garotas, olhando os carros passarem... me sentindo bem, vocês entendem o que eu quero dizer. Então, do nada, eu parei. Eu cravei.

— Você o quê?

— Cravei. Parei e cravei.

— Que língua você está falando?

— Eu cravei os olhos no céu. E enquanto eu estava ali, algo não parecia certo. Então entendi o que era. Vocês sabem que tinha uma lua cheia no céu...

— Que lugar estranho para uma lua cheia, não?

— E quando eu cravei os olhos nela, veio uma nuvem... não tinha nenhuma nuvem no céu inteiro... e essa veio, atravessou a face da lua e a borrou... Simples assim.

— Certeza de que não era sua sombra?

— Bom, tinha a nuvem escura na frente da lua e o luar branco em volta e por trás dela. De repente, entendi o que estava errado: a nuvem tinha se transformado em uma caveira!

— Jesus amado! — sussurrou a mulher mais velha, manifestando seu real espanto.

Ela era uma criatura alongada e incrivelmente magra, tanto seu semblante quanto suas vestimentas tinham má aparência; sua figura frouxa, manca e ossuda estava grotescamente disposta sobre uma poltrona com encosto rígido, e roupas escuras e desinteressantes cobriam seus longuíssimos membros. Seu chapéu quadrado e sem estilo estava um tanto torto; seu aspecto esquelético, já inquieto, estava agora descomedidamente perplexo; os olhos quase comicamente alargados sobre os ossos superiores da face; a boca fechada apertada sobre os dentes, cuja inclinação para a frente fazia os lábios se projetarem como se estivessem se preparando para assobiar.

A mais jovem, no entanto, pareceu não escutar. Aqueles olhos escuros com certeza poderiam brilhar com intensidade, aqueles lábios estreitos, sorrir, a pele clara como mel, iluminar-se em animação, mas naquele momento os olhos encaravam, distraídos, os lábios estavam cerrados, duros em linha reta, a pele de seu lindo rosto redondo estava quase sem cor. Ela obviamente estava atordoada por quão súbita aquela inexplicável tragédia era. Ao contrário da outra mulher, entretanto, ela não havia perdido a postura, embora lhe custasse muito mantê-la. O sapato limpo preto e de salto alto, a meia-calça clara, o casaco preto, feito de pele de foca, que se abria para revelar um vestido cor de pimenta com detalhes brancos, até o pequeno e apertado chapéu, tudo estava exatamente como deveria ser. Apenas sua indiferença isoladora denunciava o efeito da morte e da justiça nela.

— Uma caveira! — repetiu Bubber. — Sim, senhora. Tapando a lua. Você sabe o que é isso?

— O quê? — perguntou a mulher mais velha.

— É a morte na lua. É um sinal, e nunca falha.

— E significa morte?

— Pior que isso, senhora. Significa três mortes. Aquele que vê a morte na lua — pausou, respirou fundo, e seguiu em um tom muito mais baixo: — vai testemunhar a morte três vezes.

— Proteja meu corpo e minha alma! — exclamou a mulher.

Mas Jinx percebeu a deixa para invocar a lógica:

— Quer dizer que você vai ver mais dois mortos?

— Vou olhar bem nos olhos deles.

— Então alguém vai arrancar os seus olhos em legítima defesa.

Tendo executado seu trabalho com uma singularidade de propósito característica de um cavalheiro e tendo feito tudo que estava a seu alcance para dar um descanso à mente das mulheres, Bubber agora podia conduzir sua atenção para os devidos e adequados resmungos de seu depreciativo comentador.

— Por que você não tenta? — sugeriu.

— Tentar o quê?

— Arrancar meus olhos.

— Hã... se eu achasse que esse é o único jeito de evitar minha morte, você já poderia pegar uma lata de alumínio e uma bengala agora mesmo.

— Tente, então.

— Isso não é necessário. Essa bebida que você deve ter tomado sob o luar vai dar um jeito nisso. É só dar uma hora para fazer efeito e você vai ficar tão cego quanto se estivesse em um beco escuro.

— O problema é você — retrucou Bubber. — Você é um ignorante. Um burro. Dentro da sua cabeça não tem nada.

— Igual à sua.

— Você por acaso está se referindo a mim?

— Àquele policial lá longe é que não é.

— Você tem sorte que ele está lá longe, senão não estaria se referindo a nada.

— Agora você está ficando corajoso, né? Só porque sabe que tem vantagem contra mim.

— Que vantagem?

— Como é que eu vou bater em você se não consigo nem te ver?

— Ah, se eu fosse feio que nem você eu não ia querer que ninguém me visse.

— Não se preocupe, colega. Ninguém nunca vai saber o tanto que você é feio. Sua feiura está coberta de mistério.

— Ah... e a sua burrice não está. Está bem aí para o mundo inteiro ver. Melhor você voltar para a África com os outros pretos burros como você.

— Os pretos africanos não são burros — explicou Jinx. — Eles só são escuros. E você também não saiu de lá há muito tempo, né?

— Minha família — revidou Bubber em tom ameaçador — saiu da África dez gerações atrás.

— Sua família? Cala a boca. Dez gerações atrás vocês nem eram uma família. Vocês não passariam nem por macacos.

Então, como sempre, a troca de elogios entre os dois desceu para o nível da história familiar, o que, entre outros moradores do Harlem, era um combustível perigoso que, com uma simples palavra, poderia explodir em violência instantânea. Só porque a hostilidade dos dois era apenas um disfarce elaborado, sob o qual ocultavam a mais genuína afeição um pelo outro, é que podiam chegar tão perto de golpes que nunca eram de fato colocados em prática.

Ainda assim, para quem observasse, aquele antagonismo simulado pareceria muito alarmante. A figura achatada de Bubber se aproximou, em postura de guerra, até o alto e magro Jinx; sólido como um hidrante, ele ficou pronto para o embate; então disse com uma distinção incomum:

— É? Bom... seu avô era um pelo no rabo de um babuíno. O que isso faz de você?

O sorriso de divertimento sumiu do rosto do policial. A mulher mais velha reprimiu um choro de apreensão.

A mais jovem ainda estava sentada imóvel e encarava, absolutamente sem consciência do que estava acontecendo.

CAPÍTULO 5

O detetive Dart, o dr. Archer e o agente Brady fizeram uma rápida averiguação no porão e no depósito. O porão, alguns centímetros abaixo do nível da rua, revelou-se um largo cômodo, com o pé-direito baixo, ocupado, evidentemente, pelo agente funerário, como uma simples sala de reuniões para os clientes que requisitavam o uso de uma capela. Havia muitas fileiras de cadeiras dobráveis de madeira em frente a uma plataforma baixa no lado oposto do cômodo. No meio da plataforma, erguia-se um púlpito e, em um lado contra a parede, ficava um pequeno órgão feito de bambu. Uma cortina escura e pesada atrás da plataforma separava o lugar de um pequeno e improvisado espaço nos fundos que, por uma porta, levava ao quintal. O corredor do porão, relativamente na mesma posição em que os superiores, alongava-se paralelamente à sala de reuniões e terminava nesse pequeno espaço obstruído. Em um canto do lugar, onde originalmente devia ter sido a cozinha, ficava uma pequena porta para o poço de um elevador de comida. O poço, entretanto, já não guardava nenhum sinal do elevador, como a lanterna de Dart revelou: acima, estavam engrenagens penduradas e cordas partidas de um mecanismo havia muito descartado e, abaixo, uma fenda vazia.

Eles descobriram, próximo dali, a porta para as escadas de um depósito, que se revelou como as costumeiras séries de tábuas estreitas. No depósito, mal iluminado por uma única lâmpada central, encontraram uma grande caldeira, um cesto com carvão e, mais acima, uma pilha de tranqueiras sem importância, como todo depósito costuma comportar.

Tudo isso parecia sem relevância no momento, então voltaram ao segundo andar, onde a vítima fora encontrada. Dart havia deixado aquele andar por último de propósito. Era dividido em três cômodos, o da frente, o do meio e o dos fundos, os quais foram visitados nesta ordem.

Entraram no primeiro cômodo, a recepção de Frimbo, no momento em que Bubber, em postura de guerra, aproximou-se lateralmente de Jinx. Aparentemente, o surgimento de outras pessoas desencorajou novas hostilidades, pois, com uma ou duas caretas de Bubber, neutralizadas por um ou dois rugidos desarticulados de Jinx, o iminente combate se desvaneceu e a atmosfera ficou mais leve.

Mas, naquele instante, a mulher mais jovem ergueu os olhos e reconheceu o dr. John Archer. Ela deu um salto e foi até ele.

— Oi, Martha — disse o homem.

— O que está acontecendo, John?

— Não precisa se preocupar... Parece que o curandeiro tinha um inimigo, só isso.

— É verdade, então... ele está mesmo...?

— Infelizmente, sim. Esse é o detetive Dart. Sra. Crouch, sr. Dart.

— Boa noite — disse a sra. Crouch mecanicamente, e retornou para a cadeira.

— Dart é um amigo meu, Martha — informou o médico. — Ele vai acreditar na minha palavra sobre sua inocência, não duvide.

A mulher mais velha, não aceitando ser ignorada, disse sem paciência:

— Quanto tempo temos que ficar aqui? Estamos esperando o quê? Nós não o matamos.

— Claro que não — concordou Dart sorrindo. — Mas talvez vocês consigam nos ajudar a descobrir quem é o assassino. Assim que eu terminar de dar uma olhada por aqui, vou querer fazer umas perguntas. Só isso.

— Bem — queixou-se ela —, não é preciso que um policial de dois metros de altura fique com a gente só por causa de umas perguntas, ou é?

Ignorando o questionamento, os investigadores seguiram suas observações. Era um cômodo espaçoso, cuja luz fraca vinha de três ou quatro lâmpadas do chão; sombras sedosas, estranhas e pesadas alargavam figuras curiosas de perfil, e o efeito da luz direcionada para baixo era a revelação de pernas e corpos, enquanto os semblantes superiores ficavam turvados pela penumbra proporcional. Ao lado da estreita porta para o corredor, havia uma ampla entrada adornada com reposteiros de veludo preto, ocupando a maior parte da parede. As paredes laterais, que pareciam recuar no escuro ao redor da casa, eram decoradas com incontáveis, estranhas e horríveis formas: máscaras pretas abomináveis com órbitas ocas, algumas lisas e carecas, outras com chifres e barbas; pequenas estatuetas disformes de criaturas quase humanas, que lembravam embriões secos e escurecidos pelo Sol, com olhos bulbosos fechados e lábios protuberantes; espadas com lâminas largas; flechas finas; e pontas de lanças afiadas de estilo execrável. Na parte mais distante das paredes laterais, havia uma prateleira de cornija sobre a qual ficavam outros emblemas africanos. O dr. Archer apontou para um taco propício para assassinatos, descansando diagonalmente contra uma ponta da prateleira; era, na verdade, a metade inferior de um fêmur humano, avolumando-se em um côndilo com aparência maligna, enquanto a outra, onde o osso original fora rompido, estava coberta com uma maçaneta prateada que representava uma caveira.

— Aquilo ali daria uma boa pancada.

— Será que não deu? — questionou o detetive.

Depois, passaram pelos reposteiros e por uma pequena antecâmara, como um istmo, em direção ao cômodo do meio, onde o médico havia encontrado a vítima pela primeira vez. Dr. Archer apontou para as peculiaridades que havia percebido no quarto: a estranha lâmpada, com seu feixe horizontal, que era a única fonte de iluminação; a circundante cortina preta, suas longas dobras se estendendo verticalmente do chão até o teto, então convergindo no centro do teto, dando a ele a aparência de uma tenda árabe; a única abertura aparente na tapeçaria, ao lado da porta levando ao corredor; a mesa tipo carteira no centro do cômodo; a cadeira de visitantes de um lado, a de Frimbo do outro, diretamente sob a curiosa iluminação.

— Vamos averiguar as paredes — disse Dart.

Ele e o doutor ligaram suas lanternas. Como dois ramos do feixe principal, os pequenos raios de luz viajavam inquisitivamente pelas dobras verticais do veludo preto, balançavam para lá e para cá, enquanto os dois homens tateavam e apalpavam buscando por aberturas. Os pontos de iluminação projetados moviam-se como duas estranhas, sinuosas e brilhantes mariposas, sempre mudando de tamanho e forma, tremulando para cima e para baixo, de um lado para outro, pausando, vasculhando e abandonando. O detetive e o médico começaram na entrada, a partir da recepção, e percorreram o quarto escuro em direções opostas. Em pouco tempo, encontraram-se na parede mais distante, em cuja linha média localizaram uma abertura. Puxando os ganchos ao lado daquele ponto, descobriram outra porta, que se encontrava trancada.

— Acho que leva até o último cômodo. A gente entra pelo corredor. O que é isso?

"Isso" acabou se revelando uma caixa de força na parede ao lado da porta fechada. O médico leu a inscrição na parte da frente.

— Sessenta amperes... duzentos e vinte volts. Isso é suficiente para uma máquina de raio X. Para que ele precisaria de corrente especial?

— Vai saber. Ei, Brady, corra lá embaixo e pegue a lâmpada com a extensão no porta-malas do meu carro. Depois volte aqui e vasculhe o chão para ver se acha alguma coisa. Principalmente perto da mesa e das cadeiras. A gente já volta.

Deixaram a câmara da morte pela porta lateral e aproximaram-se do cômodo mais afastado. A porta de entrada estava destrancada, mas uma escuridão os recebeu assim que foi aberta; uma escuridão estranhamente sinistra, na qual os olhos pareciam resplandecer. Quando lançaram a luz das lanternas contra a escuridão, avistaram de onde a resplandecência emanava, e Dart, adentrando, encontrou um interruptor. E fez-se luz.

— Caramba! — exclamou ele ao contemplar uma cena inesperada.

Na parede dos fundos, sob as janelas, expandia-se uma longa e plana bancada de laboratório, sobre a qual havia uma lousa preta. Na superfície opaca e escura, resplandeciam brilhantes aparatos laboratoriais feitos de vidro e metal: garrafas, béqueres, retortas, copos medidores, pipetas, banho-maria feito de cobre, uma reluzente estufa de esterilização e, em uma ponta, um motor elétrico de cor preta. O espaço sob a bancada estava ocupado por um largo armário com várias portas de carvalho. Na parede mais próxima, havia um armário de aço com porta de vidro que continha alguns pequenos instrumentos cirúrgicos, enquanto, na mais distante, do outro lado da bancada, havia uma série de prateleiras, as mais baixas contendo frascos de amostras de vários tamanhos, e a mais alta, garrafas de diferentes cores e formatos. Dart se aproximou e abriu uma das portas do armário, onde encontrou mais itens de vidro, enquanto o dr. Archer focou na parte de cima e investigou as prateleiras, removeu um dos frascos de amostras e, com uma expressão enigmática, espiou o conteúdo que flutuava em algum líquido conservante.

— O que é isso? — questionou o detetive, aproximando-se.

— Não pode ser — murmurou o médico.

— Não pode ser o quê?

— O que parece!

— E o que parece?

Normalmente, o dr. Archer teria se deixado levar em um vagaroso circunlóquio e chegaria a uma decisão por meio de uma manobra de flanco. Naquela circunstância, ele estava repentina e completamente absorto no que tinha visto para dar vazão mesmo à menor ou mais inocente pretensão.

— Glândulas sexuais — disse ele.

— O quê?

— Glândulas sexuais masculinas, aparentemente.

— Tem certeza?

O médico inspecionou as fileiras de frascos, nenhum identificado. Havia outras amostras biológicas conservadas, mas nenhuma com a aparência das que estavam no frasco que ele ainda segurava.

— Tenho certeza o suficiente — disse ele. — Isso estimula sua imaginação?

— Deveras — concluiu Dart, apertando os pequenos lábios. — Venha comigo... vamos fazer umas perguntas.

CAPÍTULO 6

Eles retornaram à câmara do meio. O policial Brady havia plugado a extensão em uma tomada no corredor e esticado o fio sobre a corrente que suspendia a luz de Frimbo. A forte e nítida radiação da lâmpada branca não dispersou as sombras mais distantes, mas, pelo menos, iluminou o centro do cômodo.

— Tem essas coisas que eu achei... tudo no chão, perto da cadeira — informou Brady.

— Dessa cadeira? — Dart indicou a cadeira em que a vítima fora vista pela primeira vez pelo dr. Archer.

— É.

Os três objetos estavam sobre a mesa, tão discrepantes quanto três coisas podem ser.

— O que você acha disso, doutor?

Dart ergueu um pequeno e irregular artefato de metal brilhante e se virou para mostrá-lo ao médico. Mas Archer já estava pegando um dos outros dois itens.

— Ei... espere um minuto! — protestou o detetive. — Isso aí é grande o suficiente para ter alguma impressão digital.

— Desculpe! O que é isso?

— Dentes. A ponte móvel de alguém.

Passou o pequeno e brilhante objeto. O médico examinou.

— Primeiro e segundo pré-molares superiores esquerdos — anunciou.

— Não me diga? — Dart sorriu.

— O que quer dizer com "de alguém"?

— Bem, se você sabe de quem é só dando uma olhada, diga logo. Não me esconda nada.

— Do Frimbo.

— Ou do homem que o matou.

— Hum... não. Aposto que são do Frimbo. Essas coisas escorregam e escapam muito facilmente.

— Entendi o que quer dizer. Quando estava enfiando o lenço, o assassino deslocou essa coisa.

— É. Que coisa! Se fosse do assassino, poderia ajudar a descobrir sua identidade.

— Por quê? Muita gente por aqui também deve ter perdido esses dois dentes.

— É verdade. Mas essas pontes não iam encaixar... assim, realmente encaixar... em ninguém, a não ser na pessoa para a qual foram moldadas. As peças têm que ser moldadas em alginato. Não há duas entre dez mil pessoas que são iguais em todos os aspectos. Esse negócio é praticamente tão individual quanto uma impressão digital.

— Sério? Bem, a gente pode conseguir usar de alguma forma. Vou deixar guardado. Mas, espere aí... você olhou a garganta do Frimbo. Não prestou atenção nos dentes dele?

— Não especificamente. Eu não estava buscando nada particular nos dentes dele naquela hora. Estava procurando a causa da morte. Podemos checar isso quando o legista chegar.

— Está bem. Agora... o que é isso? — perguntou o detetive, pegando o que parecia ser um maço de fitas de seda preta.

— Era o lenço que ele usava na cabeça, acho. Muito impressionante, com aquele roupão solto e tudo.

— Quem conseguia enxergar isso no escuro?

— Ah, ele pode ter vindo por acaso para a parte iluminada em algum momento.

A atenção do detetive já estava no terceiro objeto.

— Não me diga que...

— Já estou bastante adiantado.

— Esse é o par do taco que está na prateleira do cômodo da frente!

— Isso mesmo. Aquele é feito de um fêmur esquerdo... e esse é o direito.

— Deve ter sido com esse que ele foi atingido. Caramba, se tiver alguma impressão digital nisso aí...

— Deve ter. Olhe... não está completamente higienizado como as amostras que são vendidas para estudantes. Veja a superfície... Parece engordurada. Deve ter registrado umas boas digitais.

— Você tocou nele, Brady?

— Eu recolhi pela ponta maior. Não toquei nas outras partes.

— Ótimo. Os outros policiais já apareceram? Está bem. Embale isso... aqui. — Retirou um jornal do bolso, embrulhou o osso, parou próximo à porta e intimou um dos agentes que haviam chegado no meio-tempo. — Leve isso para a delegacia e fale para Marc mandar examinar e procurar impressões digitais sem demora... Peça para ele designar alguém para esperar os resultados e trazer aqui... frescos. E traga um kit... se Tynie estiver por lá, mande-o trazer. Num piscar de olhos... É um pedido urgente.

— Para quê? — indagou o médico com um amplo sorriso.

— Você mesmo disse que o assassino já deve estar no Egito a uma hora dessas.

— E você disse que não. Ei... olhe aqui!

Ele estava investigando o carpete com a lanterna. O feixe de luz passava sob a mesa, revelando uma mancha acinzentada. Uma inspeção mais detida revelou que era depósito de pó cinza. O médico pegou um receituário em branco e um cartão de visita e juntou um pouco do pó.

— Sabe o que é isso? — perguntou Dart.

— Não.

— Guarde. Vou mandar examinar.

— E enquanto isso?

— Enquanto isso, vamos desfrutar de algumas personalidades. Vamos ver... tenho uma ideia.

— Isso não me surpreende nem um pouco. O que está planejando?

— Esse tal de Frimbo era inteligente. Ele colocava as pessoas sob o holofote e ficava no escuro. Então é isso... vou fazer a mesma coisa.

— Talvez você ganhe a mesma recompensa.

— Vou tomar minhas precauções para que isso não aconteça. Brady!

Brady apareceu com dois agentes que ainda não haviam recebido um posto. Naquele momento, estavam imóveis, um de cada lado do quarto escuro, apoiados na parede dos fundos.

— Agora — continuou Dart. — Vamos começar. Brady, chame o gordo baixinho. Você aí no corredor... desplugue essa extensão da tomada e fique pronto para ligar de novo quando eu gritar. Vou tentar ficar sentado, o mais tranquilo possível.

Logo em seguida, ele desligou a lanterna e se sentou na cadeira de Frimbo atrás da mesa, tornando-se então apenas uma sombra mais profunda na escuridão que o rondava. O médico também desligou sua lanterna e se posicionou ao lado da cadeira. O raio brilhante do aparelho acima de suas cabeças, na direção oposta à deles, projetava-se no encosto da cadeira vazia à frente e, mais além, na direção do corredor, era atravessado por aqueles que entravam pela recepção. Eles aguardavam Bubber Brown.

O que quer que estivesse esperando, Bubber Brown com certeza não estava preparado para aquilo. Com uma hesitação nem um pouco fingida, ele apareceu no campo de visão. Primeiro, suas pernas extremamente curvadas, sobre as quais agitava a parte de baixo de um sobretudo feito com pelos sintéticos de camelo; depois, o meio de sua fisionomia larga, com o chapéu nervosamente cutucado pelas mãos; então, o peito e o pescoço adornados por uma gravata verde-clara; e, por fim, o rosto negro e redondo, bastante confuso, lábios soltos e olhos esbugalhados. Brady o estava direcionando por trás.

— Sente-se, sr. Brown — disse uma voz no escuro.

Mesmo não estando acostumado com "senhor", a irrealidade da situação não se dissipou do pensamento de Bubber, que já havia sido chamado assim seis vezes em seus 26 anos. Também não estava tranquilo por descobrir que não conseguiria identificar quem havia falado, tão ofuscante era o feixe de luz em seus olhos. O que ele percebeu foi que a voz provinha do lugar onde ele tinha, havia pouco tempo, olhado com grande suspeita para um cadáver. Por um instante, seus olhos ficaram mais brancos, depois, decidido, girou a cabeça e encarou para longe de onde vinha a voz.

Ele bateu com tudo em Brady.

— Sente-se! — rugiu o policial.

— Sou eu, o detetive — disse Dart. — Sente-se aí e responda o que eu perguntar.

— Sim, senhor — disse Bubber fracamente.

Então ele se virou e, devagar, moveu-se para o espaço entre a mesa e a cadeira de clientes. A transpiração reluzia em sua fronte bem iluminada. Com a menor curvatura possível de corpo, conseguiu alcançar apenas a borda da cadeira, onde, agarrando os braços dela, agachou como se estivesse se equilibrando em uma mola gigante, na qual qualquer som repentino poderia servir para atirá-lo às sombras acima.

— Brady, você está no claro. Anote. Tudo bem, sr. Brown. Qual seu nome completo?

— Bubber Brown — gaguejou o jovem, desconfortável.

— Endereço?

— Quinta Avenida, 2.100.

— Idade?

— Vinte e seis.

— Ocupação?

— O quê?

— Ocupação?

— Ah. Detetive.

— Dete... quê?

— Detetive. Sim, senhor.

— Posso ver a sua insígnia?

— Minha o quê?

— Seu distintivo.

— Ah. Veja bem... eu não sou esse tipo de detetive que tem um distintivo. Não, senhor.

— É de que tipo, então?

— Sou um detetive de família.

De algum modo mais recomposto pelo interrogatório, Bubber retirou um cartão de visitas do bolso. Dart o pegou, mirou a luz no cartão e leu:

BUBBER BROWN, S. A. DETETIVE
(EX-DETETIVE DA CIDADE DE NOVA YORK)
QUINTA AVENIDA, 2.100
EVIDÊNCIAS ENCONTRADAS EM ASSUNTOS DO CORAÇÃO ETC.
ATENÇÃO ESPECIAL PARA TRAIDORES E CALUNIADORES.

Dart ponderou por um instante, depois disse:

— Há quanto tempo o senhor tem infringido a lei desse jeito?

— Infringido a lei? Quem, eu? Que lei, senhor?

— E essa "Sociedade Anônima"? Você não é uma Sociedade Anônima.

— Ah... isso? Na verdade, esse S. A.... significa "Seu Agente".

— Não banque o bobo. O senhor sabe o que significa, sabe que não é uma Sociedade Anônima e sabe que nunca foi um detetive do Departamento de Polícia de Nova York. Que ideia é essa? Quem é você?

Por conta de seu desconforto, Bubber tinha, de fato, oferecido o cartão sem pensar. Depois ele escolhera, sabiamente, criar boas relações com Dart.

— Bom, o senhor entende que os tempos têm sido muito difíceis, todo mundo sabe disso. E eu fui funcionário da cidade de Nova York... trabalhava no Distinto Labor Urgente...

— Onde?

— No D.L.U.... Departamento de Limpeza Urbana... mas nós nunca falávamos assim, não, senhor. Há algumas semanas, perdi esse emprego e não consegui achar outro. Então eu disse para mim mesmo: "Você só tem uma chance, moleque... Tem que usar a cabeça, e não as mãos". Bom, entendi que a situação era a seguinte: o único trabalho que estava prosperando era o trabalho sujo...

— Do que você está falando?

— Trabalho sujo. Traição... calúnias... essas coisas. Por pior que esteja a situação, o amor continua; e enquanto o amor continua, a traição também. Agora o povo paga para pegar os traidores o que não paga para outras coisas, entendeu? Então pensei que poderia oferecer meus serviços para pegar os traidores como qualquer um... tudo que preciso fazer é pegá-los no flagra e contar ao juiz o que eu vi. Entendeu? Então mandei imprimir esses cartões e estou pronto para o serviço. Mas não sabia que isso era contra a lei, eu juro.

— Bem, mas é. Eu talvez tenha que prender você por isso.

O desânimo de Bubber era notável.

— O senhor não pode só... só rasgar e cartão e deixar o assunto de lado?

— O que você veio fazer aqui hoje à noite?

— Jinx e eu viemos juntos. A gente queria pedir o palpite do homem sobre esse negócio de ser detetive.

— Você e quem?

— Jinx Jenkins... sabe... o rapaz alto como uma girafa que o senhor viu lá embaixo.

— A que horas vocês chegaram aqui?

— Acho que umas 22h30, mais ou menos.

— Como você sabe que eram 22h30?

— Eu não disse que sabia, senhor. Disse que achava. Mas sei que não era mais que isso.

— Como você sabe?

Logo em seguida, Bubber contou como sabia.

Às oito em ponto, como indicava seu novo relógio de um dólar, adquirido como ferramenta essencial para sua nova ocupação, ele ficou andando de um lado para outro na frente do Lafayette Theatre, pelo que parecia, matando o tempo, mas, na verdade, aproveitando a oportunidade para distribuir o novo cartão de visitas para inúmeros frequentadores do teatro. Era sua primeira tentativa de conseguir um caso, e ele não se surpreendeu quando o ato deu resultado naquela atmosfera despreocupada, descuidada e irresponsável. Uma mulher para a qual havia entregado um anúncio voltou em busca de novas informações.

— Eu devia saber que não era bom me meter com ela, porque ela dava azar só de olhar — admitiu. — Era vesga. Mas pensei que o dinheiro de uma vesga compra o mesmo que o de uma não vesga, e a mulher falava como se fosse para valer. Disse que se eu conseguisse informações de primeira sobre o marido dela, eu não teria problema em receber meus dez dólares. Eu disse: "Está bom, irmã. Me adianta dois paus e me mostra a amante que vou pegá-los com a boca na botija". Ela tirou o dinheiro da meia-calça, eu peguei, e o negócio passou a valer. Marquei nome e endereço, e ela me mostrou a amante e foi embora. Quer dizer, achei que tivesse ido.

"A amante era a garota da bilheteria. Ai, senhor, que visão! Ficar de olho nela foi o trabalho mais fácil que já tive na vida. Perguntei para o funcionário lá na frente: 'Qual o nome desse docinho?'. Ele me disse que era Jessie James. Era só isso que eu queria saber. Quando olhei para ela, pensei em devolver os dois paus da mulher vesga.

"Um pouco antes das dez, a srta. Jessie James passou a bilheteria para outro funcionário e desapareceu do lado de dentro. Era muito tarde pra eu gastar dinheiro pra entrar lá e, sabendo que provavelmente não poderia mesmo segui-la a todos os lugares, pensei que poderia esperar do lado de fora, na porta. Então esperei lá na frente e, três ou quatro minutos depois, ela saiu. Eu a segui reto pela avenida por um tempo e, em seguida, ela dobrou a esquina em direção a uma pensão na rua 134. Depois que ela estava lá fazia alguns minutos, toquei a campainha. Uma senhora gorda veio até a porta e perguntei pela srta. Jessie James.

"'Ah', disse ela. 'Você é o cavalheiro que ela está esperando?' Ao que respondi: 'Sim, senhora. Sou um deles. Tem outro a caminho'. Ela disse: 'Pode entrar. O senhor pode subir... O quarto dela é nos fundos do último andar. Ela também acabou de chegar'. Rapaz, que situação. Por um minuto, eu não conseguia saber se era negócio ou prazer.

"Quando cheguei ao topo da escada, andei suavemente. Me esgueirei até a porta do quarto da frente, que estava meio aberta, uns dois centímetros. Claro que eu olhei... era meu trabalho. Mas, meu amigo, o que eu vi não era da conta de ninguém. A srta. Jessie não estava se arrumando para um visitante comum. Parecia que estava indo experimentar um traje de banho e queria que ficasse perfeito. E eu quase tive um troço tentando recuperar o fôlego. Depois, tive que me esconder num armário do corredor, porque ela foi pegar um quimono e encarou a porta. Ela passou por ali e vi que teria uma chance. Então, agarrei a oportunidade com as duas mãos e me enfiei no quarto. Num dos cantos do outro lado tinha...

— Espere aí — interrompeu Dart. — Não perguntei sua vida inteira. Só perguntei...

— O senhor perguntou como eu sei que não era mais que 22h30.

— Exatamente.

— E estou contando para o senhor. Escute. Num canto do outro lado tinha um baú... um baú de guardar roupa, em pé e bem aberto. Eu me escondi atrás dele e me agachei. Olhei o relógio. Eram 22h10. Assim que endireitei o baú no canto, ouvi a risada dela no corredor e ouvi um homem rindo também. Disse para mim mesmo: "Aqui está. O vendedor de trajes de banho chegou".

"E de trás do baú, sabe, não conseguia usar nada além dos meus ouvidos... não dava para ver nada. O canto me deixava sem saída. Bom, em vez de entrar e conversar, eles de repente ficaram muito quietos e, claro, eu fiquei muito curioso. Era meu dever saber o que estava acontecendo.

"Então, em vez de me espremer mais atrás do baú como estava fazendo, comecei a me levantar, um pouquinho por vez, até conseguir ver por cima. Meu Deus... por que eu fui fazer isso? Nem sei como aconteceu, mas a próxima coisa que sei é que *pow*... o baú tinha me deixado. Lá estava ele, reto no chão, de cabeça pra baixo, como um hindu fazendo suas orações, e eu tinha ficado no canto, com cara de idiota e orando também, com o maior negão do Harlem entre mim e a porta.

"E nisso, esqueci que eu era um investigador. A única coisa que eu queria investigar era o jeito mais rápido de sair dali. O rapaz era feio como o diabo! Só uma coisa me salvou... ele não sabia se a culpa era minha ou dela. Antes que ele pudesse se decidir, brotei no canto como uma bola de canhão. A garota gritou 'Pega ladrão!', e o homem correu atrás de mim. Mas, senhor!... Ele nunca teve chance... nem se estivesse vestindo uma calça de corrida. Eu chispei pela escada e saí com tudo pela porta da frente. E adivinha se a mulher vesga não estava esperando na calçada? Ela me seguiu da mesma forma que eu segui a bonitona. Deve ter ficado escondida quando o marido passou ali antes de entrar. Mas, quando ele apareceu me procurando na saída, ela deu um pulo no meio dos dois e perguntou onde estava a calça dele.

"Já eu... ncm parei para escutar a resposta. Eu já sabia. Passei pela avenida Lenox sem perder tempo. Isso não era mais que 22h15. Diminuí o ritmo, virei, dobrei uma esquina. Não tinha andado nem um quarteirão quando encontrei Jinx Jenkins. Contei a história para ele e perguntei o que ele achava que era melhor fazer na próxima vez. Bom, alguém tinha contado a ele sobre esse tal de Frimbo e como ele era incrível para o povo que precisava de um conselho. Aí a gente concordou de vir vê-lo e entrou aqui. Então, sei que não levou nem quinze minutos para sair da casa da garota e chegar aqui. Por isso eu devo ter chegado antes das 22h30, entendeu?"

Outros questionamentos desvendaram que, quando Jinx e Bubber chegaram, eles, não tão ansiosos, subiram a escada, em obediência a uma placa no corredor inferior, e não encontraram ninguém até que chegaram à sala de recepção. Ali, estavam três homens esperando para se consultar com Frimbo. Bubber havia reconhecido um deles como Spider Webb, um coletor de apostas que trabalhava para o bem conhecido rei dos jogos do Harlem, Si Brandon. Outro, que havia amolado Jinx com uma conversa fiada, era um infame usuário de drogas chamado Doty Hicks. O terceiro era um estranho simpático que conversava amigavelmente com todo mundo, revelando ser um tal de Easley Jones, funcionário da ferrovia.

Depois de um tempo, o criado de Frimbo apareceu no corredor e conduziu o ferroviário, que havia sido o primeiro a chegar, para fora da recepção, por meio da passagem de grandes cortinas de veludo. Enquanto Jones estava supostamente com Frimbo, chegaram as duas mulheres... primeiro a mais jovem. Depois, Doty Hicks foi ver Frimbo, depois Spider Webb e, finalmente, Jinx. O condutor não havia passado pela ampla entrada em nenhum momento... ele apenas direcionava os clientes para lá, se virava e desaparecia pelo corredor.

— Esse condutor... como ele era?

— Alto, magricela, negro, ombros curvados e estrábico. Vestia um grande roupão de seda, como o de Frimbo, mas tinha uma faixa amarela brilhante e usava uma coisa da mesma cor na cabeça. Você sabe... qual o nome daquilo? Parece uma bandagem...

— Turbante?

— Isso! Um turbante.

— E onde ele está agora?

— Não me pergunte, não, senhor. Não o vi mais desde que ele levou Jinx para dentro.

— Hum.

— E se...! — Bubber teve uma ideia.

— O quê?

— Aposto que foi ele!

— Ele o quê?

— Que estourou os miolos do adivinho!

— Quer dizer que você acha que ele matou Frimbo?

— Claro!

— Como você sabe que Frimbo foi assassinado?

— Ué... você e o doutor não falaram isso quando eu estava lá embaixo?

— Muito pelo contrário, dissemos que definitivamente não sabíamos se ele tinha sido morto e que, mesmo que tivesse sido, aquele ferimento não o matou.

— Mas... no outro cômodo agora há pouco... o doutor não falou para aquela mulher...

— Tudo o que o doutor disse é que parece que Frimbo tinha um inimigo. Agora você diz que o Frimbo foi assassinado e acusa alguém de ser o criminoso.

— Eu só quis dizer...

— O senhor estava nesta casa quando ele morreu, não estava? Pelas suas próprias contas?

— Eu estava aqui na hora em que o doutor disse que ele morreu, mas...

— Por que você acusaria alguém de um crime se nem sabe que um crime foi mesmo cometido?

— Escuta, senhor, por favor. Eu só quis dizer que, *se* esse homem *foi* assassinado, o condutor *pode* ter feito isso e dado no pé. Ele poderia estar no Egito uma hora dessas.

O comentário idêntico ao de Dart voltou à mente. Ele disse, de modo menos severo:

— É, mas, por outro lado, você pode estar chamando a atenção para isso para desviar a suspeita de si mesmo.

— Quem, eu? — Os olhos de Bubber ficaram incrivelmente abertos. — Por Deus, senhor, eu nem saí daquela outra sala... a sala de espera... até Jinx me chamar para ver o homem... e aí ele já estava morto. Juro que essa é a verdade...

subi as escadas direto com Jinx... fomos direto para o primeiro cômodo... e não saí de lá até que ele me chamou... Pergunte aos outros... pergunte às mulheres.

— Eu vou perguntar. Mas elas só podem testemunhar sobre a sua presença naquela sala. Quem garante que você subiu a escada e foi direto para lá? Como você pode provar que fez isso? Como vou saber que você não passou por aqui usando aquela porta na lateral do corredor e atacou Frimbo enquanto ele estava sentado nessa cadeira?

A total imprevisibilidade de sua própria incriminação e a decidida insistência do detetive no assunto quase deixaram Bubber sem palavras, algo que raramente acontecia. Por um momento, ele apenas ficou boquiaberto, mas conseguiu gaguejar algo:

— Minha nossa, o senhor não pode acreditar na palavra de um homem?

— De jeito nenhum — disse o detetive.

— Bom, então — respondeu Bubber, inspirado —, pergunte a Jinx. Ele me viu. Ele veio comigo.

— Entendi. Você é o álibi dele e ele é o seu. É isso mesmo?

— Droga! — explodiu Bubber. — Você é o homem mais desconfiado que já conheci!

— Você também parece meio desconfiado — retorquiu Dart, de modo seco.

— Escute aqui, detetive. Se o senhor tivesse eliminado um homem, iria correr para trazer um médico e ainda ficaria no local para acabar no xadrez? Faria isso?

— Se achasse que assim eu pareceria inocente, talvez... sim.

— Então o senhor é mais burro que eu. Se fosse o culpado, agora já estaria bem longe daqui.

— Mesmo assim — prosseguiu Dart —, você só tem a palavra de seu amigo para provar que foi direto para a sala de espera. Esse testemunho é insuficiente. Tem algum lenço aí?

— Claro. — Bubber alcançou o bolso na altura do peito e retirou um longo e chamativo tecido que parecia projetado mais pela aparência que pela utilidade; uma verdadeira bandeira, cruzada em uma direção por uma listra brilhante e alaranjada e, na outra, em ângulos retos à primeira, por uma virulenta faixa verde. — Meu tipo favorito — disse ele. — Sempre compro esses. Um homem precisa de um pouco de cor nas roupas, entendeu?

— É, entendi. Mais algum?

— Tenho outro igual a esse... mas está sujo.

De outro bolso, retirou o par, amarrotado e manchado.

— Está bem, guarde isso. Viu mais alguém aqui hoje com qualquer tipo de lenço colorido?

— Não, senhor... não que eu me lembre.

— Está bem. Agora me fale uma coisa. Você reparou na decoração das paredes no cômodo da frente assim que chegou?

— Não tinha como não ver aquelas coisas... podiam matar alguém de susto.

— O que você viu?

— Quer saber sobre as estatuetas, facas, espadas e essas coisas?

— É. Você reparou em alguma coisa em particular na prateleira?

— Reparei. Eu me aproximei e olhei assim que entrei. O que mais me chamou a atenção foi um par de tacos. Um ficava numa ponta da prateleira e o outro na outra. Pareciam ser feitos de ossos.

— Tem certeza de que eram dois desses?

— Claro! Eram dois. Um ficava em...

— Você tocou neles?

— Não, senhor, não tocaria numa coisa dessas nem que me pagassem... Podem até estar amaldiçoados.

— Viu se alguém tocou neles?

— Não, senhor.

— Não viu ninguém pegando um deles?

— Não, senhor.

— Até onde sabe, eles ainda estão lá?

— Sim, senhor.

— E quem estava no cômodo, além do senhor, quando viu os tacos pela primeira vez?

— Todo mundo. Isso foi antes de o condutor entrar para chamar o funcionário da ferrovia.

— Entendi. E essas duas mulheres... Elas entraram quanto tempo depois de o senhor chegar?

— Uns dez minutos mais ou menos.

— Alguma delas saiu da sala enquanto o senhor estava lá?

— Não, senhor.

— E o primeiro sujeito... Easley Jones, o carregador da ferrovia... ele veio para esse cômodo aqui antes da chegada delas?

— Sim, senhor. Acho que ele era o primeiro cliente.

— Depois de ver Frimbo, ele voltou para a sala de espera?

— Não, senhor. Deve ter saído por essa porta lateral que dá no corredor.

— Algum dos outros dois voltou para a sala de espera?

— Não, senhor. Acho que todos saíram pelo mesmo lugar. O único que voltou foi o Jinx, quando foi me chamar.

— E, naquela hora, só tinham sobrado o senhor e as duas mulheres lá na sala de espera?

— Sim, senhor.

— Muito bem. Acha que conseguiria identificar os três homens?

— Consigo, sim. Consigo até encontrá-los, se o senhor quiser.

— Talvez eu queira. Mas, por enquanto, volte para a sala da frente. Não tente nenhuma gracinha.... A casa está infestada de policiais.

— Infestada é a palavra certa — resmungou Bubber.

— O que disse?

— Eu não abri a boca, senhor. Mas, me fale, o senhor não acha que fui eu quem fez isso, acha?

— Isso vai depender completamente de as mulheres corroborarem seu depoimento.

— Bom, o que quer que isso signifique, espero que elas façam.

CAPÍTULO 7

— Brady, peça para a senhora que chegou primeiro vir aqui — disse Dart, adicionando em tom baixo para o médico: — Se a história dela confirmar a de Brown sobre ele ter permanecido no cômodo, acho que posso usá-lo para uma coisa. Não teria como ele retirar o taco sem sair de lá.

— A história dele não se contradiz — concordou dr. Archer. — Ele tem medo demais para conseguir mentir. Mas não está muito cedo para descartar alguém?

— Eu não disse para liberá-lo. Só que posso enviá-lo com alguns policiais para identificar os outros homens que estiveram aqui e trazê-los de volta sem ficar com medo de que ele faça alguma cena.

— Por que você não vai com ele e interroga os outros onde eles estiverem?

— É mais fácil deixar todos num mesmo lugar, se possível... assim ninguém perde tempo. Claro que nem sempre dá para fazer assim. Aí vem a moça... sua amiga.

— Seja gentil com ela... Ela é muito honesta. Eu a conheço há anos.

— Está bem.

De modo hesitante, a jovem entrou, e o feixe de luz revelou sua aparência extraordinariamente atraente. Com uma perplexidade manifestada em seu belo rosto, mas sem sinal de temor, ela se sentou na cadeira de clientes.

— Não precisa ter medo, sra. Crouch. Quero que responda, o mais precisamente possível, algumas perguntas para ajudar a determinar quem matou Frimbo.

— Fico feliz em ajudar — disse ela, em um tom baixo e prático.

— A que horas a senhora chegou aqui hoje?

— Pouco depois das 22h30.

— Tem certeza de que foi a essa hora?

— Eu estava no Lenox. A última sessão do filme em exibição começa às 22h30. Já tinha visto, então, quando começou de novo, eu saí. De lá até aqui é uma caminhada que não leva mais do que quatro ou cinco minutos.

— Ótimo. A senhora veio direto para a sala de espera do Frimbo?

— Não. Passei lá embaixo para ver se meu marido estava.

— Seu marido? Ah... o sr. Crouch! O agente funerário é seu marido?

— É. Mas ele não estava.

— Ele costuma sair e deixar a funerária aberta?

— Tarde da noite, sim. Até as dez tem um atendente. Depois, se é chamado para algum lugar, ele apenas deixa uma placa dizendo quando volta. Ele não costuma — disse com um leve sorriso — ter medo de ladrões, entende?

— Mas não acontece de o telefone tocar quando ele não está?

— Sim, mas uma central telefônica pode cuidar disso. Se ele não atende, a central recebe a ligação e passa para ele depois.

— Entendi. Quanto tempo a senhora demorou lá embaixo?

— Foi só um minuto. Depois vim direto para a sala de espera.

— Quem estava lá quando você chegou?

— Quatro homens.

— Você conhecia algum deles?

— Não, mas reconheceria todos se voltasse a vê-los.

— Pode descrevê-los?

— Bem, tinha um homem nervoso, baixinho e magro, que parecia doente... na verdade ele estava doente, porque, quando se levantou para seguir o assistente, ficou meio zonzo e caiu, e todos os homens foram ajudar a levantá-lo.

— Ele foi o primeiro a entrar para ver o Frimbo depois da sua chegada?

— Foi. Aí tinha um corpulento, chamativamente vestido de cinza. Ele foi o segundo. E mais dois homens, que pareciam estar juntos... os dois que voltaram lá alguns minutos atrás, quando o senhor e o dr. Archer entraram.

— Um sujeito alto e o outro baixo.

— É.

— E sobre esses dois... algum deles saiu da sala enquanto a senhora estava lá?

— O alto, sim, quando chegou a vez dele de ver Frimbo.

— E o baixinho?

— Bem... depois de ficar fora por uns cinco ou seis minutos, o mais alto voltou... pela mesma porta por onde tinha saído. Isso foi uma surpresa, porque mais ninguém tinha voltado, exceto o funcionário de Frimbo, e ele sempre vinha pela porta do corredor, não pela outra, e também saía sempre pela passagem do corredor. Além disso, o homem alto parecia muito agitado. Acenou para o baixinho e voltaram juntos pela passagem... e vieram aqui.

— Essa foi a primeira e única vez que o mais baixo saiu do cômodo enquanto a senhora estava lá?

— Foi.

— E a senhora não saiu do cômodo nesse meio-tempo?

— Não. Não até agora.

— Mais alguém chegou?

— A outra mulher, que está esperando lá agora.

— Muito bem. Agora, desculpe se isso é algo pessoal, mas meu trabalho não é cuidar da minha vida, e sim me intrometer na dos outros. A senhora entende?

— Perfeitamente. Não precisa se desculpar, pode perguntar.

— Obrigado. A senhora sabe alguma coisa sobre esse tal Frimbo? Hábitos, amigos, inimigos?

— Não. Sei que ele tinha muitos seguidores e uma ótima reputação por conseguir fazer feitiços e esse tipo de coisa. Seu único parceiro, até onde eu saiba, era o criado. Fora isso, ele parecia ter uma vida muito reservada. Imagino que devia estar muito bem financeiramente. Estava aqui havia quase dois anos. Sempre foi nosso melhor inquilino.

— Me diga por que a senhora veio vê-lo hoje, por favor.

— Certamente. O sr. Crouch é dono dessa casa, assim como de outras, e Frimbo era nosso inquilino. Minha função é coletar os aluguéis, e hoje eu vim coletar o dele.

— Entendi. E a senhora acha mais conveniente visitar os inquilinos à noite?

— Não tanto para mim, mas para eles. A maioria trabalha durante o dia. E é impossível ver Frimbo durante o dia... ele não encontra ninguém nem para trabalho, nem para outros assuntos, até que tenha escurecido. Suponho que essa seja uma de suas peculiaridades.

— Então, vindo no horário em que ele atende, a senhora teria certeza de que o encontraria disponível?

— Exatamente.

— Tudo bem, sra. Crouch. Isso é tudo, por enquanto. Poderia retornar ao primeiro cômodo? Eu a liberaria de uma vez, mas talvez a senhora ainda seja necessária aqui.

— Será um prazer ajudar.

— Obrigado. Brady, chame Bubber Brown e um dos policiais extras.

Quando Bubber reapareceu, Dart perguntou:

— O senhor disse que conseguiria localizar e identificar os três homens que precederam Jenkins?

— Sim, senhor. Com certeza.

— Como?

— Bom, andei vendo o pequeno Doty Hicks. Ele fica por aí, perto da casa noturna do irmão dele. E todo mundo sabe que Spider Webb é um coletor de apostas, então posso encontrá-lo até amanhã no salão de bilhar do Patmore. E o outro, o da ferrovia, eu e ele tivemos uma boa conversa antes que ele fosse ver Frimbo e descobri onde dorme quando está na cidade. Só meio quarteirão subindo essa rua, em uma pensão.

— Ótimo.

O detetive se virou para o agente convocado por Brady.

— Escute, Hanks, leve o sr. Brown lá na delegacia, chame outro policial, vá com ele e traga aqui os homens que ele identificar. Vão ser três. Pegue meu carro e seja rápido.

Jinx, por trás de uma máscara carrancuda de mau humor, sua defesa automática sob tensão, estava sentado na cadeira desconfortavelmente iluminada e rugia suas respostas para a escuridão de onde provinha a voz de Dart. Essa atitude, aparentemente ríspida, que fazia muito tempo havia se tornado habitual, servia apenas para antagonizar com seu interrogador, de modo que mesmo a mais simples de suas respostas era considerada insatisfatória. Mesmo em um item rotineiro, mas obviamente importante, como estabelecer sua identidade, ele começou mal.

— O senhor tem algo que comprove sua identidade?

— Só minha língua.

— Como assim?

— Quer dizer que sou quem digo ser. Quem poderia saber mais que eu?

— Ninguém, é claro. Mas é possível que o senhor diga quem você não é.

— Quem eu não sou? Claro que posso dizer quem não sou. Não sou Marcus Garvey, não sou Al Capone, não sou Cal Coolidge... não sou ninguém além de mim, Jinx Jenkins, em pessoa.

— Muito bem, sr. Jenkins. Onde o senhor mora? Que tipo de trabalho faz?

— O tipo que aparece. Não estou fazendo nada agora.

— Hum... A que horas o senhor chegou aqui hoje?

Em vários pontos similares, as respostas de Jinx, apesar de toda a hostilidade, batiam com as de Bubber e as de Martha Crouch. Ele havia chegado com Bubber pouco antes das 22h30. Foram direto para a sala de espera e encontraram três homens. As mulheres tinham chegado depois. Então, o detetive pediu que ele descrevesse em detalhes o que ocorrera quando ele deixou os outros e foi se encontrar com Frimbo. E, embora o vocabulário de Jinx fosse completamente inadequado, aquele período ficara registrado tão profundamente em sua mente que ele não omitiu sequer um único item essencial. As imperfeições de sua fala tornaram-se insignificantes e foram ignoradas; de fato, as mentes mais letradas de seus ouvintes preenchiam ou substituíam as lacunas automaticamente e, tanto o detetive quanto o médico, o último talvez de forma mais completa, eram capazes de observar a cena reconstruída, como se estivesse, naquele instante, sendo transmitida na frente de seus olhos.

O funcionário negro, com o adereço amarelo na cabeça e a falta de foco em um dos olhos, conduziu Jinx pelas amplas cortinas pretas, enquanto o guiava: "Por favor, entre, sente-se e não diga nada até que Frimbo fale". Logo depois, as cortinas se fecharam atrás dele, e ele estava em uma pequena e escura passagem, cujo propósito era obviamente separar a sala de espera da câmara mística e, assim, evitar que a voz de Frimbo alcançasse os clientes à espera. Jinx arrastou os pés em direção à única luz que, ao mesmo tempo, o atraía e o cegava. Andou de lado, entre a cadeira e a mesa, e se sentou, encarando a figura sob a luz pendente. Não conseguia, por conta do brilho ofuscante, discernir nenhum traço característico no homem que fora encontrar; apenas distinguiu uma sombra escura, com uma cabeça que parecia ser enorme, um tanto inclinada para o lado, como em uma séria contemplação do visitante.

Por um tempo, a sombra não fez nenhum ruído e Jinx se contorceu impacientemente em seu assento, tentando obedecer às instruções e resistir ao impulso de dizer algo. Em um momento, a figura pareceu desaparecer de vez e se mesclar à escuridão que envolvia o ambiente. Era o limite exato da resistência de Jinx... mas, naquele momento, Frimbo falou:

— Por favor, não proteja seus olhos. Devo estudar seu rosto.

A voz alterou a atmosfera, que era de constrangimento, para a de segurança. Era uma voz profunda, forte, calma, muito prática e real, mesmo naquela atmosfera, como se para dissipar as dúvidas e inspirar confiança.

— A questão é que, observando seu semblante, consigo analisar a sua mente. Apenas assim, posso entender como ajudar.

Era um homem que sabia das coisas. Certamente não falava como um africano nativo. Não falava como nenhum negro que Jinx já ouvira. Nenhum traço de sotaque negro, nenhuma sugestão de dialeto. Falava como um juiz de cabelos brancos: tranquilo, suave, quieto.

— Existem aqueles que se dizem capazes de ler a vida dos homens em bolas de cristal. Isso é a maior besteira. Eu digo que consigo ler a vida dos homens em seus rostos. Isso é totalmente plausível. Cada experiência, cada pensamento, deixa uma marca. Passado e presente estão claramente escritos ali. Aquele que entende o passado e o presente pode deduzir o futuro inevitável, que é determinado pelo passado e pelo presente. Por isso, minha bola de cristal é seu rosto. Ao ler o que está aí, consigo saber o que está escrito para acontecer, portanto prever seu futuro e protegê-lo dele.

— Sim, senhor — disse Jinx.

— Percebo que no momento está sem trabalho. É sobre isso que veio me consultar?

Os olhos de Jinx se dilataram, então ele respondeu:

— Sim, senhor, isso mesmo.

— O senhor está sem emprego há várias semanas.

— Fez um mês na terça.

— É. E agora está em um ponto em que precisa pedir ajuda financeira a seus amigos. Tendo uma natureza orgulhosa e independente, acha isso difícil. E mesmo a taxa que o senhor me pagará pelo conselho que darei vem de dinheiro emprestado.

Não havia tom de pergunta, nenhum pedido implícito por confirmação. As palavras eram apenas a declaração de um fato, apresentadas como um resumo extensivo da situação, expressas meramente como base para as mais importantes deduções que se seguiram.

— Até agora, como pode ver, meu amigo, não fiz nada muito misterioso. Tudo isso é um processo de razão, baseado na observação. E agora, embora possa pensar que é um poder estranho, deixe eu avisar que também não há nada de misterioso em minha capacidade de dizer que seu nome é Jenkins, que seus amigos o chamam de Jinx, que tem 27 anos de idade e não é casado. Todas essas informações passaram pela sua mente enquanto o senhor estava sentado me escutando. Isso é meramente a sensibilidade da receptividade mental. É algo que qualquer um pode aprender; na maior parte das vezes, é chamada de telepatia. É neste ponto que outros que o senhor pode ter consultado param. Mas é aqui que Frimbo começa.

Houve um momento de silêncio. A voz retornou com mais profundidade e solenidade:

— Pois, além das coisas que qualquer um pode aprender, Frimbo herdou um legado de centenas de séculos, entregue de filho a filho por quatrocentas gerações ininterruptas de reis Buwongo. É um segredo profundo e perigoso, meu amigo, um segredo que meus pais sabiam quando os reis do Nilo ainda tratavam a carne humana como uma iguaria.

A voz diminuiu para um tom mais baixo, inexplicavelmente inexpressivo.

— Frimbo pode mudar o futuro. — Pausou, mas logo continuou: — No meio de um mundo de eventos determinados e inevitáveis, de resultados rigidamente construídos pelo passado, só Frimbo é livre. Frimbo não apenas vê. Frimbo, e só Frimbo, pode interferir à sua vontade e mudar o curso de uma vida. Escute!

Naquele momento, a voz se tornou intimista, confidencial, transmutando-se de tons baixos e vibrantes em suaves sussurros sibilantes:

— Suas necessidades imediatas serão atendidas, mas você não ficará contente. É algo estranho o que eu vejo. Pois, embora comida e abrigo se tornem abundantes mais cedo do que imagina, o senhor ainda estará mais infeliz do que agora; e só se alegrará quando essa segurança física for retirada. Estará eufórico por retornar à imprevisível sorte que agora lhe causa desespero. Não vejo as circunstâncias, no momento, que causarão essas situações, pois estão do lado de fora do conteúdo presente da sua mente, que estou contemplando. Mas essas coisas já o estão esperando impacientes... necessidades físicas supridas, mas grande tormento mental.

"Então, agora que você já passou pelo período paradoxal, o que vai fazer? Deixe-me ver. Não passa de um caminho curto... daqui a alguns dias... mas..."

Nesse tom, até o momento bem confiante, rastejou um quê de titubeação. Era uma mudança tão inesperada e incongruente que Jinx, que estivera bastante fascinado, ficou surpreso, como se houvesse sido rudemente acordado de um sono profundo. Frimbo prosseguiu:

— É muito escuro... — Houve uma longa pausa, a mesma voz retornou: — O que é isso, Frimbo? — Outra pausa e então: — É estranho como de repente ficou escuro. Frimbo... — O espanto se dilatou em desânimo. — Frimbo! Frimbo! *Por que você não vê?*

A voz de um homem atingido repentinamente não poderia ser impregnada com terror maior. Tão veloz e definitiva foi a transição que Jinx, alarmado, apenas conseguiu se segurar nos braços da cadeira e encarar fixamente. E, apesar do feixe brilhante, viu uma mudança na figura do outro lado da mesa. A parte da sombra que correspondia à cabeça, agora parecia ter metade de seu tamanho original.

Em um repentino frenesi de terror, Jinx deu um salto e alcançou a luminária pendurada. Rapidamente, ele a balançou e a inclinou para que a luz fosse direcionada à figura sentada. O que viu foi uma cabeça negra careca, frouxa e inclinada para o lado, a boca aberta, os olhos fixos, encarando por baixo de pálpebras pendentes.

Soltou a luminária, virou-se e disparou para invocar Bubber.

Tudo isso fora ensaiado por Jinx em detalhes, deixando claras, por implicação ou paráfrase, aquelas ideias cujas palavras originais ele não conseguiria descrever ou pronunciar de outra forma. O médico emitiu um leve assobio de espanto; o detetive, incrédulo, disse:

— Espere um minuto. Deixe-me ver se entendi direito. Quer dizer que Frimbo realmente falou com o senhor, como relatou?

— Falou, sim.

— Tem certeza de que era Frimbo?

— A mesma certeza que tenho de que estou falando com o senhor. Ele estava bem onde o senhor está.

— E quando tentou profetizar o que aconteceria com o senhor daqui a alguns dias, ele não conseguiu?

— Parece que alguma coisa tomou conta dele de repente... disse que não conseguia ver. E quando viu que não podia ver, ficou meio assustado e, como eu contei, berrou: "Frimbo, por que você não vê?"

— Então está querendo dizer que o senhor tentou vê-lo e que parecia que a cabeça *dele* tinha encolhido?

— Sim, senhor.

— Evidentemente, o turbante dele havia caído.

— O quê?

— Escutou algum som pouco antes disso... como um golpe?

— Não. Não escutei nada além da voz dele. E não parou como aconteceria se o tivessem acertado. Simplesmente parou, como se ele estivesse falando sobre alguma coisa que estava olhando e então não conseguisse mais ver. Ele só ficou assustado com isso de não conseguir ver. Talvez tenha morrido de susto.

— Hum. É, talvez o susto tenha sido tão grande que até deixou aquela ferida na cabeça dele.

— Bom, talvez eu e o Bubber tenhamos feito isso.

— Como?

— Carregando o Frimbo pela escada. A gente estava com uma pressa danada. A cabeça dele pode ter atingido alguma coisa na descida.

— Mas — disse Dart, e Jinx não entendeu que era uma isca —, se ele estava morto, a ferida não teria sangrado, como sangrou.

— Talvez — insistiu Jinx — porque ele morreu bem naquela hora... enquanto descia.

— O senhor parece muito ansioso para justificar a morte dele.

— Hunf — grunhiu Jinx. — O senhor também está agindo meio ansioso, na minha opinião.

— É. Mas tem uma diferença. Nas suas próprias palavras, o senhor estava presente, e era a única pessoa presente, quando Frimbo morreu. Eu estava a um quilômetro daqui.

— E daí?

— Daí que, enquanto estou tão ansioso quanto você para tentar justificar a morte do homem, a minha ansiedade tem uma razão de ser bastante diferente. Por exemplo, eu não poderia estar tentando provar minha inocência ao insistir que ele morreu de causas naturais.

A memória de Jinx era melhor que a de Bubber.

— Eu ainda não ouvi ninguém dizer que com certeza ele foi assassinado — disse ele.

— Ah, não? Bem, então escute. Nós sabemos que esse homem foi assassinado. Nós sabemos que ele foi deliberadamente morto por alguém que queria executar um plano... e conseguiu.

— E o senhor supõe que fui eu? — Não havia nenhuma surpresa na voz de Jinx, pois ele mantinha havia tempo a possibilidade em seu pensamento.

— Não suponho nada. Simplesmente tento entender os fatos. Quando os fatos reunidos são suficientes, fazemos todas as suposições necessárias. Um jeito de reunir os fatos é pelo testemunho das pessoas que conhecem os fatos. O único problema é que qualquer um que saiba dos fatos pode ter razões para mentir. Tenho que podar as mentiras. Estou falando isso para mostrar que, se você é inocente, o melhor jeito de se defender é falando a verdade, por mais feia que ela seja.

— O que o senhor acha que eu *estava* fazendo?

— Você estava contando uma história estranha, uma parte, inclusive, a gente sabe que é completamente impossível... a não ser... — O detetive fez uma nova consideração. — Escute. A que horas você entrou nesse cômodo? Seja o mais preciso possível.

— Devia ter sido por volta de 22h55.

— Por quanto tempo Frimbo falou com você?

— Uns cinco ou seis minutos, eu acho.

— Então seriam onze em ponto. Depois você correu até Bubber. Dr. Archer, a que horas você foi chamado?

— Três minutos depois das onze, de acordo com meu rádio-relógio.

— Não é muito tempo... três minutos... Bubber levou três minutos para buscar o senhor e voltar. Durante esses três minutos, Jenkins estava sozinho com o morto.

— Eu não — negou Jinx. — Eu fiquei lá fora no corredor, no topo da escada onde o doutor me encontrou... tentando entender por que eles estavam demorando tanto.

A resposta foi tão convincentemente ingênua que o médico concordou com um sorriso:

— Ele de fato estava lá quando cheguei.

— Nesses poucos minutos, Jenkins, enquanto estava aqui sozinho, viu ou ouviu alguma coisa peculiar?

— Não, nadinha. Estava um silêncio danado.

— E quando voltou para este cômodo com o médico, tudo estava como você deixou?

— Pelo que consegui ver, sim.

— Hum... Escute, doutor. Você deixou o corpo em algum momento desde a hora em que o encontrou até a hora em que eu cheguei aqui?

— Não. Nem mesmo para ligar para a delegacia... eu pedi que os dois fizessem isso.

— Curioso — murmurou Dart. — Muito curioso.

Por um momento, refletiu sobre pontos inconciliáveis na história de Jinx: a imobilidade da figura de Frimbo, da qual, contudo, o turbante havia caído; a ausência de som do possível ataque e, ainda assim, a repentina mudança no discurso e no comportamento do adivinho, pouco antes de ser encontrado morto; a baixa probabilidade de qualquer oportunidade (exceto pelo próprio Jinx) de alcançar a vítima prostrada, encaixar o lenço no lugar e partir durante os três minutos nos quais Jinx alega ter estado no corredor, sem visivelmente ter interferido no corpo; e a maior impossibilidade: a de qualquer homem, morto ou vivo, falar enquanto sua garganta estava tapada com aquele tecido que o detetive vira ser removido com os próprios olhos. Certamente, Jenkins devia estar enganado em algumas das declarações que tão seguramente dava. Ou então estava mentindo. Se estava mentindo, fazia isso para proteger a si mesmo, direta ou indiretamente. Em outras palavras, se estava mentindo, ou Jenkins sabia quem havia cometido o crime ou ele mesmo o cometera. Apenas evidências futuras poderiam indicar a verdade e a mentira nessa inusitada crônica.

Então, um tanto casualmente, como se estivesse pedindo um favor, Dart perguntou:

— O senhor teria um lenço, sr. Jenkins?

— Eles não estão, como se diz... extremamente limpos — Jinx buscou no bolso direito do casaco —, mas... — Ele parou. A mão esquerda deslizou para dentro do bolso esquerdo. Ambas as mãos retornaram e fuçaram os bolsos da calça. — Acho que devo ter deixado cair — disse. — Eu tinha um.

— Tem certeza de que tinha um?

— Uhum. Tinha quando eu vim para cá.

— Quando veio para este cômodo?

— Não. Quando entrei no primeiro cômodo. Eu estava um pouco nervoso. Enxuguei meu rosto com ele. Acho que coloquei no...

— Essa é a última vez que se lembra de estar com ele em mãos... assim que entrou no primeiro cômodo?

— Uhum.

— Poderia descrevê-lo?

Talvez a inesperada insistência em algo tão sem importância quanto um lenço tenha colocado Jinx de sobreaviso. Naquele momento, ele se esquivou.

— Que diferença isso faz?

— Poderia descrevê-lo?

— Não.

— Não? Por que não?

— Não há o que descrever. Era um simples lenço branco, grande e com uma... — Hesitou.

— Com o quê?

— Com uma bainha — disse Jinx.

— Hum.

— É... bainha.

— Uma bainha branca?

— Preta é que não era — disse Jinx, com o sotaque típico do Harlem.

O detetive ficou em silêncio por um tempo, depois continuou:

— Está bem, Jenkins. Isso é tudo, por enquanto. Pode voltar para o cômodo da frente.

O policial Brady acompanhou Jinx e retornou.

— Brady, fale para Green, que está ali na frente, anotar tudo que ele entreouvir o pessoal falando no outro cômodo. E volte aqui.

Em obediência, o agente Brady se virou.

— Luz! — gritou Dart, e o homem de uniforme azul no corredor apertou o interruptor que acendia a lâmpada na extensão.

CAPÍTULO 8

— O que acha da história do Jenkins? — questionou dr. Archer.

— Bem, mesmo antes que ele desviasse do assunto do lenço — respondeu Dart —, eu não estava acreditando nele. Depois, quando se esquivou de descrever a borda azul, bagunçou a coisa toda.

— Mas ele pareceu bastante convincente sobre a entrevista. Ele não poderia ter simplesmente tramado essa história... é muito detalhada.

— É. Mas vou dar um tempinho para ele se acalmar. Talvez os detalhes não sejam tão exatos na próxima vez.

— Como imagino, ele pode estar certo... pelo menos no que diz respeito ao horário em que o ataque fatal ocorreu. Estaria bem no final daquela meia hora em que, desde o início, eu havia estimado que a morte teria se dado. E, no estado de espírito em que ele estava quando parecia que Frimbo operava milagres de clarividência, ele pode facilmente ter falhado em escutar o ataque. De fato, poderia ter falhado em ver... nem me viu parado aqui do lado.

— Você está pensando na ferida na cabeça do Frimbo. Tem certeza de que Jenkins não poderia ter falhado em ver alguém tentando enfiar aquele lenço?

— Não. Mas isso pode ter acontecido no minuto em que ele correu para chamar o Bubber. Teria que ser um trabalho rápido, é claro.

— Com certeza! Não podemos desconsiderar as possibilidades remotas de início. Nesse jogo, temos que ser práticos.

Ajustar as conclusões aos fatos, e não os fatos às conclusões. Pessoalmente, não sinto nenhuma dessas coisas em relação ao Jenkins... exceto que é desnecessariamente antagônico. Isso não vai ser bom para ele, de jeito nenhum. De qualquer forma, estou convencido, pelo testemunho, que ele não é o culpado. A atitude dele, a história impossível, a esquiva sobre o lenço de bordas azuis...

— Você acha que o lenço é dele?

— Acho que ele podia tê-lo descrito... pela forma como se esquivou. Se podia ter descrito, por que não o fez? Porque ou pertencia a ele ou a alguém a quem queria acobertar.

— Ele estava mesmo se esquivando.

— Claro que isso não faz dele o culpado, mas também não o libera da suspeita.

— Não exatamente. Por outro lado, a parte da história sobre Frimbo... o que Frimbo disse para ele... são coisas que um homem como Jenkins não poderia ter inventado. É sobre Frimbo ter falado... que tenho certeza.

— Por uma garganta entupida com um pano de algodão?

— Não. Enquanto ele falava com Jenkins, a garganta estava desobstruída.

— Bem... isso significa que, pelo que parece, existem duas possibilidades: ou alguém fez isso enquanto Jenkins ia chamar o Bubber ou quando Bubber foi procurar você. Vamos convocar a outra mulher. Certo, Brady, busque a outra mulher. E apague a luz ali fora.

Assim, desligou-se a luz da extensão; o brilhante feixe horizontal original mirou para a frente como um dedo acusador apontando em direção à entrada, enquanto o resto da câmara da morte escureceu.

Desajeitada, não muito diferente de uma dançarina excêntrica, a mulher alta e magra ocupou o holofote, com os olhos bem abertos pelo ofuscamento, por um momento hostil, depois se ajeitou em uma atitude tensa e ereta na borda da cadeira dos clientes. Cada ângulo de sua forma esguia, pobremente vestida, e cada característica de seu semblante esquelético, externavam ressentimento.

— Qual seu nome, senhora?

— Quem é? — A voz era alta, áspera e queixosa.

— Detetive Dart. Estou sentado em uma cadeira à sua frente.

— Era o senhor que estava lá fora um tempo atrás?

— Era. Agora...

— Que tipo de detetive é o senhor?

— Um detetive da polícia, senhora, da cidade de Nova York. E, por favor, permita que eu faça as perguntas enquanto a senhora se limita às respostas.

— Detetive da polícia? Não pode ser. Eles não têm detetives negros.

— Quem disse isso era ignorante ou daltônico, senhora... Agora, prefere responder as perguntas aqui ou lá na delegacia?

A mulher se calou. Entendendo isso como uma mudança de atitude, o detetive repetiu:

— Qual seu nome?

— Aramintha Snead.

— Casada ou solteira?

— Casada. — O tom indicava que o detetive deveria saber disso.

— Seu endereço?

— Rua 134, número 19, oeste.

— Naturalmente, a senhora é estadunidense.

— Agora eu sou, mas originalmente venho de Savannah, Geórgia.*

---

* O estado da Geórgia, como todo o Sul dos Estados Unidos, viveu, entre 1877 e 1964, um período de segregação racial legalizado pelas chamadas Jim Crow Laws. Assim, muitas pessoas negras sulistas, não reconhecidas como cidadãs naquela região, migravam para os estados do Norte em busca de melhores condições de vida, o que nem sempre era alcançado. [N. T.]

— Ocupação?

— Ocupação? Quer saber que tipo de trabalho eu faço?

— Sim, senhora.

— Eu não faço nenhum tipo de trabalho... não que pague. Mas trabalho na igreja.

— Trabalha na igreja? Então a senhora passa boa parte do tempo lá?

— Ninguém consegue ficar muito tempo na igreja. Embora eu diga que tenho me perguntado nos últimos tempos se há que o diabo consegue fazer melhor do que Nosso Senhor.

— O que trouxe a senhora aqui hoje?

— Meus dois pés.

Dart suspirou pacientemente e prosseguiu:

— Como pode uma devota como a senhora, que até trabalha na igreja, vir pedir conselhos para um homem como Frimbo, mestre dos poderes obscuros? Eu pensaria que, em vez disso, a senhora preferiria buscar ajuda com seu pastor.

— Eu fiz isso, mas não serviu para nada. Toda vez que eu procuro o reverendo, ele diz: "Minha filha, fale com o Senhor em oração". Bem, fiz o que ele disse. Eu orei e orei. Hoje, cansei de orar.

— Hoje? Por que hoje?

— Hoje era a noite do grupo de orações. Em dois anos, não perdi nenhum encontro. E, por dois anos, semana após semana... toda noite, na verdade, mas especialmente nos grupos de oração de sexta à noite... tenho orado ao Senhor para que meu marido pare de beber. Não que eu condene a bebida em si, entende? O Senhor transformou a água em vinho. Mas, quando Jake volta para casa todas as noites, bêbado o suficiente para se satisfazer em me encher de pancada... isso é bem diferente.

— Estou totalmente de acordo com a senhora — encorajou Dart.

Na contemplação de seus problemas, a sra. Snead renunciou a uma parte de sua indignação ou, melhor dizendo, transferiu-a do presente para o passado.

— Bem, eis que, hoje à noite, mal tinha acabado de orar por ele na reunião e voltado pra casa, ele me recebeu na porta com um tapa na cabeça. Só para eu aprender, ele disse, para que da próxima vez eu estivesse em casa quando ele chegasse. E por que será que a comida dele não estava pronta? Então apenas me virei e saí andando. E pensei comigo mesma, enquanto caminhava: *Se um remédio não ajuda, talvez outro sirva.* Foi assim que me decidi. Todo mundo sabe sobre esse tal de Frimbo... dizem que ele pode enfeitiçar alguém. E acredito que já tenha orado demais a Deus. Agora, vou orar para o diabo.

— E então a senhora veio aqui?

— Isso.

— E por que escolheu Frimbo entre todos os curandeiros do Harlem?

— Era o único de quem eu já tinha ouvido falar.

— E o que tinha ouvido falar sobre ele?

— O que ele tinha feito por Lem, o filho da irmã Susan Gassoway. Ela estava me contando sobre isso há alguns dias... faz duas semanas hoje. A gente estava no grupo de orações. O velho Hezekiah Mosby estava orando, e quando ele começa a orar, não para mais. Então a irmã Gassoway e eu, a gente estava conversando, e ela me contou o que esse tal de Frimbo tinha feito por Lem, o menino dela. Lem tinha se metido em uma encrenca... é um menino arteiro, sabe? E colocou a culpa em outra pessoa. Outro menino jurou que ia matar Lem e ele acreditou. Então veio ver o Frimbo, e Frimbo colocou um encanto nele... disse que ele passaria por tudo em segurança. Bem, o senhor se lembra do caso que saiu no *Amsterdam News* sobre um garoto que teve uma faca enfiada na cabeça, quebrou a faca, o buraco fechou com ela dentro e ele pensou que só tinha se cortado e nem sabia que a faca estava lá?

— Lembro. Foi para o Hospital do Harlem, fizeram um raio X e removeram a faca.

— E ele sobreviveu! Esse era Lem Gassoway. Ninguém nunca tinha visto algo assim. Qualquer outra pessoa teria morrido na hora. Mas não Lem. Lem estava sob o feitiço do Frimbo. Foi isso que o salvou.

— E foi por isso que a senhora escolheu o Frimbo?

— Com certeza. O senhor não escolheria também?

— Sem dúvida. E a que horas chegou aqui, sra. Snead?

— Pouco depois das 22h30.

— Alguém abriu a porta para a senhora?

— Não. Fiz o que a placa dizia: "Abra e entre".

— A senhora subiu direto pelas escadas e entrou na sala de espera?

— Isso.

— A senhora viu alguém?

— Ninguém, só a outra moça, os dois amigos que estavam quase brigando agora há pouco e outros dois homens na sala. Ah, sim... o... o mordomo ou o que quer que ele seja. O homem mais feio que já vi... quase me mata de susto.

— Reparou em alguma coisa interessante enquanto estava esperando ser chamada?

— Hã? Ah... sim. Quando um dos outros dois homens se levantou para ver o adivinho, ele não conseguia parar de pé... devia estar mais bêbado que meu Jake. Verdade, porque ele caiu no chão bem no meio da sala e acho que ainda estaria lá se os outros não tivessem ajudado.

— Quem o ajudou?

— Todos eles.

— A senhora reparou na prateleira de cornija?

— Com amuletos e essas coisas? Não tinha como não reparar.

— Viu os dois tacos com as pontas prateadas?

— Dois? Hum... hum... não me lembro de dois. Me lembro de um. Só que não estava prestando muita atenção... podia ter uma dúzia deles, se o senhor quer saber. Havia tantas coisas meio demoníacas por ali.

— A senhora viu alguém com um lenço branco de bordas azuis... um lenço masculino?

— Não, senhor.

— Tem certeza de que não viu nenhum lenço assim... talvez no bolso de um dos homens?

— O que tem no bolso de um homem não é da minha conta.

Naquele momento, ouviu-se alguém chegando no corredor. O agente na porta falava com um homem que acabara de aparecer. O homem dizia:

— Meu nome é Crouch. É, sou dono da agência funerária lá embaixo. Gostaria de ver o agente responsável.

— Brady, peça para o sr. Crouch entrar! — gritou Dart. — Sra. Snead, pode voltar para o cômodo da frente, por gentileza.

— Para o cômodo da frente! — admoestou a mulher. — Quanto tempo o senhor acha que terei que ficar nesse lugar?

— Não muito mais, eu espero. Brady, leve a moça até o cômodo da frente. Entre, sr. Crouch. Sente-se nessa cadeira, por favor. Que bom que o senhor veio.

— Credo! Está escuro como a noite aqui — disse o recém-chegado, inutilmente tentando compreender quem estava presente.

No entanto, ele se dirigiu prontamente para a cadeira iluminada e se sentou. Tinha um jeito um tanto desnorteado, e era evidente que estava tão ansioso para saber o que havia ocorrido quanto a polícia. Compreendeu de imediato o valor da disposição da iluminação, da qual Dart havia tomado vantagem, e deu um sorriso.

— Nossa, que luz forte! Mas é uma boa ideia. Não consigo ver nada. Quem é o senhor, posso saber?

Dart se apresentou e então Crouch disse:

— Prazer em conhecê-lo... embora até agora o senhor seja só uma voz. Pelo que entendi, perdi um inquilino. Voltei esperando acertar os últimos detalhes em um pequeno trabalho lá embaixo e encontrei o lugar repleto de policiais. O sujeito na porta me deixou sem ar... falando que Frimbo foi assassinado. Como isso aconteceu?

Os olhos escuros e afiados de Dart analisavam o agente funerário com atenção. Ele observou um homem juvenil, de estatura média, com a pele clara, macia, sem defeitos e bem cuidada. O rosto redondo estava bem barbeado, as feições sérias, mas não rudes, os olhos de um tom marrom indeterminado, como os da maioria dos negros. O cabelo era sua posse mais notável, pois era preto e tão liso quanto o de um indígena, e reluzia com um polimento brilhante na luz que caía sobre ele. Usava trajes discretos e tinha o aspecto de um homem de negócios prático, mas genial, em quem seria difícil pregar peças. Seu jeito, mais que seus questionamentos, indicava que, embora não houvesse necessidade de se agitar com algo que não poderia ser restaurado, ainda era seu direito, na posição de vizinho e senhorio, simplesmente entender o que havia acontecido e como.

— Talvez, sr. Crouch — respondeu Dart —, o senhor possa responder a sua própria pergunta.

Se o detetive pretendia perceber qualquer espasmo no semblante que denunciaria um disfarce da parte do agente funerário, ele se decepcionou. A expressão de Crouch manifestava apenas curiosidade, que agora se tornava meditativa.

— Bem — disse ele, reflexivo —, deixe-me pensar. O senhor sabe que ele foi assassinado, evidentemente?

— Mais que isso. Sabemos como ele foi morto. Sabemos quando. Temos inclusive evidências da identidade do agressor.

— Agressor? Ah, então ele foi agredido? Um dos clientes, é provável. Nossa, quer dizer, se vocês sabem de tudo isso, não devem ter nenhum problema. Devem ter limitado o número de suspeitos a quem quer que estivesse aqui na hora e quisesse vê-lo morto. Mas essa deve ser a dificuldade. Quem poderia querer matá-lo?

— Exato. É aí que talvez o senhor possa nos ajudar. Você conhecia o Frimbo, certo?

— Apenas como um senhorio conhece seu inquilino — disse Crouch, com um sorriso. — Mesmo isso não é bem verdade — corrigiu-se. — Senhorios e inquilinos geralmente são inimigos. Frimbo, pelo contrário, era o melhor inquilino que já tive. Pagava um bom aluguel, sempre na data certa, e nunca pedia nada. Uma espécie rara nesse aspecto. Dificilmente vou conseguir outro igual.

— Havia quanto tempo ele era seu inquilino aqui?

— Quase dois anos. Ele construiu uma boa clientela aqui no Harlem... Pelo menos esse lugar estava sempre cheio de gente à noite.

— Há quanto tempo o senhor tem seu negócio aqui?

— Vai fazer cinco anos agora.

— E, apesar do fato de que eram vizinhos havia dois anos, o senhor não sabia nada sobre a vida pessoal dele?

— Bem — outra vez, Crouch sorriu —, não éramos exatamente o que o senhor chamaria de amigos. Nossa proximidade era meramente... geográfica, entende? O senhor sabe, com certeza, que aqui não é minha residência.

— Sei.

— Para ser sincero, Frimbo sempre parecia... e eu não digo isso no sentido geográfico, um pouco acima de mim. Bem distante, um tipo meio inacessível. Parte de sua postura profissional, imagino. Solene como um agente funerário... Sendo sincero, eu invejava o jeito dele. Seria útil para mim. Às vezes, a gente se encontrava por acaso e trocava umas palavras. Mas, fora isso, eu nunca sabia onde ele estava.

— Suas relações eram apenas de natureza comercial?

— Basicamente.

— Nesse caso, o senhor só tinha que se encontrar com ele uma vez por mês... para coletar o aluguel.

— No começo, sim. Mas nos últimos meses não tive nem que fazer isso. Minha esposa coleta todos os aluguéis agora.

— Essa não é uma ocupação meio perigosa para uma mulher? Carregar dinheiro por aí?

— Acho que sim. Nunca pensamos por esse lado. O senhor sabe como são as mulheres... se elas não têm muito que fazer, ficam inquietas e insatisfeitas. A gente não tem filhos e uma garota faz o serviço de casa. Quando me pediu para coletar os aluguéis, me pareceu algo sensato... iria ocupar o tempo dela e me dar um pouco de liberdade. Estou de plantão 24 horas, entende, então agradeço por um pouco de alívio.

— Entendi. Deve ser por isso que ela esteve aqui hoje à noite.

— Esteve? Isso é bom.

— Bom? Por quê?

— Porque... acho que isso pode soar meio insensível... e... claro que sinto muito por Frimbo e tal, mas a morte é uma experiência tão corriqueira para mim que penso ser algo natural. O que quis dizer é que pelo menos ele não morreu nos devendo.

Essa foi uma declaração tão direta que deixou até mesmo o desiludido Dart em silêncio por um momento, enquanto o dr. Archer deu um suspiro audível. Então o detetive seguiu:

— Bem... pelo visto o senhor não conhecia Frimbo tão bem quanto eu esperava. Não sabe de ninguém que poderia querer tirá-lo do caminho?

— Não. E quem quer que tenha sido, com certeza não me fez nenhum favor.

— O senhor esteve aqui mais cedo, não é?

— Estive. Saí por volta das nove horas. Daquele momento até alguns minutos atrás eu estava no Forty Club, na esquina, jogando baralho. — Sorriu. — O senhor poderá confirmar isso facilmente com um dos atendentes ou com meu amigo, Si Brandon, que eu depenei todinho.

— O senhor acha que alguém conseguiria entrar e sair deste quarto sem ser visto pelas pessoas no corredor ou na sala de espera?

— Na verdade, não sei. É a primeira vez desde a mudança do Frimbo que ponho os pés aqui.

— Ah, é?

— É.

— Mesmo quando o senhor coletava os aluguéis, nunca tinha que entrar aqui?

— Não, eu esperava ali no corredor. O ajudante falava que eu tinha vindo atrás do aluguel e Frimbo mandava me pagar. Eu entregava o recibo para o ajudante e era isso.

— Entendi — comentou o detetive, continuando: — E não há nenhuma passagem secreta nessa casa, por onde alguém poderia passar despercebido?

— Não, a menos que o próprio Frimbo tenha construído. Eu nunca incomodei ou meti o nariz para ver o que ele estava aprontando. O contrato indicava que ele deveria deixar as coisas como as encontrara no começo, então deixei isso de lado. Mas, em um cômodo assim, imagino que seria fácil para alguém executar muitos movimentos indetectáveis, se quisesse. A escuridão e aquelas cortinas e tal.

— Claro. Quanto tempo ainda tinha até o fim do contrato?

— Mais três anos... e por um valor consideravelmente mais alto do que poderia cobrar de qualquer um nesta crise.

— Havia algo inusitado no acordo do seu contrato? Alguma característica especial ou algo assim?

— Não. Nada. Exceto, talvez, o acordo sobre o aquecimento. Eu pagava o carvão e ele pagava a mão de obra. Quer dizer, ele tinha um funcionário para manter o fogo aceso. Evidentemente, só tem uma caldeira.

— Então o funcionário dele tinha que passar pela sua parte da casa com frequência para cuidar do fogo, tirar as cinzas, essas coisas?

— É... tinha, sim.

— Bem, sr. Crouch, suponho que isso seja tudo, por enquanto. Exceto que talvez eu lhe deva desculpas por usar seu salão lá embaixo sem autorização. O dr. Archer aqui moveu a vítima lá para baixo para examinar melhor, antes de saber que ele estava morto.

— Ah, é o senhor que está aí, doutor? Poderia ser qualquer pessoa nessa escuridão, não é? Não se desculpe. Fico feliz por ter ajudado. Talvez se me contar as circunstâncias, detetive, eu possa me deparar com algo de valor. A menos, é claro, que o senhor tenha algum motivo para não revelar o que sabe até agora.

— Não vejo por que não contar — decidiu Dart. — A vítima foi atingida por um golpe com um objeto rígido... um tipo de taco. Depois foi asfixiada por um lenço enfiado na garganta.

— Minha nossa!

— Nós recuperamos o lenço. O taco está sendo examinado em busca de impressões digitais. Esse taco foi visto... quer dizer, antes da morte do Frimbo... pouco depois das

22h30, posicionado no que parece ser seu lugar habitual, a estante de cornija no cômodo da frente. Ninguém admite tê--lo visto depois disso, até que nós o encontramos no chão ao lado dessa cadeira, onde estava o corpo de Frimbo. Testemunhas indicam que Frimbo estava vivo até as 22h55. Logo, o taco foi removido por alguém que estava no primeiro cômodo depois das 22h30 e usado por alguém que estava fora daquele cômodo cinco minutos antes das 22h55. Supostamente, a pessoa que o removeu é a mesma que o usou. É claro que essa pessoa poderia ter se escondido até as 22h55 no escuro ou atrás das cortinas. Mas, sem dúvidas, é alguém que passou daquele cômodo para este durante esse período de 25 minutos.

— Caramba! Esse é um belo método. Melhor que um silenciador, não é?

— Bem... não sei. Deixa mais evidências, pelo que parece.

— Sim, mas, quanto mais evidências, maior a possibilidade de confusão.

— É verdade. Mas se os dois tacos que estamos analisando, a posse do lenço e a indicação de impressões digitais coincidirem, alguém vai estar encrencado. Bastante encrencado.

— Mas não acho que encontrarão alguma impressão digital no taco.

— Por que não?

— Aposto que o sujeito manejou o taco com o lenço.

— Hum... é um bom palpite. Precisaremos esperar pelos resultados da perícia para verificar isso.

— Bem — Crouch se levantou —, se eu pensar em mais alguma coisa ou encontrar algo que possa ajudar, vai ser um prazer. É fácil entrar em contato comigo, se o senhor precisar.

— Obrigado, sr. Crouch. Não vou segurá-lo. — Dart chamou o policial no corredor. — Deixe o sr. Crouch sair. Ou o senhor tem algo para fazer lá embaixo?

— Bem, eu tinha, mas posso esperar até amanhã. Eu poderia atrapalhar agora, mexendo no local e tudo o mais. Amanhã vou ter tempo de sobra... São só uns últimos detalhes. É mais fácil lidar com um rosto morto do que com um vivo... Isso eu já descobri.

— Interessante — comentou Dart. — Nunca havia pensado em um agente funerário como um esteticista.

— O senhor se surpreenderia. Podemos deixar os escuros mais claros e os claros mais claros ainda... essa parece ser a ambição nessa comunidade. Podemos engordar os magros e emagrecer os gordos. Me atrevo a dizer que, pelas mudanças mais simples que se pode imaginar, eu poderia deixar o dr. Archer bem irreconhecível.

— A necessidade — murmurou o médico — pode se apresentar, mas confio que a ocasião não vai chegar tão cedo.

— Bem, boa sorte, detetive. Boa noite, doutor. Vejo o senhor de novo outra hora, quando as coisas estiverem melhores.

— Boa noite!

— Boa noite, sr. Crouch!

— Por que não avisou que a esposa dele ainda está aqui? — perguntou o dr. Archer.

— Ela estava aqui quando o fato aconteceu. Talvez eu precise dela. Se dissesse que ainda está aqui, ele iria querer vê-la e ela iria querer ir embora com ele.

— Então você poderia mantê-lo aqui também.

— Não tenho motivo para isso. A história dele bateu direitinho com a da esposa, apesar dos meus esforços para enganá-lo. E posso facilmente verificar seu paradeiro anterior, como ele bem disse. Crouch não teria sido tão enfático sobre isso.

— Ele poderia pagar para alguém mentir.

— Mas ele de fato não estava aqui. Brown, Jenkins, a sra. Snead ou a esposa... com certeza alguém teria mencionado.

— Isso é.

— E, para ele, o Frimbo era uma galinha que dava ovos de ouro.

— Se fosse qualquer pessoa que não a Martha, eu poderia suspeitar do...

— Do quê?

— Do que ela poderia ter dado para o Frimbo.

— Doutor... assim fico até com vergonha! — Depois, prosseguiu, sério: — Mas o senhor tem certeza de que o caráter dela é intocável. E também sei que Frimbo não estava interessado em mulheres. Isso tudo argumenta contra qualquer teoria de um marido revoltado. Não há nenhuma base para isso e, mesmo que houvesse, não há nada que possa incriminar Crouch.

— Tem razão. Mas não se esqueça de verificar. — O doutor seguiu ruminando com seu jeito prolixo e indireto: — E fique com os olhos abertos para mais evidências. Tenho a impressão... só uma impressão... de que uma plumagem brilhante muitas vezes adorna uma ave de rapina. Um homem curioso, esse Crouch. Um exterior iluminado, genial, até alegre, apesar da profissão penosa, mas, no interior, é duro como um penhorista, com uma consciência extraordinariamente zelosa de suas posses. Imagine, um homem se parabenizando por conquistar um mês de aluguel extra antes que seu inquilino viesse a óbito.

— Bem, não sei, não. Suponha que um paciente seu morra durante uma operação para a qual você já tenha recebido o pagamento. Você devolveria o dinheiro ou ficaria feliz por ter recebido antes?

— Eu desejaria, com todo meu coração — murmurou o médico —, reembolsar os parentes enlutados. Mas, como isso poderia parecer uma confissão de que fui negligente na operação e, sendo assim, ameaçaria minha reputação profissional, não haveria outro caminho a não ser correr direto para o banco e depositar o montante em minha conta.

— Autopreservação — disse Dart com um amplo sorriso. — Bem, não podemos culpar Crouch por fazer o mesmo. Ele foi meio seco, mas talvez o homem apenas seja honesto.

— Talvez todos sejam — retrucou o dr. Archer com um suspiro.

CAPÍTULO 9

Enquanto isso, Bubber Brown, sentado ao lado do agente Hanks no carro de passeio do detetive Dart, revelava uma decidida apreciação pela recente importância adquirida. Em seu semblante, espalhava-se um amplo sorriso de satisfação e, enquanto o veículo subia a avenida, recostou-se no assento e observou seus companheiros menos favorecidos com um ar superior. O carro foi até a rua 135, estacionou rente à calçada em frente à delegacia e, rapidamente, conquistou um novo passageiro, na figura de um gigante negro chamado Pequeno, que deu conta de bater a própria cabeça na capota. Quando o carro se afastou, Bubber não conseguiu mais se conter.

— Caramba! — exclamou. — Até que enfim deu partida!

Enquanto o pequeno carro para cinco passageiros voltava a funcionar, prosseguiu:

— Agora vocês devem seguir minhas instruções, certo?

— Certo — disse Hanks. — Para onde vamos?

— Para o salão de sinuca de Henry Patmore... Quinta Avenida com a 131. E poderia me fazer só um pequeno favor, sr. Hanks?

— Qual?

— Está vendo aquele semáforo vermelho lá na frente?

— Estou.

— Passe por ele correndo, por favor?

Rapidamente chegaram ao destino; saíram do carro, e, com Bubber conduzindo o caminho de forma expansiva, adentraram o famoso ponto de encontro de Patmore.

O local ostentava duas entradas separadas: uma os levava ao salão de sinuca propriamente dito, e a outra, para o bar ao seu lado. Os dois ambientes extensos e de pé-direito baixo se comunicavam, do lado de dentro, por um amplo portal no centro da parede conjugada e, também, através de um pequeno salão de jogos nos fundos, o qual poderia ser acessado por alguém tanto do *speakeasy** quanto do salão de bilhar. Foi para este que Bubber se dirigiu. Ele e seu acompanhante uniformizado pararam bem na entrada, para observar o lugar. Duas longas fileiras de mesas com revestimento verde ampliavam o espaço simples com piso de madeira. Jogadores em mangas de camisa se moviam por ali, com chapéus na parte de trás da cabeça, cigarros pendendo dos lábios; inclinando-se ao máximo sobre o feltro para fazer tacadas impossíveis, berrando por seus sucessos, xingando por seus fracassos, empurrando a ponteira dos tacos para cima para demarcar os pontos ou batendo o punho no chão para chamar um atendente.

Um daqueles cavalheiros, vendo a chegada da familiar figura rotunda de Bubber, flanqueado por dois agentes da lei, chamou-o com empatia:

— Poxa, baixinho. Por que pegaram você dessa vez?

— Eles não me pegaram — respondeu Bubber, reluzindo com sua nova importância. — Eu peguei eles. E, se bobear, pego você também. Então, o que que acha disso?

— Acho que você é só um belo de um mentiroso — disse o outro, dispensando o assunto para se concentrar em uma nova tacada.

---

* Durante o período da Lei Seca, eram estabelecimentos ilegais para venda e consumo de bebidas alcóolicas. O nome em inglês, *speakeasy*, significa "fale baixo", pois barulhos poderiam chamar a atenção das autoridades. *[N. T.]*

Bubber perguntou ao gerente, que estava por perto:

— Rapaz, por acaso, você viu o Spider Webb?

O ouvinte olhou primeiro para ele e depois para os policiais. Então perguntou suavemente:

— E quem é Spider Webb?

— Droga! — murmurou Bubber, tirando o chapéu e coçando a cabeça. — Esses pretos ficam mesmo burros na presença da lei. Escute, não é nada contra ele... é só para trocar uma ideia, só isso. Olhe, eu estou fazendo uma pequena investigação agora — retirou um dos cartões que havia mostrado ao detetive Perry Dart — e quero o palpite do Spider em um caso.

— Então eu *tenho* que conhecê-lo? — rebateu o outro.

— Mas você o conhecia.

— Bom, então já esqueci.

— Obrigado, mentiroso.

— De nada... cagueta.

Geralmente, Bubber teria se ofendido pelo epíteto, que era muito pior do que o que havia usado, mas estava, naquele momento, com o espírito tão elevado que a opinião de um simples gerente de salão de sinuca não poderia feri-lo.

— Vocês esperam aqui — sugeriu aos agentes. — Spider pode tentar escapar se se sentir intimidado.

Mas, antes do início da expedição, Hanks recebera instruções do detetive Dart de que o senhor Bubber Brown deveria ser levado de volta com aqueles que identificasse; então, naquele instante, ofereceu uma contraproposta:

— A gente deixa o Pequeno na porta e eu vou junto você.

Esse foi o acordo, e Bubber, com Hanks logo atrás, abriu caminho para o salão nos fundos do estabelecimento. Quando se aproximaram, Bubber viu a porta aberta e Spider Webb começando um movimento. Olhando para cima, Webb reconheceu Bubber de longe, parou, percebeu o policial, recuou e ligeiramente fechou a porta. Bubber alcançou a porta e a abriu alguns segundos depois, mas sua rápida observação revelou a total e chocante ausência de Spider Webb.

— Onde aquele preto se enfiou? — inquiriu Bubber, sem entender.

— Quem? — perguntou o crupiê, sentado em uma banqueta no ponto central da lateral da mesa, coordenando o jogo.

— Spider Webb...

O crupiê olhou em volta.

— Algum de vocês viu o Spider Webb? — perguntou à atmosfera circundante.

Os jogadores estavam tão concentrados que nem pareciam escutar. Ao não receber resposta, o crupiê pareceu dispensar o assunto e voltou a ficar absorto na entrega das cartas. Bubber e o policial estavam seguramente fora do mundo em que os outros estavam.

Mas, então, o recém-nomeado defensor da lei avistou a porta do outro lado do cômodo, conduzindo até o bar que era paralelo ao salão de sinuca. Com mais velocidade do que consideração por aqueles pelos quais passava, agitou-se até a parte mais afastada da câmara, abriu a porta e irrompeu no longo e estreito bar. Hanks estava apenas um segundo atrás dele, pois estava tão preocupado em se manter próximo a Bubber quanto Bubber em alcançar Webb. O bar estava, entretanto, tão livre de Spider Webb quanto havia estado a câmara de blackjack; e Bubber ainda expressava sua incredulidade coçando vigorosamente a parte de trás da cabeça quando o cavalheiro perseguido apareceu, vindo pelo amplo portal por onde o bar se comunicava diretamente com o salão. Ele, em outras palavras, saiu do salão. O mistério de como conseguiu aparecer de um lugar onde certamente não estava — ou Bubber e Hanks não haviam acabado de atravessar o salão? — foi ofuscado pelo fato de que ele, agora, rapidamente se dirigia para a porta da rua.

— Spider! Ei, Spider! — chamou Bubber.

Sr. Webb deteve-se e se virou com aparente surpresa. Bubber e o policial o alcançaram.

— O que que você tem na cabeça? — questionou Spider, de forma bem calma e casual, como se não tivesse estado com nenhuma pressa e não tivesse nenhum interesse no mundo, além da resposta para aquela pergunta.

— Como você chegou ao outro lado? — Bubber quis saber.

— Como foi que você e seu amigo chegaram aqui? — inquiriu Webb.

Bubber abandonou o mistério menor para retomar seu interesse no mistério original.

— Escute. Alguém deu um fim no Frimbo hoje à noite. Temos que ir até lá e descobrir quem foi. Todo mundo que estava lá.

— Deu um fim nele?

— Apagou ele. Mandou ele dessa para a melhor.

— O Frimbo...

— Ele mesmo.

— Mataram ele?

— Se você quer colocar assim.

— Boa noite! — O choque de Spider Webb deu lugar à percepção de sua própria implicação. — E daí? — questionou, num tom cruel.

— Daí que você estava entre os presentes e tem que voltar para a cena da tragédia. Só isso.

— É? E quem sabe que eu estava na cena da tragédia?

— Todo mundo.

— Suponho que a polícia sabia, hein? Tudo que eles precisaram fazer foi entrar lá e sabiam que eu tinha estado lá, hein? O peculiar perfume que eu uso ou algo assim? — Havia uma ameaça sombria em seu tom.

— Bom — admitiu Bubber —, você sabe que tenho feito uns trabalhos de detetive por minha conta, não é? Então estou ajudando a polícia nesse caso. Naturalmente, sabendo que você esteve lá, eu imaginava que você ia querer ajudar com toda a informação que pudesse. Qualquer outra coisa ia parecer uma fuga, entendeu?

— Entendi. Então é a você que eu tenho que agradecer por essa bela consideração.

— Estou lhe dando a chance de se proteger — disse Bubber.

— Obrigado — respondeu Webb, sombriamente. — Qualquer hora vou fazer o mesmo por você. Pode esperar.

— Vamos — sugeriu o agente Hanks.

Voltaram para o salão de sinuca e, com Pequeno, retornaram para o carro estacionado.

— Sabe dirigir? — perguntou Hanks para Bubber.

— Quem, eu? Claro! Posso dirigir qualquer coisa, menos uma empresa.

— Pegue o volante... e pise fundo.

Bubber obedeceu. Em pouco tempo, a expedição chegou à próxima parada, o Hip-Toe Club, na Lenox. Deixando Pequeno e o abominavelmente calado Spider Webb no carro, o agente Hanks e Bubber saíram à procura de Doty Hicks.

— Como você sabe que ele está aqui? — perguntou Hanks.

— O irmão dele administra o lugar. Spats Oliver, como o chamam. O nome verdadeiro é Oliver Hicks. Todo mundo conhece os dois. Doty foi pego por venda de drogas algumas vezes... até que a droga finalmente o dominou. Agora é tudo o que ele tem para poder se divertir. É aqui que ele fica.

— Parece divertido — observou Hanks.

Eles passaram sob uma barraca lúgubre em direção a uma entrada estreita, superaram uma escada precipitada e angular e, com movimentos sinuosos e serpenteantes, finalmente desceram para um porão recuperado. O teto era opressivamente baixo, as paredes manchadas com grotescas silhuetas escuras, e a atmosfera densa devido à fumaça. Duas fileiras de mesas pequenas e redondas com o tampo branco apertavam as duas paredes laterais, deixando entre elas uma longa e estreita faixa de piso de madeira, para dança ou diversão. Essa faixa terminava em uma plataforma baixa no fim do cômodo, onde estavam organizados um pianista, um baterista, um banjoísta e um trompetista, todos adequadamente equipados com seus respectivos instrumentos e, naquele instante, performando seus respectivos ritos sem nenhuma restrição.

Ali, uma garota alta de pele clara estava cantando e dançando para o deleite absorto dos fregueses sentados em volta. Seu flamejante vestido de chiffon, geralmente longo e fluido, estava preso em suas mãos, que descansavam despreocupadamente nos quadris; naquele momento, não parecia tanto um vestido, mas um cinturão. Os longos e formosos membros abaixo da cintura, de um marrom suave, estavam nus das pantufas até o cinturão, e apenas uma roupa íntima, feita de seda, ficava entre sua modéstia e a admiração circundante.

Com uma tranquilidade e uma graça extraordinárias, a jovem moça provava, sem margem a dúvidas, que era um erro utilizar as pernas para mera locomoção, e ninguém que acreditasse que a principal função dos quadris fosse suportar o torso poderia sustentar uma percepção tão ridícula contra o argumento de seus gestos eloquentes.

Bubber teve essa visão e parou o que quer que estivesse fazendo. Sua incitação por justiça, seu sério e imediato dever como ajudante da lei, dissipados.

— Rapaz! — exclamou ele, com admiração. — Que olhos!

A garota cantou com uma irrelevância com a qual parecia que ninguém se importava.

Eu estarei parada num canto, bem alto,
Quando eles arrastarem seu corpo...
Estarei feliz quando você morrer, seu danado.[*]

— Onde está esse tolo chamado Doty Hicks? — perguntou o inalterável Hanks.

— Se ele não estiver aqui — respondeu Bubber, ainda cativado pela visão —, só precisamos nos sentar e esperar por ele.

— Vou ficar aqui. Você dá uma olhada.

— Já estou olhando.

— Uma olhada para ver se acha o Hicks, se não for pedir muito.

Relutante, mas obediente, Bubber se moveu pelo corredor, passando os olhos pelos fregueses em uma mesa ou outra, bastante ciente de que a marcha o levava, sem demora, para perto da moça que dançava. Ainda não vira ninguém que vagamente parecesse Doty Hicks. A apresentação da garota terminou justo no segundo em que Bubber passava por ela. Ao encerrar a dança com um floreio, ela se sacudiu pelo espaço, alegre, e tocou o recém-chegado no queixo rechonchudo.

— Você é pequeno e largo, mas doce, meu Deus!

Bubber, que era uma criança da cidade tanto quanto ela, não estava, de nenhum modo, constrangido. Ele sorriu, fez um pequeno passo e movimento próprios, terminou com uma batida com o pé e respondeu:

---

[*] No original: *I'll be standin' on the corner high / When they drag your body by / I'll be glad when you're dead, you rascal you.*

— Você é comprida, alta, e manda muito bem!

— Aí sim, garotão. — Riu a garota.

Ela teria se virado, mas foi parada por ele. Oferecendo-lhe um de seus cartões de detetive, Bubber disse:

— Irmã, se você precisar de um amigo, me procure.

Ela pegou o cartão, deu uma olhada e voltou a rir.

— O senhor está aqui a trabalho?

— A trabalho, sim — respondeu, triste. — Viu meu amigo Doty Hicks?

— Ah... esse tipo de trabalho. Bom, quem é aquele ali no canto, perto da orquestra?

Ele olhou e, de fato, lá estava Doty Hicks, um sujeito negro, pequeno e enrugado, melancolicamente curvado sobre a mesa à qual se sentara solitário; os cotovelos apoiados na superfície de porcelana branca, que ele contemplava em profunda meditação, o queixo nas mãos.

— Obrigado, irmã. Vou ficar melhor quando puder ver mais de você. Agora, o dever me chama. — E, lamentando as tribulações de trabalhar para a lei e a ordem, Bubber se aproximou da figura desconsolável na mesa do canto.

Lembrando-se de como fora recebido por Spider Webb, Bubber se aproximou da presente responsabilidade de modo distinto:

— Oi, Doty — disse, de forma alegre e familiar.

Doty Hicks ergueu os olhos; a protuberância de seus olhos era acentuada pela finura de sua face. Encarou um pouco como alguém saindo do efeito da anestesia.

— Não conheço você — disse em uma voz trêmula, mas permanecia positiva, e voltou a contemplar o tampo da mesa.

— Claro que me conhece. A gente estava no Frimbo hoje à noite... lembra?

— Não consegui ver o Frimbo — respondeu Doty. — Muito escuro.

Se ele estava se referindo à escuridão da sala do Frimbo ou à aparência do homem, não era possível saber. Bubber prosseguiu:

— Frimbo tem algo para você.

— Diga... É isso? Grande papo.

— Ele não acha que vai viver muito... e quer ver você antes de morrer.

Por um momento, o baixinho não emitiu nenhum som, mirando os grandes e redondos olhos inexpressivos em Bubber Brown. Depois, com um sussurro rouco e inseguro, repetiu:

— Não acha que vai viver?

— Não muito. — Bubber estava alimentando a vaga percepção de que, ao esconder a concretude da morte, receberia uma cooperação mais tranquila e menos inimizade. — Pegou ele do nada.

— Então... então... Frimbo está morrendo?

— Sim. É sério.

Doty Hicks, inseguro, mais como um maquinário do que como um homem, levantou-se bruscamente, empurrou a cadeira para o lugar, cambaleante e zonzo por um momento, depois esfregou as costas da mão no nariz, balançou a cabeça, firmou-se e fixou em Bubber um olhar preciso, uma mirada na qual havia um pouco de triunfo e mais que um pouco de loucura.

— Deu certo! — disse ele, suavemente. — Deu certo! — Um sorriso vago, distante, desagradável de se ver tomou conta de suas feições embriagadas. — Deu certo! O que você sabe sobre isso? — perguntou.

Bubber não se importou com aquilo, de modo algum.

— Eu não sei nada sobre isso, mas, se você vier... Venha, vamos logo.

— Se eu for? Eu não perderia isso! Onde está ele?

Bubber teve que segurá-lo pelo braço na saída, em parte para ajudá-lo, em parte para conter o tremor de entusiasmo com o qual o homem tentava alcançar Frimbo antes da morte.

Enquanto voltavam à jornada e forçavam o diminuto Doty Hicks para dentro do já muito ocupado banco traseiro, Bubber questionou ao agente Hanks:

— Onde vamos colocar o irmão Easley Jones? Se é que ele vai?

— Precisamos deixar esses dois lá e voltar para buscá-lo.

— Nem é necessário irmos de carro... ele disse que morava no mesmo quarteirão, a algumas casas de Frimbo.

— Você conhece todo mundo, né?

— Bom, reconheci esses dois lá na sala de espera hoje à noite. Todo mundo que viaja pelas calçadas do Harlem tanto quanto eu conhece os dois, pelo menos de vista. Com esse Easley Jones, comecei uma conversa de propósito. Ele era um sujeito bem divertido, fácil de conversar, entendeu? E, quando descobri que ele trabalhava para a ferrovia, soube na hora que poderia ter um cliente. Funcionários da ferrovia são os tolos mais enganados do mundo. São o que se pode chamar de presa legítima. Isso, é claro, se são casados. Veja, eles acabam nisso naturalmente... eles que se enganam. Qualquer ferroviário que faça uma escala de 48 horas em Nova York, onde está a esposa, e depois outra de 48 horas em Chicago, onde ela não está, vai sair um pouco da linha em Chicago, só para manter a prática de Nova York. Entende o que eu quero dizer?

— É isso que o tal de Easley Jones estava fazendo?

— Ele não contou, mas me deu o número da casa em que ele dorme em Nova York. A esposa *dele* está em Chicago. E ele falou que eu poderia aparecer a qualquer hora para dar uns conselhos.

— Qualquer hora vai ser agora.

— Exato.

As duas testemunhas materiais foram acompanhadas de volta para a casa de Frimbo e deixadas, sob o cuidado do agente Pequeno, no caminho das escadas. Hanks e Bubber percorreram uma pequena distância pelo quarteirão até o endereço que Easley Jones tinha dado. Bubber subiu o degrau e tocou a campainha de uma residência muito semelhante àquela em que o místico africano havia vivido e morrido.

Depois de um momento, o corredor escuro se iluminou, a porta se abriu e uma mulher de pele mais clara, quase amarelada, usando óculos de armação de chifre, fitou-os inquisitivamente.

— O sr. Jones está? — perguntou Bubber.

— Quem?

— Sr. Jones... sr. Easley Jones.

Ela olhou de relance para o agente uniformizado e disse, decidida:

— Não tem ninguém com esse nome aqui. Vocês devem estar no endereço errado.

— Não viemos prendê-lo, senhora. Só queremos a ajuda dele para encontrar alguém, só isso. Ele é meu amigo... Senão, como eu ia saber que ele mora aqui?

A mulher refletiu sobre.

— Que nome vocês disseram mesmo?

— Jones. Easley Jones. Um rapaz de pele clara com sardas no rosto todo e cachos na cabeça inteira. Ele trabalha na ferrovia... viaja daqui até Chicago... a gente trabalhava junto. Sim, senhora. É verdade.

As lentes dos óculos eram como janelas de uma fortaleza.

— Desculpem... os senhores devem ter cometido algum erro. Ninguém assim mora nessa casa. Conheço um

Sam Jones — acrescentou solicitamente —, que mora em Jamaica, Long Island. Ele é mordomo... não viaja por nenhuma ferrovia, mas vem até Nova York quase toda noite.

— Que pena, senhora, mas não podemos aceitar nenhum substituto. Se não for o verdadeiro Easley, não serve. Obrigado mesmo assim. Se a senhora encontrá-lo, diga que o Frimbo quer vê-lo esta noite... quanto antes... por favor.

— Hunf! — respondeu a senhora graciosa, fechando a porta abruptamente.

— Isso foi engraçado, não é? — refletiu Bubber enquanto os dois voltavam para a casa da tragédia.

— Tudo isso é engraçado para mim — confessou o agente Hanks. — É tudo a maior confusão, quer dizer. Todo mundo que vi age como culpado.

— Não está falando de mim, não é, irmão?

— Você? Você espera ansiosamente poder jogar a culpa em outra pessoa... isso eu vi.

Bubber suspirou pela desesperança de um dia afastar um policial de suspeitas indiscriminadas.

CAPÍTULO 10

O agente que havia levado o taco para ser examinado em busca de impressões digitais retornou e reportou que o exame estava acontecendo, que reproduções fotográficas seriam enviadas assim que estivessem prontas e que um perito papiloscopista chegaria com as fotografias para procurar por dados adicionais, fazer comparações e estabelecer ou eliminar possíveis identidades que o detetive Dart pudesse estar buscando.

Esse agente foi encaminhado de volta a seu posto, enquanto Doty Hicks e Spider Webb foram guiados para o andar de cima pelo gigante agente Pequeno. Sentindo a chegada, Dart fez com que a luz da extensão fosse novamente desligada.

— Se esses são os homens que estamos esperando, mande-os lá para a frente.

Em concordância, Pequeno adentrou sozinho para reportar.

— Pegamos dois deles. Um baixinho chapado e Spider Webb, o coletor de apostas.

— E onde estão os outros... Brown e Jones?

— Brown foi com Hanks pegar Jones... aqui nessa rua mesmo.

— Ótimo. Espere lá fora, Pequeno. Brady, traga Hicks... o menor... primeiro.

Doty Hicks, apesar de não andar com firmeza, não estava de modo algum relutante em entrar. Com os olhos protuberantes arregalados e a boca meio aberta, adentrou o raio de luz e ficou espiando a noturna e impenetrável escuridão que obscurecia o detetive sentado e o médico em pé ao seu lado.

Dart esperou. Após um longo momento de encaradas infrutíferas, Doty Hicks sussurrou:

— Você já morreu?

— Não — disse o detetive, calmo.

— Mas está morrendo, né? — O homenzinho tremia. — Me disseram que você está morrendo.

Dart seguiu a pista óbvia, embora pudesse apenas supor sua origem.

— Então você tentou me matar?

Um olhar intrigado tomou conta do rosto fino e negro de Doty Hicks.

— Você não parece bem. Sua voz não parece...

— Sente-se — disse Dart.

Ainda desnorteado, Hicks obedeceu mecanicamente.

— Por que você tentou me matar?

Hicks encarou em silêncio, tentando segurar algo. De repente, as feições do homem mudaram para um aspecto de compreensão relutante, depois para um desapontamento furioso. Inclinou-se para a frente na cadeira, segurando-se na beira da mesa.

— Você não é ele! — bradou. — Você não é ele! Está tentando me enganar! Onde está ele? Tenho que vê-lo morrer. Tenho que...

— Por quê?

— Senão não serve para nada... tenho que vê-lo! Onde ele está?

— Acalme-se, Hicks. Talvez a gente deixe você vê-lo. Mas tem que nos contar tudo sobre isso. Agora, qual é a história?

Um tom lamentoso, quase soluçante, apossou-se da voz aguda e trêmula de Doty.

— Quem é o senhor? Por que quer me enganar?

— Eu não quero enganá-lo, Hicks. Quero ajudar. Você pode me contar tudo... pode confiar em mim. Me conte a história inteira e, se estiver tudo certo, deixo você ver Frimbo.

— Me deixe vê-lo antes, por favor, senhor? Talvez ele morra antes que eu o veja.

— Se ele ainda não morreu, não vai morrer antes que você o veja. Tem que contar sua história antes, então é melhor contar rápido. Por que você veio aqui hoje às 22h30? Por que tentou matar Frimbo e por que precisa vê-lo antes que ele morra?

Doty se afundou de novo na cadeira.

— Está bem — concordou, sem emoção. Então, apressado pela consciência da urgência, inclinou-se para a frente outra vez. — Está bem... eu conto, eu conto. Escute. — Hesitou.

— Estou escutando.

Tomando uma respiração profunda, Doty Hicks prosseguiu:

— Frimbo é um feiticeiro. O senhor sabe.

— Sei.

— Vim aqui hoje porque o Frimbo estava matando meu irmão. — Hesitou outra vez. — Matando meu irmão — repetiu. Logo, prosseguiu: — O senhor conhece meu irmão... todo mundo conhece... Spats Oliver Hicks... ele gerencia o Hip-Toe Club, na Lenox. Um bom sujeito, meu irmão. Sempre cuidou de mim. Mesmo quando eu me drogava e acabava preso e solto, como agora, ele nunca me deu as costas. Sempre cuidou de mim. Um bom sujeito. Se Frimbo fosse me matar, não teria importância. Sou só um drogado... ninguém ia sentir minha falta. Mas ele estava matando meu irmão, entendeu? Você sabe que Frimbo é um adivinho. Ele pode colocar feitiços nas pessoas. Um tipo de feitiço as impede de morrer, como aquele garoto que teve a faca enfiada na cabeça. Outro tipo as mata... como o que ele estava fazendo para meu irmão. Morte lenta... todo tipo de miséria, acessos de tosse, suores noturnos, calafrios, febres e enfraquecimento. Era isso que ele estava fazendo com Spats.

— Mas por quê? — Dart não pôde evitar a pergunta.

— Culpa da esposa do meu irmão. Ele está fazendo isso por culpa da esposa do meu irmão. Spats é casado com uma dançarina, entendeu? E não tinha nem um mês de casado quando ela conheceu um homem com mais dinheiro. Então ela largou meu irmão pelo ricaço, entendeu? E, naturalmente, sendo um homem normal, e não um drogado imprestável como eu, meu irmão foi atrás dela. Ele pegou esse endinheirado e o virou do avesso como uma luva. E, um dia, encontrou a garota, pediu que voltasse, e ela o xingou, então ele bateu na cara vesga dela. Bom, como isso a deixou furiosa, ela veio direto aqui ver Frimbo. Ela podia dar muito do que tinha conseguido com o novo ricaço e trouxe com ela. Frimbo lhe disse o que fazer. Ela fingiu que voltaria a morar com meu irmão, e ele a aceitou como um bobo. Ela só ficou o tempo necessário para fazer o que o Frimbo mandou, o que quer que fosse. No dia em que saiu, meu irmão teve um acesso... como um gato num beco... um acesso. E, desde então, tem ido de mal a pior. Os médicos não ajudaram, nada ajudou. É um feitiço do Frimbo, entendeu?

— E por isso você tentou matá-lo?

— É... foi por isso.

— Como você fez isso?

Doty Hicks olhou ao redor, na escuridão amortalhadora. Balançou a cabeça.

— Não posso contar. Não posso contar para ninguém como... porque isso quebraria o feitiço. Tudo que posso dizer é que só existe um jeito de matar um adivinho... você tem que desenfeitiçá-lo. Tem que colocar um contrafeitiço nele e tem que ser mais forte do que o que ele colocou na outra pessoa. E não há como fazer isso sozinho. Deve-se ter ajuda.

— Ajuda? Como assim, ajuda?

— Alguém tem que ajudar.

— Quem ajudou você com isso?

— Também não posso contar isso... quebraria o feitiço. Posso vê-lo agora?

— Por que você precisa vê-lo antes de morrer?

— Faz parte. Tenho que vê-lo e contar o motivo de sua morte. Senão, não serve para nada! Mas se eu o vir e contar por que ele está morrendo, então, assim que ele morrer, meu irmão melhora. Entendeu? Simples assim... melhora na hora que o Frimbo morrer.

— O senhor pagou à pessoa que o ajudou?

— Pagar? Claro... tive que pagar.

— E o senhor percebe que está confessando um assassinato premeditado... pelo qual pode ser condenado à morte?

— Hunf! Por que eu iria me importar com isso? Já faz tempo que estou cansado de viver. Mas o senhor não consegue provar que fui eu. Já fui em cana uma vez, e eu sei. Tem que ter evidências. Então dei um jeito de não ter nenhuma... não contra mim.

— Talvez contra outra pessoa?

Doty Hicks não respondeu.

— Frimbo era um passarinho bem esperto. Ele devia saber que você queria enfeitiçá-lo... do jeito que ele podia ler a mente das pessoas. O que ele disse quando você entrou aqui?

— Não disse nada por um tempo. Pedi que ele deixasse meu irmão em paz... implorei, disse que, se ele precisava enfeitiçar alguém, me enfeitiçasse... mas ele só ficou aí, sentado no escuro como se estivesse refletindo, depois começou a falar: "Então você quer morrer no lugar do seu irmão? Isso é impossível. Seu irmão está com uma doença incurável". Depois ficou quieto por um minuto e seguiu: "Você está desinformado, amigo. Está com a impressão de que coloquei um feitiço maligno no seu irmão. Essa é uma besteira supersticiosa. Não sou feiticeiro. Sou adivinho... um tipo de psicólogo. Não fiz nada para seu irmão. Ele está com tuberculose... terceiro estágio. Estava com isso havia pelo menos três meses quando sua cunhada veio me pedir conselhos. Eu não poderia ser responsável por isso, já que até aquele dia eu nem sabia da existência dele". Claro que não acreditei nisso, porque meu irmão não estava doente nem um dia antes da visita dela aqui, então continuei pedindo que ele retirasse o feitiço, até que finalmente ele garantiu que tudo ficaria bem em alguns dias, para eu não me preocupar. Bom, entendi que ele só estava tentando se livrar de mim, então me levantei, como se estivesse indo embora pela porta lateral, mas, em vez de descer a escada, deslizei de volta para cá e... e...

— Colocou o contrafeitiço nele?

— Não estou dizendo isso — respondeu Doty Hicks. — Estou apenas contando o bastante para poder vê-lo. Não estou contando o bastante para quebrar o feitiço.

— E você se recusa a dizer quem o ajudou?

— Não até eu vê-lo morrer; depois talvez eu conte. Não vai fazer diferença mesmo, pois o feitiço já vai ter sido quebrado. Agora me deixe vê-lo, como o senhor prometeu.

— Não tem pressa. Espere lá na frente uns minutos.

— O senhor disse que se eu contasse... — Doty Hicks estava mudando de abjeção e súplica para suspeitas e raiva. — Por que diria isso se não ia me...

— Eu disse que você devia me contar sua história antes. Você só contou uma parte. Também disse que, se o Frimbo não estivesse morto quando você entrou, ele não morreria até você terminar. Isso era verdade. Ele já estava morto quando você entrou.

O rosto do homenzinho trêmulo na cadeira iluminada tinha uma feiura comum, de um modo lamentável, dissoluto e um tanto inofensivo. Mas, enquanto o significado da declaração de Dart lentamente entrava em sua mente, a feiura se tornou excepcionalmente maligna e assassina. Doty Hicks se inclinou para a frente, ainda mais adiante de onde se sentava, os olhos brancos mais protuberantes que nunca, a respiração saindo em arquejos afiados. E, de repente, como se uma corrente de alta tensão o atingisse, levantou-se bruscamente e fez uma investida na direção da voz de Dart.

— Se eu pego alguma coisa! — gritou, apalpando o tampo da mesa no escuro. — Se eu pego alguma coisa! Bato na sua cabeça até abri-la, seu trapaceiro! Eu vou...

Naquele momento, Brady o conteve.

— Leve-o lá para a frente — instruiu o detetive Dart. — Peça que alguém lhe dê uma atenção especial. Vale a pena mantê-lo aqui.

Tentando se soltar, xingando e soluçando, Doty Hicks foi arrastado para fora do cômodo.

— Ele queria alguma coisa para "bater na sua cabeça até abri-la" — refletiu o dr. Archer.

— Também reparei nisso — concordou Dart.

— A cabeça do Frimbo... mesmo que de leve foi... "aberta por uma batida".

— É.

— Ato falho?

— Ou coincidência? Qualquer pessoa enfurecida pode querer pegar alguma arma.

— Para "bater e abrir" o crânio de um rival que o ofendeu? Sem dúvida. Muito mais efetivo do que "colocar um feitiço" no sujeito.

— Exatamente. Não precisaria pôr um feitiço se iria estourar os miolos dele com um taco.

— Não. Mas... se você não fosse estourar os miolos dele... se só quisesse que ele ficasse quieto, enquanto o feitiço era colocado...

— Sim... mas um lenço também é muito substancial para ser usado como feitiço. E não foi colocado. Foi enfiado.

— Em outras palavras, quem quer que tenha ajudado Doty Hicks, não deixaria nada ao acaso.

— Algo assim.

— Acenda a luz um minuto. Quero dar uma olhada no... feitiço.

Dart deu a ordem. A lâmpada na extensão foi acesa, jogando sua radiância afiada na escuridão e dando um efeito não natural que expunha bem os homens, as duas cadeiras, a mesa, as decorações nas paredes, mas, de certo modo, não aliviava nem um pouco a obscuridade opressiva do lugar — uma luz que cortava as sombras sem de fato dispersá-las.

O médico parou e, usando seu fórceps, tirou o lenço com bordas azuis da maleta. Colocou-o sobre a mesa e, com o instrumento, ajustou-o até que ficasse plano.

— Que tipo de pessoa — meditou, em tom baixo — conseguiria pensar em usar um dispositivo como este?

Qualquer que tenha sido a resposta de Dart, foi interrompida pela chegada sem cerimônias e meio ofegante de Bubber Brown. Hanks, como um guardião fiel, estava em sua cola.

— Nós pegamos dois deles, já os viu? — Bubber respirou.

— Doty Hicks veio sem problemas... bem ansioso para estar aqui. Mas o tal Spider Webb... tivemos que perseguir aquele negro por todo o lugar no Pat.

— É, obrigado. Mas onde está Easley Jones?

— Fomos aonde ele disse que morava, algumas casas subindo a rua, mas a senhoria afirmou que não o conhecia. Acho que ficou desconfiada quando viu os botons de latão do meu amigo aqui e só se calou, por uma questão de princípios. Mas avisamos que ele deveria aparecer.

— Isso não é muito bom. Acho que vamos ter que mandar alguém atrás dele.

— Como não é muito bom?

— Ninguém fica ansioso para se meter em um caso de assassinato.

— Como ele sabe que é um caso de assassinato? — retrucou Bubber, empregando a mesma lógica que Dart havia usado com ele mais cedo: — Tudo que eu disse é que Frimbo queria vê-lo quanto antes. Se ele não sabe que é um caso de assassinato, vai imaginar que o Frimbo tem mais algum conselho para ele ou algo assim, e vai aparecer. Agora, se ele sabe que é um caso de assassinato, já deve estar longe mesmo, então deixar a mensagem não vai tornar as coisas piores do que já estão.

Dart olhou para Bubber com um novo interesse.

— Essa é uma boa linha de raciocínio... até certo ponto — comentou. — Mas a mulher... a senhoria... pode ter dito a verdade. Talvez o Easley Jones não more lá.

— Bom, então — concluiu Bubber prontamente —, se ele mentiu sobre o endereço, para começo de conversa, já estava sujo desde o início. Ele não *tinha* que me convidar para dar conselhos sobre seu problema só porque viu meu cartão. Entendo por que a senhoria ia mentir... para protegê-lo... mas não havia motivos para ele mentir para mim.

— Então qual sua opinião, Brown?

— Minha opinião é a seguinte: acho que ele me deu o endereço certo. Ela vai contar para ele... se ainda estiver lá. Se ele tiver algo a ver com isso, vai ficar longe. Se não tiver nada a ver, e nem souber o que aconteceu, a curiosidade de saber o que mais Frimbo quer dele vai atraí-lo.

— Em outras palavras, se o Easley Jones voltar, ele não é o homem que estamos procurando. É isso mesmo?

— Sim, senhor. É isso! E se ele não voltar, ou mentiu sobre o endereço ou recebeu a mensagem e ficou com medo de vir. Aí é melhor encontrarem ele. Porque ele sabe de alguma coisa. Qualquer homem que foge... bom, só estou dizendo que deve ter feito algo.

— O criado parece ter fugido — lembrou Dart.

— É um dos dois, então... a menos que eles apareçam.

— E Doty Hicks? Ele confessou.

— Não!

— Verdade... enquanto vocês não estavam.

— Ah, é? Bom, o que ele fala não se escreve. Aquele negro é louco. Ele fuma muito baseado.

— Pode ter algo de valor no que você fala, Brown. De qualquer forma, obrigado pela ajuda. Agora, vá para a outra sala e fique de olhos e ouvidos bem abertos, pode ser?

— Claro que sim — prometeu Bubber, orgulhoso pelo elogio.

Mas, quando estava prestes a se virar, os olhos dele baixaram para a mesa onde descansava o lenço com bordas azuis.

— Jinx veio aqui, né? — comentou.

— Jenkins? Sim, por quê?

— Vi que ele deixou o lenço dele. Quer que eu devolva?

Dart e o médico se entreolharam.

— Isso é dele? — perguntou o detetive, fingindo uma leve surpresa.

— Claro que é. Eu estava caçoando dele por isso hoje à noite. Um negro do tamanho de um armário e feio que nem o Jinx usando um lenço com borda azul-bebê. Dá para imaginar? Borda azul-bebê!

— Mas — retrucou Dart, suavemente — eu perguntei antes se tinha visto alguém com um lenço colorido e você disse que não.

— É... mas eu estava pensando que você queria saber de algo bem colorido... que nem o meu. Esse é todo branco, menos a bainha. E, de qualquer jeito, quando o senhor perguntou se eu tinha visto alguma pessoa aqui com um lenço colorido, nem pensei no Jinx. Ele não é uma pessoa. Nem passou pela minha cabeça. Estava pensando nos três homens.

— Brady, peça para Jenkins voltar aqui.

Quando Jinx retornou, o desinformado Bubber, que sentia que a própria importância agora havia crescido, não esperou pela ação de Dart. Recolheu o lenço e o estirou na direção de Jinx, dizendo:

— Aqui, garoto, leve seus pertences com você... não os deixe jogados por aí, em qualquer lugar. Aqui não é sua casa.

O alto, sardento e carrancudo Jinx foi pego desprevenido. Olhou, duvidoso, do lenço para Bubber e de Bubber para o detetive.

O detetive sorria inocentemente para ele.

— Pegue se for seu, Jenkins. Nós o encontramos. — Nada, nem mesmo seu tom, tinha a menor implicação de qualquer menção anterior a um lenço.

— O velho azul-bebê — zombou Bubber. — Pegue, garoto, pegue. Você sabe que é seu... ainda que não me surpreenda ter vergonha de admitir. Azul-bebê!

Mas o formidável Jinx havia se tornado cauteloso.

— Isso não é meu — rugiu. — Nunca vi isso. Esse homem aqui é que gosta das coisas coloridas.

— Bom — Bubber deu um amplo sorriso, sem saber que estava colocando mais um prego no caixão do amigo —, pode não ser seu, mas com certeza você estava enxugando o rosto com ele quando chegamos aqui hoje à noite.

Dart ainda sorria.

— Deixe quieto — comentou, casualmente. — Se não é do Jenkins, ele não tem que pegar. Isso é tudo, por enquanto. Só voltem para o outro cômodo, está bem?

Um momento depois, o médico disse:

— A coisa não está boa para Jenkins. Se ele tivesse aceitado de cara, teria sido melhor para ele.

— Exato.

— Mas, ao recusar reconhecer quando está bem evidente que o lenço é dele... é como ser pego com a mão na massa e dizer "não fui eu".

— Jenkins está mentindo para acobertar alguém. Isso é certo.

— Ele pode, é claro... por ignorância... estar só negando tudo por uma questão de princípios, sem nem mesmo saber o porquê.

— É — concordou Dart, irônico. — Ele pode. Brady, você anotou exatamente esse final?

— Claro que sim — respondeu Brady.

— Não precisaria de muito mais para justificar a prisão de nosso amigo magrelo Jenkins — cogitou Dart.

— Ele não admitiu a posse.

— Não. Mas, sabendo que o lenço é dele, poderíamos persuadi-lo a admitir, se fosse necessário.

— Mas você já tem Hicks sob custódia... pela própria confissão.

— A confissão... se é que foi uma confissão... mencionou algum tipo de cúmplice, se bem me lembro.

— É verdade — refletiu dr. Archer.

— Jenkins pode ser o cúmplice.

— Bem... tem um forte argumento contra isso.

— Qual é?

— O caráter de Jenkins. Ele não faz o tipo que coopera.

O detetive Dart sorriu.

— Doutor, já ouviu falar de uma coisa chamada "dinheiro sujo"?

A expressão séria do dr. Archer relaxou um pouco.

— Eu já até vi uma vez — murmurou, nostálgico.

CAPÍTULO 11

Do corredor, veio o som de uma voz masculina inquieta e surpresa, em um tom estridente, firme, de timbre suave, com um sotaque indiscutivelmente sulista, exclamando:

— Mas o que tá acontecendo?! Por que esse lugar tá cheio de policiais? Tem policiais lá fora, na entrada, policiais no corredor, policiais na escada, e aqui tem mais um. Devo estar na casa errada! É aqui que mora o Frimbo, o adivinho, ou é alguma cadeia?

— Quem o senhor deseja ver?

— Isso de novo? Os policiais lá embaixo me mandaram subir aqui. Agora você me pergunta a mesma coisa que eles. Frimbo acabou de me mandar uma mensagem e vim descobrir o que ele quer.

— Espere um minuto.

O policial abordado foi ao encontro de Dart.

— Deixe-o entrar — disse Dart.

Mas a ordem era desnecessária, pois o recém-chegado já havia entrado.

— Deus me proteja! — exclamou. — Nunca vi tanto policial na minha vida. Parece um desfile militar. — Aproximou-se do médico e do detetive. — Qual de vocês é o sr. Frimbo? Quando vim aqui antes, estava tão escuro que não pude ver nada, embora eu tenha escutado cada palavra que foi dita. Na verdade, se um de vocês for ele, é só falar que vou saber.

Enquanto tiver buracos nas orelhas, nunca vou esquecer aquela voz.

— O senhor é Easley Jones?

— Às suas ordens, irmão.

— O sr. Frimbo partiu, Jones. Partiu em uma longa viagem.

— É mesmo? Bom, eu também sou um viajante. Trabalho na ferrovia... sabem... de Nova York para Chicago. Mas me diga: por que ele me mandou uma mensagem para vir aqui se já foi embora?

— O senhor recebeu a mensagem?

— Claro que sim. Ah! Aquela minha senhoria é gente boa. Vocês sabem, ela pensou que eu estava metido em encrenca, então fingiu que não me conhecia quando o policial bateu lá agorinha. Mas eu sabia que não tinha feito nada errado, então pensei que a melhor coisa era descer aqui para ver o que era. Para onde ele foi, senhor?

— Frimbo morreu. Ele foi morto enquanto o senhor estava aqui hoje à noite.

Pela primeira vez, a aparência de Easley Jones ficou séria, como se a declaração tivesse repentinamente virado um refletor inteiro contra ele. Tinha uma estatura mediana, estava vestido em trajes pretos e carregava um chapéu de feltro cinza-claro nas mãos. O chapéu caiu no chão, o homem ficou sem movimento, seus olhos castanhos estamparam incredulidade e sua face, negra e respingada de sardas, empalideceu, fazendo com que as sardas se destacassem, ainda mais pretas. Boquiaberto, fitou o detetive por um longo momento. Depois, inspirou e aos poucos curvou a cabeça crespa e recuperou o chapéu, endireitou a postura e suspirou:

— Mas que desgraça!

— Eu sou um agente policial. Fui eu quem mandou chamá-lo, não o Frimbo. É um bom sinal que o senhor tenha vindo. Se não for incomodar, sente-se aí nessa cadeira, eu gostaria de fazer algumas perguntas.

— Perguntas para *mim*? Na verdade, irmão, não sei para que pode servir me fazer perguntas. O que me parece é que eu deveria fazer perguntas ao senhor. Há quanto tempo ele está morto?

— Sente-se, por favor.

Não havia escapatória para a voz tranquila e os obstinados olhos escuros e brilhantes do pequeno detetive. Easley Jones se sentou. Com uma palavra de Dart, a luz da extensão foi apagada. Easley Jones se levantou no mesmo instante. Não fez nenhum esforço para esconder que a falta de iluminação circundante deixava a situação desconfortável para ele.

— Nossa... assim é como estava antes de... antes de... Escute, irmão, se espera que eu dê um depoimento que faça sentido, melhor me dar bastante luz. Escuro do jeito que isso está agora, nem consigo entender o que estou dizendo.

— Nada vai machucá-lo. Apenas sente-se e responda honestamente.

— Tudo bem, senhor. Mas contar para um homem que alguém foi assassinado, depois apagar todas as luzes e falar bem de onde ele estava... isso não é jeito de chegar até a verdade. Já digo que não sou responsável por nada, isso consigo dizer agora. E se eu ouvir qualquer barulhinho esquisito, o senhor vai encarar uma cadeira vazia.

— O senhor não vai longe.

— Quem? Eu disse que sou um viajante. Se algo esquisito acontecer, vou provar isso.

— O senhor viaja pela ferrovia?

— Sim, senhor. Quer dizer, eu trabalho nela.

— Companhia?

— Nunca tive companhia. Não, senhor. Sempre vou sozinho.

— Que companhia ferroviária?

— Ah. Pullman... naturalmente.

— Carregador, suponho?

— E de que outra forma a Pullman Company colocaria negros nos trens deles?

— Há quanto tempo trabalha lá?

— Fez dez anos e cinco meses ontem. Ontem foi dia 1º de fevereiro, né?

— Qual linha?

— A de agora, o senhor quer dizer?

— É.

— Nova York para Chicago, pela Central.

— Twentieth Century?*

— Ele mesmo... o melhor trem do Leste.

— Qual o itinerário?

— Sai às 14h45 de Nova York, 9h45 da manhã seguinte está em Chicago.

— Mesmo tempo de viagem na ida e na volta?

— Sim, senhor. Menos aos fins de semana. Faço uma escala no sábado à noite e domingo o dia todo... uma semana em Chicago e a outra em Nova York. Hoje é meu sábado em Nova York, entendeu?

— Por isso escolheu a noite de hoje para ver Frimbo?

— Uhum... sim.

— A que horas o senhor chegou aqui hoje?

— Dez e vinte, sem tirar nem pôr.

— Como pode afirmar isso com tanta certeza?

— Bom, eu disse que trabalho para a ferrovia. Faço tudo olhando o relógio. Quando chego a algum lugar, imediatamente olho o relógio... força do hábito, entendeu?

---

* O Twentieth Century (ou 20th Century) foi um importante trem expresso para passageiros entre as cidades de Nova York e Chicago. Ficou conhecido, na época, como o trem mais famoso do mundo. [N. T.]

— O senhor foi direto para a sala de espera?

— Fui... lá tinha um funcionário parado no corredor; ele me mostrou o caminho.

— Descreva-o.

— Alto, negro e estrábico.

— Em que olho ele tinha o desvio?

— No direito... não... deixa eu ver... esquerdo... para falar a verdade, não sei. Nunca consigo saber, quando se trata de gente assim, qual olho está olhando para mim e qual não está. Mas era um dos dois... isso eu sei.

— Quem estava presente quando o senhor chegou?

— Ninguém. Fui o primeiro.

— E o que o senhor fez?

— Sentei e esperei. Não tinha mais o que fazer, não é?

— E o que aconteceu?

— Nada. Nadica de nada. Sentei lá e fiquei esperando por um tempo, uns oito ou dez minutos, acho. Então chegou um baixinho que parecia... bem, para mim, ele parecia meio chapado. Depois, bem atrás dele, entrou um rapaz com aparência esportiva, vestindo cinza... era meio corpulento e bem-vestido, como se não estivesse para brincadeiras. Então, vieram outros dois homens, um alto e magro e outro baixo e gordo. Todos ficamos sentados cerca de um minuto, até que o baixinho começou a andar e olhar para as decorações e os amuletos lá longe, e junto com o mais alto. Ele começou a falar com o mais alto sobre as pequenas figuras na parede, que pareciam aberrações, e depois sobre facas e lanças. Ele disse: "Você sabe o que é isso?". E o amigo respondeu: "Não, o quê?". Ele disse: "Esses são os sujeitos que Frimbo fez picadinho, e esses aqui em cima são os equipamentos que ele usa para picar". Então o outro disse: "E daí?". E o baixinho disse: "Sabe por que ele matou?". "Não", o sujeito alto disse. O baixinho respondeu: "Porque eles eram muito feios. Então a situação não está boa para o seu lado, filho". O altão respondeu: "Por quê?". E o baixinho: "Porque eles eram bem mais bonitos que você!". Eu imaginei que ele poderia saber algo sobre essas coisas, então fui até onde ele estava e comecei uma conversa. Acontece que ele era algum tipo de detetive particular, e imaginei que poderia ser útil para mim, por isso o convidei para aparecer e me fazer uma visita quando eu estivesse na cidade. Ele disse que iria. Nossa... acho que foi assim que vocês souberam onde me procurar, hein? Ele deve ter contado.

— Sobre que decorações ou amuletos vocês discutiram especificamente?

— Nenhuma. Começamos... mas logo ele me deu o cartão e entrou em outros assuntos e, quando me dei conta, o criado já estava pronto para me levar até o Frimbo. Então voltei para minha cadeira, recolhi o chapéu e segui o funcionário. Pensei que poderia ver o tal do detetive outra vez, mas em vez de voltar por onde eu tinha entrado, o Frimbo me disse para sair por essa porta lateral do corredor superior.

— O senhor viu dois tacos em lados opostos na estante de cornija?

— Tacos? Hum-hum... não que eu me lembre. As caras esquisitas e coisas na parede... lembro delas. Espere um minuto... você está falando de dois ossos?

— É.

— Acredito que sim. Um de um lado da estante e o segundo do outro. É... claro que vi.

— Por que veio visitar o Frimbo, sr. Jones?

— É bem aí, irmão, que o assunto começa a se tornar particular. Mas suponho que eu possa contar... ainda que não queira ver isso nos jornais.

— Não tem nenhum repórter aqui.

— Bom, então vou contar tudo. Tenho uma esposa em Chicago. Imagino que ela fique meio solitária, pois me vê apenas a cada duas semanas... ou seja, por um período razoável de tempo. Três ou quatro horas no meio do dia só são o bastante para dizer "oi" e "tchau". Então com todas as noites cheias de nada especial para fazer, fiquei meio preocupado... entende? E um dos jovens de Nova York estava me contando no trem que esse Frimbo conseguia dar os detalhes sobre situações como essa, então decidi vir aqui e encontrá--lo. Então eu vim.

— Ele deu a informação que o senhor estava procurando?

— Me deu, sim, irmão. Deu uma aliviada na minha cabeça.

— Só pelo que ele disse quando o encontrou aqui?

— Bom, eu comentei que tinha vindo perguntar da minha esposa... se ela era fiel *a* mim ou se não era boa *para* mim. Mas ele não disse nada até estar bem e preparado, depois nem disse muito. Falou que eu não tinha com o que me preocupar... que tinha visto que meu coração queria matar alguém, mas que não havia caroço nesse angu, ele tinha certeza, e me mandou esquecer. Claro que essas não são as palavras exatas dele, mas foi isso que ele quis dizer. Então saí... mas bem quando eu estava prestes a descer a escada, o criado apareceu no corredor e coletou meus dois trocados. Aí eu saí.

O detetive Dart apontou a lanterna para a mesa, onde jazia o lenço de bordas azuis.

— O senhor já viu isso antes?

O carregador da ferrovia se inclinou para inspecionar o objeto.

— Já vi um exatamente igual a esse — admitiu.

— Quando e onde?

— Hoje à noite. Lá no cômodo da frente. O sujeito alto estava enxugando o rosto com isso quando entrou. Não dava para não ver. Claro que não posso afirmar que era exatamente esse.

— Isso é tudo, por enquanto, sr. Jones. Obrigado. Espere lá na frente uns minutos, por favor.

— Sim, senhor. E se tiver alguma coisa que eu possa fazer, é só me avisar. Quem suspeita que tenha feito isso, chefe?

— Quando conta suas gorjetas, sr. Jones?

— O quê?

— No começo da viagem... ou no fim?

— Ah. — Jones deu um amplo sorriso que abrilhantou seu redondo e sardento rosto. — Entendi o que quer dizer. Sim, senhor. Eu conto depois que o trem para.

— Isso. Esse trem ainda não parou, mas sabemos para onde ele está indo e quem está a bordo.

— Certo, senhor condutor. Mas faça com que ele chegue na hora, por favor. Tenho uns movimentos sérios para fazer mais tarde.

— Estou ficando interessado no criado com o olho ruim — murmurou o dr. Archer. — Foi um descuido terrível da parte dele desaparecer assim.

— Nós vamos encontrá-lo, se chegarmos a esse ponto.

— O senhor está, por acaso, começando a tirar conclusões?

— Por acaso, não. Está cansado?

— Os neurônios do meu dossel estão confusos, mas extraordinariamente ativos. As solas dos meus pés, entretanto, estão, por assim dizer, no outro extremo, tanto da estrutura quanto da função...

— Brady, busque o Spider Webb e traga junto uma cadeira para o dr. Archer.

— Obrigado pela consideração — disse o médico.

— Me desculpe, doutor. Esqueci que o senhor estava em pé esse tempo todo.

— Eu mesmo só me lembro nos intervalos. E esse é possivelmente o último. Entretanto, antes tarde do que no dia em que linhas paralelas se encontrarem... O que é isso?

— Espere um minuto, Brady. Luzes, Joe! — gritou o detetive. — Quem está aí agora? Ah, olá, Tynes. Esse é o nosso maluco por impressões digitais particular, doutor. O que você achou, Tynie?

— Eles tiveram problema para arranjar alguém do centro, e já que eu estava por aí... — disse o recém-chegado, de aparência hispânica e à paisana.

— Que bom que você estava. Talvez a gente consiga uma grana para ter nosso próprio escritório. Deve ser bom resolver isso sozinho. Então, o que você tem aí?

— Tenho uma digital isolada. Borrada, mas visível. Nem precisei retirar... só fotografei como estava. — Colocou a mão dentro de uma pequena mala portátil, das chamadas Boston bags, que carregava consigo. — Tenho as outras coisas aqui, também.

Apresentou uma pequena placa plana e retangular, com uma superfície lisa de metal, trinta centímetros de altura e oito de largura, e a colocou sobre a mesa; depois, um pequeno rolo com um cabo, que posicionou ao lado da placa. Então, retirou um pacote embrulhado em um pano de seda e o entregou para Dart.

— Aí está seu osso, ou taco ou o seja lá o que isso for. Da próxima vez, embrulhe em algo macio, como um lenço de seda.

— E eu até tinha um lenço, mas não era de seda — disse Dart.

— Qualquer coisa é melhor que um jornal... quase arranha e estraga tudo.

— Não vamos perder tempo com uma discussão, Tynie. Mostre a digital.

— Bem, um monte das impressões digitais no osso devem ser velhas... é grudento para caramba. Mas essa é nova.

Está meio espalhada, mas não tem como errar. — Retirou, em seguida, uma cigarreira. — A melhor coisa no mundo para carregar uma digital fresca, viu? — Ele a abriu, revelando, sob as guardas transversais, uma única fotografia da impressão digital de um polegar. — O leve volume e das tiras acomoda a dobra do papel molhado e as guardas o seguram no lugar, sem tocar em nada além das extremidades.

— Espertinho — disse Dart.

— Mais que espertinho se você consegue ler esses borrões — disse o médico.

— Agora escute, jovem especialista — falou Dart —, segure isso aqui um minuto. Depois que eu falar com o próximo passarinho, quero que você colete as digitais de todos aqui para ver se encontra uma idêntica a essa. Se encontrar, alguém vai passar umas férias na cadeia.

— Está bem, Perry.

— Espero que encontremos... assim evitamos o envio de um alerta em busca do cavalheiro alto e com o olho torto.

— Estrabismo externo é o termo — corrigiu o médico, em tom sério.

— E eu lá quero saber de termo? — rebateu Dart. — Apague essa luz. Tudo certo, Brady, vamos trazer o Spider.

CAPÍTULO 12

Spider Webb, um cavalheiro com cara de rato alerta, talvez em seus 35 anos, tinha uma pele mais clara, com traços negroides bem definidos, e uma postura autoconfiante. Seguramente, estava irritado pelas circunstâncias nas quais o tinham envolvido: seus olhos verdes e profundos brilhavam com uma impaciência maliciosa, enquanto sentava-se em frente ao detetive quase invisível.

As respostas curtas que deu para os incisivos questionamentos de Dart não revelaram nada que contradissesse os pontos já estabelecidos. Mas a elucidação de suas razões para ter ido ver Frimbo naquela noite abriu um reino inteiro de novas possibilidades.

A princípio, com mau humor, recusou-se a discutir a entrevista entre si e o africano. Havia sido algo estritamente particular, contou ele.

— Não é mais particular do que ser detido por suspeita de assassinato, ou é? — sugeriu o detetive.

Spider ficou em silêncio.

— Ou ser preso por causa de apostas? Você sabe que pode ser preso por vários delitos, não sabe?

— Não posso ajudar. O que quer que o senhor saiba, também sabe que não posso falar. Seria suicídio.

— O silêncio também. Falar a verdade, Spider, pode tirar você daqui... Se não for o culpado... vai escapar desse e dos vários outros delitos pelos quais eu poderia prendê-lo. Você já gozou de muita liberdade, mas este é um caso de vida ou morte. Um homem foi assassinado. Você é um suspeito. Não pode ficar em silêncio por muito tempo. Compreendeu?

Webb não respondeu.

— Agora, se você veio aqui hoje por uma questão estritamente particular, revelar o assunto não vai afetar sua... hum... reputação profissional. Senão tinha algo a ver com as apostas. Eu já sei sobre isso... não vai me contar nada de novo. Falar é declarar inocência. Já o silêncio equivale à confissão.

O queixo retraído de Spider tremeu um pouco; ele ensaiou abrir a boca, mas não o fez.

— Também dá para pegar anos de xadrez por ocultação de evidências, sabia?

— Prefiro ir para a cadeia — rugiu Spider. — Pode me levar.

— Ah. Está com medo de levar um tiro? Então você sabe mesmo de algo. Melhor abrir o bico, Spider, agora que já chegou até aqui. Quem mandou você vir atrás do Frimbo?

Um pouco da autoconfiança de Webb desapareceu.

— Ninguém. Para ser sincero, ninguém.

— O homem por trás de você é Brandon. Foi ele que mandou?

— Já disse que ninguém me mandou aqui.

— Vamos ver isso. O Brandon só tem um competidor real como rei dos jogos aqui no Harlem. É o Spencer. Spider, seu silêncio pode significar duas coisas: ou Brandon ou Spencer estavam atrás do Frimbo. Se foi Spencer, você não vai falar nada, porque foi você que executou. Se foi Brandon, está com medo de entregá-lo porque ele pode achar você.

Sob a forte iluminação do feixe horizontal, o rosto de Spider se contraiu e mudou o suficiente para convencer Dart de que estava no caminho certo. Deu um tiro no escuro:

— Spencer levou umas boas surras no último mês, não levou?

— Como... como o senhor sabe? — questionou Spider, perplexo.

— A gente observa umas coisas, Webb. Isso nos ajuda a solucionar vários crimes. Seu chefe, Brandon, entretanto, não mostrou nenhum sinal de perda. Ele tem ficado mais forte.

Outra vez, a expressão de Spider Webb deu uma pista ao detetive.

— É claro que se você deixar o depoimento todo para mim, Spider, não vou poder lhe dar nenhum crédito. Vou ter que prendê-lo de qualquer forma... por todos esses delitos pendentes. Você tem que entender que se não está na cadeia agora é porque pode ter valor em um caso tão importante quanto esse.

Spider se mexeu na cadeira, ansioso.

— Você tentou fugir na hora de vir para cá também, não foi, Spider? No Pat... quando viu um policial com um homem que você encontrara aqui mais cedo. Tentou se esquivar. Acho que você é mesmo o nosso homem. Brady, coloque as algemas...

— Espere um minuto — protestou Webb. — Vai ser justo... sem vazar nada?

— Dou minha palavra. Espere, Brady. Pode seguir, Spider.

— Está bem.

— Ótimo. Assim você só está se protegendo — falou Dart.

— Esse Frimbo era um sujeito esperto... esperto até demais — começou Spider Webb.

— Ah, é?

— É. Ele tinha um sistema para apostar nos jogos que não tinha como perder. Não sei como ele fazia... se calculava matematicamente ou se só era bom em palpites ou algo assim. Mas ele conseguia ganhar regularmente uma vez por semana, sem falhas. Apostava dez dólares por dia, e eu coletava.

— Prossiga.

— Quando ele ganhou pela terceira semana seguida, o chefe fez um escândalo. Você sabe a porcentagem... seiscentos para um. Ganha com um dólar e leva seiscentos, menos os dez por cento que ficam com o coletor. Ganha com dez trocados e deve receber seis mil, menos seiscentos... são 5.400 dólares. Bom, nem mesmo um grande banqueiro como Brandon pode suportar isso... ele só coleta quatro mil por semana.

— Só — murmurou Dart.

— E quando isso aconteceu pela terceira semana, as coisas ficaram feias para mim... eu estava ganhando seiscentos cada vez que ele ganhava. Trabalho com Brandon há muito tempo, mas ele começou a duvidar de mim. Mas ele pagava... ele sempre paga... por isso é bem-sucedido. E também me disse que não queria mais apostas do tal Frimbo. Mas aí ele começou a entender, e o que entendeu foi que, talvez, ele pudesse usar um pouco da esperteza do Frimbo em benefício próprio. Ele é esperto, o Brandon. Então ele fez o seguinte:

"Primeiro, me acusou de jogo sujo. Os coletores tentam essas coisas de vez em quando, entende? A gente tem uma lista de nomes num papel, com o número e a quantidade de dinheiro que cada pessoa apostou. Bom, os papéis devem ser entregues entre as nove e 9h45 a cada manhã, mas demora um tempo para entregar todos. Às dez horas, o número da câmara de compensação no qual se baseia o vencedor é anunciado no centro. Tem um jeito de segurar o papel apenas alguns segundos depois das dez, com um parceiro ligando para avisar o número vencedor para uma casa ao lado ou algum lugar no andar de baixo, onde outro parceiro sinaliza qual é, dando uns tapinhas na parede ou no aquecedor, algo assim. Então o coletor adiciona o número vencedor na própria lista, ao lado de um nome falso, depois coleta o dinheiro e divide com os parceiros. Claro que o Brandon conhece todos esses truques e me acusou de usá-los. Eu mostrei que não era tão burro para tentar isso três semanas seguidas. E ele teve que admitir que o Frimbo poderia simplesmente ser esperto.

"Então ele decidiu confiar em mim e me disse o que fazer. Eu deveria continuar pegando os dez dólares por dia e os números com o Frimbo. Brandon mandava algum dos meninos dele jogar nos mesmos números com Spencer, mas por vinte pratas. Resumindo... quando saíam os números, o Brandon perdia seis mil para o Frimbo e ganhava doze mil do Spencer. O resto da renda ficou como antes. Spencer não conseguiria aguentar mais do que duas ou três vitórias de doze mil... teria que desistir. Isso abriria espaço para o Brandon. Assim ele poderia parar de pegar as apostas do Frimbo e ficar tranquilo."

— E o que aconteceu? — indagou o detetive Dart.

— Foi por isso que vim aqui hoje, só isso. Coletar o número do Frimbo.

— Ele deu o número para você?

— Claro que sim... bem daí de onde o senhor está sentado.

— E os dez dólares?

— Não. Ele nunca lida diretamente com o dinheiro. O criado recebe o pagamento dos clientes quando eles saem por aquela porta. Então sempre pego as dez pratas com ele. Ou ele fica esperando lá ou sai logo.

— Sai? De onde?

— Do cômodo dos fundos.

— Cômodo dos fundos? Ah. Será que Spencer descobriu isso e tirou Frimbo do caminho?

— Se foi esperto o bastante. Ele deve ter achado suspeito, não importa como o Brandon apostava os vinte... não pareceria certo. E ele investigaria. Checaria as apostas nas noites anteriores, encontraria vinte pratas no mesmo número e rastrearia os apostadores. Mas ele deveria pagá-los, uma vez que tinha aceitado o dinheiro. E também não saberia de quem não aceitar, porque eles podiam mudar de nomes, ou, se ele encontrou uma brecha e jogou baixo, só havia uma saída para ele. Teria que paralisar Frimbo ou ser destruído por ele. Pura legítima defesa.

Perry Dart ficou sentado em silêncio por um momento, depois disse:

— Sabe, doutor, tem uma coisa que me incomoda. Todas as pessoas até agora concordam que Frimbo falou com elas... falou com elas cara a cara sobre assuntos pessoais. Como pode um homem assassinado conduzir uma conversa inteligente *depois* da morte? É por isso que ainda não levei o Jenkins. A vítima não poderia ficar aqui sentada, morta nessa cadeira o tempo todo, falando enquanto tinha a garganta obstruída.

— É verdade — respondeu o médico —, mas os clientes que precederam o Jenkins podem ter encontrado o homem morto, assim como ele próprio, e saído de fininho sem avisar, com medo de serem incriminados. Ou talvez o assistente estivesse falando por algum dispositivo ou usando algum truque, sem saber que seu mestre estava morto. Todos concordam que o criado não veio aqui. Então não conte o fim da conversa como o momento da morte. A morte pode ter acontecido meia hora antes ou até mais tempo, sem que isso mude nenhum depoimento.

Depois de mais um momento de silêncio, Dart ordenou:
— Acenda a luz.

Quando a luz afiada cortou a sombra, Spider Webb exclamou:

— Minha nossa! Se eu soubesse que esse tanto de gente estava ouvindo...

— Não se preocupe... não vai custar nada. Brady, traga todos para cá. Tudo pronto. Tynie?

— Tudo pronto, Perry — respondeu Tynes.

CAPÍTULO 13

Na cristalina luz que provinha de baixo, da ofuscante extensão, uma fina claridade por onde reluzia o feixe horizontal da curiosa iluminação de Frimbo, um semicírculo de pessoas parou, olhando em direção à mesa. Atrás dela, naquele momento, estavam o detetive e o médico. O último se ocupava com um lenço, esfregando uma camada escura que havia grudado em seus dedos, enquanto estava sentado na cadeira levada por Brady. Era pequena e feita de madeira, com braços curtos, em um dos quais ele havia descansado uma das mãos durante o depoimento de Spider Webb. Rapidamente, ele já não prestava mais atenção na substância, considerando-a meramente um tipo de lustra-móveis exageradamente aplicado e se tornara pegajoso.

O detetive se dirigia às pessoas:

— Gostaria de pedir a cooperação de todos vocês. Antes disso, quero que saibam o que tenho em mente. — Pausou por um momento, resolvido, decidido. — Com as evidências que encontramos e os depoimentos que recebemos, concluímos o seguinte: Frimbo, um homem de poucos hábitos e sem nenhum amigo ou inimigo especial conhecido, foi morto aqui nesta cadeira, hoje à noite, entre 22h30 e onze horas. Ele foi atingido por um golpe, possivelmente com esse taco, depois esganado até a morte por esse lenço, o qual foi removido de sua garganta, em minha presença, pelo dr. Archer.

Fez outra pausa para observar o efeito do anúncio. Duas reações, bastante opostas, se sobressaíram: a expressão horrorizada da sra. Crouch e o comentário espantado de Bubber Brown:

— Caramba! Até entendo alguém com uma espinha de peixe na garganta, mas um lenço!

— Várias motivações vieram à tona, mas, antes de analisá-las mais a fundo, devemos estabelecer ou completar as lacunas das evidências que já temos. Temos depoimentos confiáveis sobre a propriedade do lenço. Agora, devemos determinar quem manuseou esse taco. Todos sabem o que são impressões digitais. No taco, encontramos uma digital fresca que teremos que comparar com as digitais de vocês. Mas, antes, quero dar a chance para que admitam agora que pegaram nessa arma hoje à noite... se pegaram. Alguém aqui gostaria de admitir que... mesmo acidentalmente... tocou no taco hoje à noite?

Todos se entreolharam. Ninguém falou, a não ser o incontrolável Bubber:

— Nem hoje — murmurou ele — nem ontem.

— Muito bem, então. Devo pedir que vocês se submetam a algo que podem considerar indigno, mas é extremamente necessário. E qualquer um que se recuse será detido sob suspeita de supressão de documento e, depois, terá que se submeter de qualquer forma. Poderiam, por favor, aproximar-se dessa mesa, em ordem, um por um, começando pela sra. Crouch naquela ponta, e permitir que o agente Tynes colha suas digitais? Elas não serão mantidas nos registros da polícia, a menos que sejam presos por alguma conexão com esse caso.

— Espere um minuto. — Era o dr. Archer quem falava.

— Melhor colher a minha primeiro, não é? Também sou suspeito.

Dart concordou.

— É mesmo, doutor. Vá em frente.

Enquanto isso, Tynes havia preparado a placa plana, tocando-a suavemente com uma pincelada espessa de tinta especial, depois rolando a tinta em uma leve camada que cobria a superfície retangular. O dr. Archer apresentou a mão. Tynes agarrou o polegar direito do médico, posicionou a parte externa na superfície coberta de tinta, girou-o com destreza e uma gentil e uniforme pressão até que a parte interna estivesse repousando como repousara a exterior, o levantou e repetiu a manobra em um espaço etiquetado de um papel em branco. O resultado foi uma digital de polegar perfeitamente colhida.

— Tenho certeza de que é um polegar no taco — disse Tynes —, mas vou fazer com os outros também, só para garantir.

— Sem problemas — disse o alto médico, sério.

E, em alguns minutos, Tynes havia completado todos os dez espaços no papel. Depois, pegou uma pequena garrafa de gasolina e um pedaço de morim.

— Isso vai limpar — disse. Olhou para as digitais. — Seu polegar esquerdo está borrado. Devia estar sujo.

— É. Estava, agora que o senhor mencionou. Um lustra-móveis pegajoso ou algo no braço da cadeira em que eu estava sentado.

— Não tem problema, deve funcionar. Próximo.

— Sra. Crouch... se não for incomodá-la — disse Dart.

Martha Crouch se aproximou sem hesitar. Os outros a seguiram, em ordem. O hábil Tynes precisava apenas de um minuto para cada pessoa. A sra. Snead, altamente insatisfeita, mas silenciosa, com exceção de algum grunhido de indignação; Spider Webb; Easley Jones, sorrindo; Doty Hicks, tremendo; e Jinx Jenkins, carrancudo. Bubber foi o último. O papel de Jinx, com seu nome no topo, estava à plena vista entre aqueles espalhados para secar sobre a mesa. Bubber inclinou a cabeça de lado e o espiou enquanto Tynes colhia suas digitais.

— Escuta, irmão... você não cometeu um erro? — inquiriu.

— Como? — indagou Tynes, trabalhando.

— Fale a verdade, aquelas não são as digitais dos *dedos* do Jinx, são?

— Claro que são.

— Como assim? Você deve ter tirado as digitais dos pés do garoto. Nenhum dedo se parece com isso.

— Mas são os dedos dele.

— Me fale, senhor, macacos têm impressões digitais?

— Acho que sim.

— Bom, escute aqui. Quando tiver um tempo, veja se não são de um gorila ou algo assim. Tenho minhas dúvidas sobre Jinx Jenkins há muito tempo.

Tynes, indiscriminadamente, reuniu os papéis para que não fossem identificados pela ordem, organizou-os em uma pilha, virados para cima, e retirou uma lupa da maleta. Ele era o centro das atenções... mesmo os agentes nos cantos do cômodo, sem se dar conta, chegaram um pouco mais perto. O médico insistiu para que ele se sentasse em uma das cadeiras, ficando tanto ele quanto o detetive em pé naquele momento. Tyles acatou a sugestão, sentando-se na borda da mesa em direção ao corredor, com as costas para a porta. O médico estava em pé, de modo que podia direcionar a lanterna lateralmente sobre os objetos das observações de Tynes.

O último, naquele instante, removeu da cigarreira uma das duas fotografias da digital que havia encontrado no taco. Ele a manteve na mão esquerda, a lupa na direita e, segurando a original para que ela estivesse ao lado de cada espaço etiquetado, um por vez, metodicamente, começou a comparar, sob a lente, as digitais recém-colhidas com a fotografia.

Atentos, silenciosos, quase sem respirar, os espectadores ficaram observando os ombros curvados, a macia cabeça negra, o rosto marrom e sem expressão de Tynes. Todo o cômodo parecia se mover um pouco cada vez que ele passava de uma comparação para a próxima, parando por um instante e depois movendo-se outra vez. Tão completo era o silêncio, que uma sirene na avenida a meio quilômetro dali foi ouvida com clareza no cômodo, e tão absortos estavam todos naquele importante procedimento, que sons estranhos emitidos do andar de baixo foram completamente ignorados.

Parecia que Tynes estava fazendo duas pilhas separadas, uma das quais supostamente continha casos dispensados, fora de cogitação, enquanto a outra continha casos para serem mais bem estudados. Os longos momentos eram de tensão; os observadores encaravam com a mesma expectativa fascinada que poderia ter caracterizado a observação de um pavio em chamas, cuja faísca muito lentamente, muito seguramente, aproximava-se de um explosivo fatal.

Ainda assim, o trabalho de Tynes estava progredindo muito rápido, facilitado pelo feliz acidente de que a digital original pertencia a uma das categorias mais simples. Em uma eternidade aparente que, na verdade, não representava mais que alguns minutos, ele havia reduzido o número final a dois papéis. Um deles fora deixado decisivamente de lado, após uma breve reinspeção. O outro, ele examinou por um momento, longa e cuidadosamente. Assentiu uma ou duas vezes, respirou fundo, posicionou a lupa na mesa e se endireitou. Entregou o papel para o detetive Perry Dart, que esperava atrás da mesa.

— É esse aqui, Perry. Polegar direito. Exatamente como o da fotografia.

Dart pegou o papel, o ergueu e voltou a baixá-lo. Seus olhos escuros brilhantes varreram o círculo de pessoas à espera, imóvel.

— Jenkins — anunciou ele, calmo —, o senhor está preso.

CAPÍTULO 14

— O senhor, Hicks — prosseguiu Dart —, também será detido, de acordo com o próprio depoimento, como possível cúmplice. Os outros devem ficar à disposição, pois podem ser chamados a qualquer momento como testemunhas. Por ora, entretanto...

No mesmo momento, um recém-chegado adentrou o cômodo, um homem alto, abrupto, de rosto vermelho, carregando uma maleta médica e arfando pelo esforço de ter subido as escadas.

— Olá, Dart. Cheguei no meio de seu trabalho, hein?

— Olá, dr. Winkler. Há quanto tempo o senhor está aqui?

— Tempo suficiente para examinar seu caso.

— Sério? Ouvi alguns barulhos lá embaixo, mas não percebi que era o senhor. Cumprimente o dr. Archer aqui. Ele foi chamado, declarou o caso e nos notificou. E ele é melhor detetive que eu... Acho que perdi o jeito.

— Como vai, doutor? — disse, agradavelmente, o corado legista. — Esse caso me intriga de certa forma.

— Imagino que sim — disse o dr. Archer — Temos uma vantagem contra o senhor.

— Não consigo entender — continuou o dr. Winkler — que evidência de violência havia para que vocês chamassem a polícia. Eu mesmo não encontrei nada... e também examinei com bastante cuidado.

— Quer dizer que não conseguiu ver uma ferida no couro cabeludo, sobre a orelha direita?

— Ferida no couro cabeludo? Devo admitir que não. Não há nenhuma.

— Não? — O dr. Archer virou-se para o detetive. — Você viu aquilo, Dart, ou era uma ilusão de ótica?

— Eu vi — confessou Dart.

— E, a menos que eu esteja tendo alucinações — o médico local continuou —, havia um coágulo fresco, o qual removi com uma gaze que agora está em minha maleta.

Parou deliberadamente, retirou e mostrou o curativo manchado, enquanto o legista primeiro olhou para ele, depois para Dart, como se não estivesse seguro de duvidar da sanidade deles ou da própria. O dr. Archer guardou o curativo outra vez na maleta.

— Depois, usei uma sonda para procurar fraturas — concluiu.

— Bem — disse Winkler —, não consigo entender como eu deixaria qualquer coisa assim passar. Eu a examinei da cabeça aos pés, e se ela não tem problemas cardiorrenais, não sei de mais nada...

— Você examinou... quem?

— Ela. Eu a examinei da cabeça aos pés... cada milímetro...

— *Ela?* — O som rompeu de Dart.

— É... ela. Está morta faz horas...

— Espere um minuto. Dr. Winkler, não estamos falando do mesmo assunto. Estou me referindo à vítima desse caso, um homem conhecido como Frimbo — explicou o dr. Archer.

— Um homem! Bem, se o cadáver lá embaixo é um homem, alguém pregou uma peça e tanto nele!

— Todos parados! — ordenou Dart. — Tynes, assuma o controle aqui até que eu retorne. Venham vocês dois, galenos. Vamos entender essa coisa de vez.

Archer, Dart e Winkler apressaram-se para sair do cômodo e descer as escadas. A porta de entrada de Crouch estava aberta, mas o sofá onde o corpo fora colocado estava em uma posição que não lhe permitia ser visto do corredor. Tão afastado dos outros estava o dr. Archer que, quando entraram, o médico já estava parado no meio do cômodo, encarando perplexo um sofá inquestionavelmente desocupado.

— O cadáver esquivo — murmurou enquanto os outros dois entravam. — Primeiro um homem, depois uma mulher, agora... uma memória.

— Ele estava nesse sofá! — exclamou Dart. — Onde está Day? O policial que estava vigiando a frente? Day! Corra aqui!

O agente Day, alto e de aparência monótona, parou na entrada:

— Pois não, senhor?

— Day, onde está o corpo que estava nesse sofá?

— Corpo?... Nesse sofá? — O rosto de Day estava impassível como um ovo.

— O senhor está de serviço aqui embaixo... ou em transe?

— Na verdade, não vi nenhum corpo nesse sofá, chefe. O único corpo aqui embaixo está lá nos fundos, no cômodo onde fica o telefone. Em uma mesa, coberto por um lençol.

— Ele está bem ali — disse Winkler.

— Day, não responda com outra pergunta, por favor: quando foi a primeira vez que você entrou nesse cômodo?

— Quando o legista chegou. Eu o trouxe aqui e mostrei o cômodo dos fundos, mas não fiquei para olhar... voltei direto para meu posto.

— Quando você entrou aqui pela primeira vez hoje à noite, não viu o cadáver nesse sofá?

— Não, nadinha. Fui o último a entrar. O senhor e o doutor entraram e deixaram o resto de nós no corredor. Não consegui ver o que havia aqui dentro. E quando vocês saíram, o senhor ordenou que eu cobrisse a frente. E eu estava cobrindo. — O agente Day estava um pouco ressentido pela censura implícita do detetive Dart. — Quando o legista chegou, eu o trouxe aqui. E com certeza não havia nenhum cadáver no sofá naquela hora. O único cadáver está lá nos fundos, sob o lençol. Naturalmente, eu pensei que era ele.

— Imagino que sim. Doutor...

Mas o dr. Archer estava voltando de uma rápida visita ao cômodo dos fundos.

— É uma mulher mesmo — confirmou. — Parece que Frimbo é um desertor. Falta de consideração da parte dele, não é?

— Escute, Day — disse Dart, evitando, com dificuldade, o uso de linguagem explosiva. — Alguém entrou por essa porta desde que você veio aqui?

— Não, ninguém. Ninguém além dele. — O policial apontou para o dr. Winkler. — O agente funerário tentou entrar, mas, quando contei o que tinha acontecido, ele perguntou onde vocês estavam e eu respondi que lá no andar de cima. Então, ele subiu direto. Depois, quando desceu outra vez, foi logo para fora. Pediu que eu apagasse as luzes e batesse a porta quando tivéssemos terminado, só isso.

— Tudo bem, Day. Isso é tudo. Pode continuar cobrindo a frente. Não se afaste de lá. Doutor, você e o legista esperem aqui e fiquem de olhos bem abertos. Vou botar essa choça abaixo se for preciso... Ninguém vai escapar com um truque desses.

— Um segundo — disse dr. Archer. — Faz quanto tempo que estivemos aqui?

— Droga! — explodiu Dart, olhando para seu relógio. — Mais de uma hora.

— Bem — disse o médico local —, quem quer que tenha removido o defunto teve bastante tempo para tirá-lo das proximidades. Só uma rápida busca atropelada não vai revelar nada, concorda?

— Não posso evitar — respondeu Dart, impaciente. — Tenho que dar uma olhada, não tenho? — Então ele se apressou porta afora e dirigiu-se ao andar de cima.

O alto e pálido dr. Archer, usando seus óculos, resumiu a situação para atualizar o legista enquanto esperavam. Descreveu como encontraram o estranho instrumento da morte e, posteriormente, o taco, modificado a partir de um fêmur humano, que devia ter sido usado para dar o golpe. Deu as evidências que apoiavam a estimativa do período no qual a morte ocorrera, e o legista prontamente aprovou a probabilidade.

— Os depoimentos indicam — prosseguiu o médico local —, e Dart confrontou cada testemunha, que as duas mulheres e um dos cinco homens presentes muito dificilmente seriam suspeitos. Qualquer um dos outros homens, quatro dos quais eram clientes, e um era assistente ou criado, poderia ter cometido o crime. Um deles, obviamente viciado em drogas, até admitiu ter dado uma mãozinha... também de modo bastante convincente; embora a pessoa que voluntariamente se apresenta com uma confissão seja, em geral, ignorada...

— Um dia — disse o legista com um sorriso — esse tipo de suspeito vai ser ignorado tantas vezes que vai se tornar culpado apesar de sua confissão.

— Bem, há mais coisa na confissão desse sujeito do que só a confissão. Ele tinha um bom motivo: acreditou que Frimbo estava matando seu irmão lentamente com um tipo de feitiço, que só seria quebrado com a morte de Frimbo. E indicou também que tinha um cúmplice contratado. Isso, mais a óbvia crença em superstições, foi o que realmente conferiu credibilidade para a confissão. Mas outro motivo chamou a atenção de Dart: um dos outros homens é coletor de apostas. Ele disse que Frimbo tinha um sistema para ganhar dinheiro que estava sendo usado para destruir o rival de seu chefe, e o rival pode ter descoberto e eliminado Frimbo para se defender. Mesmo assim, é claro, o verdadeiro assassino precisaria ser um dos cinco homens presentes, porque um deles teria que ter levado o taco do cômodo da frente até o do meio, onde o encontramos... ele não teria se movido sozinho, mesmo que já tenha sido parte de um osso da coxa. É claro que a mesma coisa se aplica ao lenço. Também havia o criado, que desapareceu por completo pouco antes de descobrirem o assassinato, mas ele dificilmente mataria a galinha dos ovos de ouro dele.

— Mas ele desapareceu?

— Sumiu do mapa.

— E o agente funerário que veio e saiu?

— Ele não entrou no primeiro cômodo em nenhum momento. O lenço e o taco estavam no cômodo da frente antes de Frimbo ser morto, entende? Para se apoderar dos objetos, o agente funerário, ou qualquer outra pessoa, teria que ter estado nesse cômodo em algum momento, e assim teria sido visto pelos outros. O agente funerário, ao que parece, tinha todos os motivos para querer que Frimbo permanecesse vivo. Frimbo pagava um aluguel afrontosamente caro... e sempre na data certa.

— Então quem foi?

— Bem, lhe darei uma lista, se bem me lembro, na ordem de culpados mais prováveis. O primeiro é Jenkins, contra o qual as duas pistas apontam. O lenço é dele, como dois outros testemunharam. O que piora para o lado dele é que ele nega ter o lenço. Pode ser apenas um receio ou uma perversidade... Ele é duro na queda, meio mal-humorado; mas parece um pouco óbvio, é mais provável que ele esteja acobertando alguém. Mas o que é pior: o polegar direito dele foi identificado no taco, que, outra vez, ele negou ter tocado.

— Então Dart o está segurando?

— E deve. E esse é o tipo de evidência que mesmo um bom advogado, o que Jenkins provavelmente não pode pagar, não conseguiria explicar tão fácil. O próximo, devo dizer, é Doty Hicks, o viciado que eu acabei de mencionar. É provável que o cúmplice que ele admite ter contratado seja Jenkins. Depois... vamos ver... seria Spencer, o chefe das apostas, mencionado pelo coletor, Spider Webb. Não o próprio Spencer, é claro, mas algum dos presentes, contratado por ele. Isso sugere o Jenkins outra vez. Ele pode trabalhar para Spencer. Ou o carregador da ferrovia, Jones... Easley Jones. Ele pode ser um agente do Spencer, embora conte uma história simples e direta que poderia ser facilmente verificada, além de não haver a mínima evidência contra ele. Na verdade, ele foi o primeiro a ver o Frimbo, que falou com ele e também com mais três que entraram depois. Obviamente, nem mesmo um adivinho africano poderia ler a sorte com uma garganta tão obstruída como a de Frimbo estava.

— A menos que ele usasse uma língua de sinais — comentou o legista.

— O que ele não poderia fazer no escuro — contestou o dr. Archer. — Bem, depois... o criado. Contra ele a única acusação é pelo desaparecimento. Ele também poderia atuar como contratado de alguém, suponho. Mas não eram dele a digital do polegar no taco nem o lenço. Há Bubber Brown, um tipo agradável de trabalhador braçal do Harlem; não saiu do primeiro cômodo até que Frimbo fosse atacado. E, por fim, as duas mulheres, que nem sabiam que o homem tinha sido morto até que nós contássemos, um tempo depois que o examinamos.

— Bem, você sabe o que dizem os livros: o culpado é sempre a pessoa menos provável.

— Nesse caso, com ou sem evidência, a culpada é a sra. Aramintha Snead, devota frequentadora da igreja e esposa sofredora e paciente.

— Ah, não. O senhor engenhosamente deixou de mencionar a pessoa realmente menos provável. Me refiro ao médico do caso. Acredito que o nome dele seja dr. Archer.

— Bem provável — retornou o dr. Archer, sério. — Motivo: inveja profissional.

— Se essa teoria se aplica aqui — riu o legista —, eu precisaria me explicar. Obviamente sou o assassino: eu estava a mais de quinze quilômetros quando aconteceu.

— Claro. O senhor imprimiu a digital do polegar do Jenkins no taco por telefoto, e o lenço...

— Soprei o lenço para fora do bolso de Jenkins e para dentro da garganta do Frimbo por meio de um ventilador elétrico especial.

— Um dia, vou escrever um mistério policial que vai desconcertar e surpreender o mundo — meditou o dr. Archer. — O assassino vai acabar sendo o suspeito mais provável.

— E não vai escrever mais nenhum — decretou o legista.

Por meia hora, Perry Dart e três dos policiais mais experientes procuraram pela casa. Rondaram do teto ao porão em vão. Em um momento, Dart pensou que havia descoberto um esconderijo adequado sob a bancada do laboratório, que se estendia pela parede posterior nos fundos do segundo andar, pois as portas dos armários ali embaixo estavam trancadas. Entretanto, logo percebeu que era uma pista impossível: as duas portas não eram adjacentes; um compartimento aberto estava entre elas, lotado de quinquilharias mecânicas; e o tamanho desse e dos outros compartimentos destrancados indicava que os trancados eram muito pequenos para acomodar um cadáver de tamanho humano.

Outra vez, uma possibilidade surgiu no poço do antigo elevador de comida, que se estendia do porão até o primeiro andar. Mas a inspeção do vão, tanto em cima quanto embaixo, revelou que ali não havia nem o elevador que originalmente o deveria ocupar. Algumas cordas antigas e um conjunto de polias balançavam do telhado, na altura do teto do primeiro andar; entre elas, as lanternas não revelaram mais que mofo.

Por fim, o detetive retornou sozinho para onde os dois médicos estavam. Ele ainda parecia inflexível e nervoso, mas cuidadosamente recomposto.

— Alguém vai se meter em confusão — disse.

O legista abriu um sorriso.

— O que você acha que é?

— Só pode ser uma coisa... não há crime sem corpo. É um velho truque, mas era o último recurso que eu esperava aqui.

— O assassino é esperto — comentou o dr. Archer.

— Exatamente. E esse alguém não está trabalhando sozinho. Ele está lá em cima naquela sala; nenhum suspeito veio aqui embaixo desde que deixamos o corpo. Cada uma das pessoas estava sob vigilância.

— O agente funerário esteve aqui.

— No corredor, não neste cômodo. Day significa dia, e ele pode não ser tão brilhante quanto seu nome indica, mas seguramente veria caso Crouch tentasse entrar aqui. Day diz que com certeza ele não veio; subiu direto, desceu e saiu. Ele também não conseguiria voltar sem ser visto. O quintal e a porta dos fundos estão vigiados, assim como o telhado. Quaisquer entrada e saída possíveis estão sendo vigiadas quase desde o momento em que deixamos o Frimbo naquele sofá.

— Então, o X da questão deve ser que o cavalheiro ainda está entre nós. Talvez você esteja lidando com passagens secretas e compartimentos misteriosos — disse dr. Archer.

— Não me surpreenderia — concordou o legista, entretido. — Ele era um homem de mistérios, não era? Deve haver algumas câmaras escondidas ou algo assim.

— Podemos descobrir isso — disse Dart. — Vou mandar um especialista do departamento para cá amanhã bem cedo... mesmo que seja domingo. Hoje de manhã, para falar a verdade. Vamos examinar a casa com um par de micrômetros. Não existe câmara secreta que não ocupe espaço. E uma coisa é certa: Jenkins sabe quem fez isso. Quem quer que o tenha contratado também pagou pela remoção do cadáver. É a última tacada... Protege todo mundo, entende? Sem cadáver, sem crime. Caramba!

— De algum modo, tenho uma sensação muito incômoda de que algo está errado — refletiu o dr. Archer.

— Não diga?

— Quer dizer, algo no modo como estamos raciocinando. É muito fácil ignorar o óbvio. Que circunstância óbvia estamos ignorando? — deliberou, sem contar com a ajuda dos outros. Um tanto súbito, respirou fundo. — Não — contradisse a própria inspiração —, isso é um pouco óbvio demais. E mesmo assim...

— O que é que você está resmungando aí? — perguntou Dart, com impaciência.

— Vamos dividir os suspeitos em dois grupos — disse o dr. Archer. — No primeiro estão aqueles que definitivamente podemos dizer que não escaparam com o corpo. No segundo estão os que não podemos ter certeza de que não fizeram isso.

— Vá em frente.

— Está bem. Todos que estiveram aqui vão cair no primeiro grupo... exceto...

— Quem?

— O criado.

— Hum.

— Ninguém sabe o paradeiro do empregado desde a hora em que ele conduziu Jenkins até a sala do Frimbo. E se a questão for conhecer a planta da casa, ele deve estar mais qualificado que qualquer outro para levar a cabo essa última cartada.

— E como vamos provar?

— Temos que achá-lo. Ele tem a informação de que a gente precisa. Ele é a chave.

— Se ele não saiu antes de chegarmos...

— Nesse caso, ele não poderia ter voltado para recuperar o morto... não se todas as entradas estão vigiadas. Então ele ainda pode estar com seu cruel cúmplice. Mantenha as entradas vigiadas até que consiga examinar a casa com... micrômetros. É isso? E, mesmo que ele não esteja aqui, deve ser encontrado. Suponho que as observações dele sobre toda essa situação nos economizariam uma quantidade considerável de energia, mesmo que ele não tenha removido o corpo.

— Tudo bem, doutor, aceito sua sugestão. Mas Jenkins é um pássaro na mão, e acho que a gente consegue convencê-lo a falar. Hicks também pode ter algo mais a dizer, sob as circunstâncias adequadas. E pretendo segurar os outros dois homens, até que o corpo seja encontrado. Algumas sugestões pertinentes podem melhorar o conhecimento deles sobre o caso. Mas talvez seja melhor liberá-los para que possamos rastreá-los e, assim, descobrirmos algo mais. É... vou fazer com que todo mundo seja rastreado. E sem que saibam disso. A ideia é essa...

— Bem — o legista suspirou, arrumando suas coisas para sair —, não dá para eu examinar o que não está aqui. Quando vocês tiverem um corpo, me avisem. Mas não o encontrem antes que eu tenha dormido umas horinhas. E chega de alarmes falsos, por favor.

— Tudo bem, dr. Winkler. Da próxima vez não será alarme falso.

— Boa noite, doutor.

Antes que a porta da rua se fechasse atrás do legista, Dart havia chegado ao telefone no cômodo dos fundos. Ligou para a sede, fez um breve relato preliminar do caso, e ordenou uma busca atenta, por meio de transmissões em rádios policiais e todos os outros dispositivos sob controle da sede, por um homem negro com a descrição do criado e quaisquer dicas que levassem à possível recuperação do corpo de Frimbo.

Depois, o detetive e o médico retornaram para a câmara da morte no andar superior.

CAPÍTULO 15

— O que está acontecendo?! — exclamou a sra. Aramintha Snead. — O que foi dessa vez?

— Relaxem, todos — aconselhou Tynes. — Eles já voltam.

— Não seria tão ruim se pudéssemos mesmo relaxar... ou nos sentar um pouco — comentou Easley Jones, bem-humorado. — Minhas pernas estão quase me derrubando.

A tradicional volubilidade de Bubber fugira por um tempo. O decreto da prisão do amigo o havia chocado mais que a Jinx, pois Jinx já estava esperando a acusação, enquanto Bubber nem cogitara tal possibilidade. Ele se aproximou de seu alto, magricela e mal-apessoado amigo, olhando com certa impotência para o rosto dele. Jinx, desatento, olhava carrancudo ao longe. Por fim, Bubber falou:

— Você escutou o que o homem disse?

— Hunf! — grunhiu Jinx.

— Você tem ideia do que isso significa?

— Hunf! — grunhiu outra vez.

— Eu que o diga! — retornou Bubber, suficientemente absorto nos apuros de seu aliado para ser indiferente à até agora dificultosa presença das senhoras. — Daqui você vai direto para a frigideira e tudo que faz é grunhir? O que foi que você falou para o homem pensar que foi você que fez isso?

— Eu contei o mínimo que pude — murmurou Jinx.

— Bom, irmão, é melhor começar a abrir o bico. Isso aqui é coisa séria.

— Não me diga?

— Alguém tem que dizer. Parece que você não tem responsabilidade suficiente para ver por si mesmo. Olha aqui... não tem dedo seu nisso, não é?

— Hunf! — grunhiu Jinx.

— Bom, poderia ter. O adivinho pode ter falado algo sobre seus ancestrais, algo que te fizesse perder a linha. É possível.

— Eu contei o que o adivinho disse... palavra por palavra... o melhor que pude. E é isso que ganho em troca.

— Acho que você só é pé-frio. A sorte vem até você, dá uma olhada, se vira e sai correndo. Tem certeza de que não fez nada?

— Hunf! — grunhiu o homem alto pela quarta vez.

— Escuta, Jinx. "Hunf" não significa nada em nenhuma língua. É melhor aprender a falar "não", e falar alto e bom som. Você não pegou no sono enquanto conversavam, pegou?

— Como é que eu ia dormir com aquele tanto de luz nos meus olhos?

— Cala a boca, que eu já vi você dormir até com o sol na cara.

— Não fosse por você eu nem estaria nessa fria — resmungou Jinx.

— Não fosse por mim? Dê ouvidos aos tolos! O que eu tenho a ver com isso?

— Você contou para o detetive que o lenço era meu, não contou?

— Claro que sim. O lenço era seu mesmo. Mas com certeza eu não disse que era sua impressão digital naquele taco nos fundos.

— E não tem digital minha nele. Eu nem toquei naquele taco.

— Agora espere um minuto, garotão. Não comece a se defender por causa dessa impressão digital. Você já está bastante encrencado. Não é a primeira vez que seus dedos tocam o que não deviam.

— E não é a primeira vez que você abre mais a boca do que devia. Você fala mais que o homem da cobra!

— Pode até ser. Mas tudo que eu disse hoje à noite é só um sussurro perto do que a impressão digital diz. Aquela coisa grita.

A sra. Snead se aproximou deles.

— Meu jovem — dirigiu a palavra para Jinx —, sua hora chegou. Vou orar por você.

Todos trocaram olhares desconfortáveis e apreensivos, e Bubber, compreendendo a senhora da igreja, olhou para Jinx como se a hora dele houvesse, de fato, chegado.

— Afaste-se, filho — ordenou a senhora, acotovelando Bubber para que ele saísse do caminho.

— Sim, senhora — disse Bubber, impotente. Seu rosto era um retrato de tormento.

— Meu jovem, você conhece os Dez Mandamentos?

Jinx apenas conseguia olhar para ela.

— Você conhece o *sexto* mandamento? Não conhece nenhum dos mandamentos, não é? Bom, você é um pecador sem salvação. Sabe disso, não sabe? Sem salvação... condenado... no caminho — a voz dela tremeu e se ergueu — para ser lançado no inferno. Lá os vermes nunca morrem e o fogo nunca se apaga.

— Senhora, ele não é nenhum verme — protestou Bubber.

— Silêncio! — censurou ela; depois reativou seu tom mais sagrado. — Se você obedecesse aos mandamentos, não seria um pecador e não teria pecado. Mas como poderia ter obedecido a eles quando nem os conhecia?

O silêncio que acompanhou a pausa provou que aquele era um ponto irrespondível.

— Se tivesse obedecido ao sexto mandamento — a voz era baixa e impressionante —, você não teria matado o adivinho aqui nesta noite. Porque o sexto mandamento diz "*Não matarás!*". E agora você quebrou o mandamento. Você quebrou... Você matou um de seus irmãos. Não importa se ele era bom ou mau, você o matou... o deixou frio e estirado. A Bíblia diz: "Olho por olho, dente por dente". E considerando o que você fez com ele, o mesmo deve ser feito com você. E vai ter que ir na frente do grande tribunal e explicar o porquê... o porquê de ter feito isso. Só há uma coisa a fazer agora: se arrepender. Arrependa-se, pecador, antes que seja tarde!

— Eu posso fazer isso por ele, senhora? — Bubber se ofereceu, solicitamente.

— Vamos orar — disse a sra. Snead, serena. — Vamos orar.

Ela se pôs de pé, cruzou os braços e fechou os olhos salientes. Isso ajudou, mas o benefício que Jinx recebeu do que aconteceu na sequência foi extremamente improvável.

— Senhor, aqui está ele. Seu antigo ser retorna ao pó de onde veio, e, antes que sua alma imortal enfrente o Juízo Final, queremos orar por ele. Sabemos que ele deve partir. Sabemos que logo o corpo mortal estará apodrecendo sob a terra. Não é por isso que estamos orando... não é por isso.

— Para o diabo que não é — balbuciou Bubber.

— É pela alma dele que oramos... sua alma tão encharcada, tão impregnada, tão tomada pelo pecado. Lave-o, Senhor. Lave-o para que ele se torne mais puro que a água de uma nascente. Tire dele toda mancha de transgressão e o ensaboe como uma roupa limpa à luz do sol da retidão.

Por um irracional período de tempo, ela prosseguiu lamentando o passado perverso do pecador sem salvação, que havia culminado em um presente tão vergonhoso; e imaginando os tormentos especiais reservados no inferno para o morto sem remorso.

— Nós sabemos que ele é um pecador sem salvação. Mas, ah, faça com que ele reveja seus pecados... Faça com que ele perceba que foi errado roubar, apostar, beber, xingar, mentir, matar... E faça com que ele dobre os joelhos e confesse para se salvar, antes que seja tarde. Faça com que ele entenda que não pode salvar o corpo, mas ainda dá tempo de salvar a alma. Para que, em seu último dia, ao alcançar a fresca margem do Jordão, quando a morte apresentar suas mãos frias como o gelo e tocá-lo nos ombros dizendo "Venha", ele possa se levantar com um sorriso e dizer: "Estou pronto... fiz meu chamado de paz e elegi com certeza, descartei essa velha carne sem propósito para que o espírito assumisse".

Ela abriu os olhos e encarou o jovem por cuja alma havia implorado longamente.

— E agora? — perguntou. — Você não se sente melhor?

— Não, senhora — respondeu Jinx.

— Deus tenha misericórdia! — suspirou a senhora e, balançando a cabeça tristemente, o abandonou para o destino daqueles que não se arrependem, voltando para seu lugar com o aspecto de alguém que pelo menos fez sua parte.

Quando a segunda busca havia terminado e o detetive e o médico voltaram para o cômodo onde eram aguardados pelos outros, encontraram um grupo inquieto e desnorteado.

— O que era, doutor? — Bubber queria saber. — Menino ou menina?

— Nenhum dos dois — disse o médico.

— *Caramba!* — grunhiu Bubber. — Frimbo era assim também? O senhor não sabe mais em quem confiar, não é?

— Brown, o senhor ouviu o que eu disse para Jenkins antes de sair? — indagou o detetive Dart.

— Ouvi, sim.

— Vocês são muito amigos, não são?

— Quem... o Jenkins? Meu amigo? Não mesmo.

— Como assim?

— Eu nem conheço direito esse preto. Até essa noite, éramos perfeitos desconhecidos.

— O senhor parecia muito amigo dele hoje à noite. Vieram aqui juntos.

— Completa coincidência, senhor. Só topei com ele na rua; ele estava vindo para cá; eu vim junto, pensando que o adivinho poderia me dar alguma informação importante. Amigos? Nem brinca! O senhor e o doutor não nos viram quase brigando no cômodo da frente? Meu amigo... Nessa o senhor errou. Não tenho nada a ver com gângsteres, pistoleiros, assassinos e nenhum tipo assim. Vivo uma vida para ninguém botar defeito. Pode perguntar.

O maxilar de Jinx vergou, sua expressão carrancuda se dissipou em um olhar de espanto. Talvez tenha sido a primeira vez na vida em que ele havia falhado em acolher o inesperado com obstinação. Nem mesmo o anúncio de sua prisão o abalara tanto quanto a reação de Bubber. Ele nunca fora excessivamente articulado, mas seu silêncio no momento era o de alguém desconcertado.

— Tudo bem, Brown — disse Dart. — Fico feliz em ouvir isso.

— Sim, *senhor* — garantiu Bubber, sem olhar para Jinx.

— Agora, escutem, todos — prosseguiu Dart. — Vou dispensar vocês, com exceção de Jenkins e Hicks, mas não podem sair da cidade até que eu volte a chamá-los. Jones, isso serve para você também. Sinto muito por fazê-lo perder tempo de trabalho, mas é necessário. Consegue lidar com isso?

— Consigo, sim. — Easley Jones sorriu. — Estou de folga até segunda mesmo, entendeu? E mais um ou dois dias não vão fazer diferença. Posso resolver com meu chefe... sem nenhum problema.

— Ótimo. Então o senhor e os outros estão liberados.

A palavra "liberados" mal havia saído de sua boca antes que o local todo de repente ficasse completamente escuro.

— Ei... o que é isso?!

Até a luz do corredor apagou. Na escuridão repentina, a sra. Snead gritou:

— Meu Jesus Cristinho, tenha misericórdia!

Houve um rápido e suave burburinho. Dart se lembrou de que Jinx era o mais próximo da porta do corredor.

— Cuidado com o Jenkins! — gritou. — Bloqueie a porta! Ele quer pregar uma peça.

Pegou a lanterna que guardara no bolso e, ao mesmo tempo, o dr. Archer se lembrou da sua. Os dois bons feixes de luz dispararam juntos para a frente, em direção ao lugar onde Jinx estivera parado; ele não se encontrava mais lá. A luz varreu em direção à porta, para revelar o agente Green, que havia obstruído a saída, seriamente abraçando a longa figura de Jinx e sem dificuldade para conter o rapaz. Ao mesmo tempo, Jinx olhou para trás, por cima dos ombros, e viu os dois pontos de luz. Para ele, devem ter parecido os maléficos olhos de algum monstro gigante, pois, com uma dificuldade suprema, se contorceu para fora da restrição instável de Green; ele teria escapado escada abaixo e saído na noite, se não tivesse tropeçado e caído no corredor. Green, seguindo-o sem enxergar, tropeçou nele, aterrissou sobre ele e permaneceu assim até que a perseguidora lanterna de Dart revelasse a cena.

— Espertinho — murmurou o detetive sorridente, pois não lhe pareceu que o comportamento de Jinx pudesse ter sido causado por um pânico momentâneo. — Quem está trabalhando com você? Quem apagou as luzes? Onde está o interruptor?

Sob o peso de Green, tudo o que Jinx respondeu foi:

— Quem dera eu soubesse!

— Ah, não sabe? Está com algemas, Green? Pode usar. Onde o...

Uma voz forte e profunda vindo do meio da câmara da morte quebrou o silêncio em uma crescente babel.

— Espere.

Uma quietude abrupta e profunda.

— O senhor vai encontrar um interruptor nesse cômodo, ao lado da porta dos fundos.

Alguém inspirou uma única vez, de modo nítido e assustado. O dr. Archer, que não se movera, apontou a lanterna na direção do som. A luz atingiu a cabeça e os ombros de um estranho, sentado na cadeira de Frimbo.

Em meio ao subsequente silêncio, a voz de Martha Crouch despertou, pronunciando uma solitária e incrédula palavra:

— *Frimbo!*

Do corredor, Dart ordenou:

— Encontre o interruptor!

Um dos patrulheiros posicionados no interior do cômodo obedeceu. O feixe horizontal e a brilhante e afiada luz da extensão se acenderam ao mesmo tempo, tão repentinamente quanto haviam se apagado. Dart se apressou para voltar ao cômodo. Ele se deteve, encarando, como todos os outros, com olhos completamente descrentes, a figura sentada na cadeira de onde o corpo fora removido: um homem negro usando um robe preto e um turbante de seda da mesma cor; um homem com traços belos, quase delicados, olhos escuros profundos e reluzentes e uma expressão de inteligência e tranquilidade supremas.

Rapidamente, antes que Dart pudesse falar, Martha Crouch se aproximou com os olhos arregalados de fascinação.

— Frimbo... você está... vivo?

— Sim, estou vivo — respondeu a profunda e clara voz do homem na cadeira. Algo apenas um pouco menor que um sorriso tocou o belo rosto negro.

— Mas eles disseram... disseram que você morreu.

— Eles estavam certos — afirmou Frimbo, sem emoção.

CAPÍTULO 16

Todos no cômodo se encolheram. Uma coisa tão terrível e, ao mesmo tempo, dita de maneira tão calma os impelia a fugir e os mantinha cativos.

— Meu Deus! — suspirou Aramintha Snead. — O homem voltou!

Ela e os outros se afastaram, encarando aterrorizados. Por um momento, pareceu que fugiriam, se o ar não tivesse ficado assustador e não os tivesse segurado de imediato.

— Ele fez como Lázaro! — sussurrou Bubber Brown.

Mas o espanto de Perry Dart deu lugar a uma exasperação. Ele se aproximou.

— Diga! O que é tudo isso, afinal? E quem é você?

Havia algo extraordinariamente desconcertante nos inabaláveis olhos escuros e profundos do homem na cadeira. Mesmo o formidável Dart devia ter sentido a calma e a vitalidade do olhar penetrante e, por outro lado, impenetrável, que encontrou o seu.

— Eu sou Frimbo. Não ouviu a moça?

— Ah, é? Então quem foi assassinado?

— Eu fui.

— Você foi? Foi mesmo? Suponho que você tenha se levantado dos mortos, então?

— Não é a primeira vez que passo a perna na morte, amigo.

— Você pretende se sentar aí e me contar que é o homem que vi deitado morto no sofá no andar de baixo?

— Eu sou o homem. E se o senhor for paciente, vou tentar explicar a situação, para a sua satisfação.

— Mas como você... O que você fez? Para onde você foi? Que ideia foi essa de apagar a luz? E quem você acha que eu sou?

— Acho que o senhor é um homem inteligente, que vai entender que a cooperação alcança mais que a hostilidade. Acredito que eu esteja correto.

— Vá em frente... fale — disse Dart, rouco.

— Obrigado. Espero que o senhor entenda. Estes são os fatos: no momento em que fui atacado... eu mesmo estou inseguro quanto ao momento preciso, pois, para mim, o tempo não tem muita importância... eu me mantinha em um estado que o senhor provavelmente chamaria de animação suspensa. Mais precisamente, estava imune às atividades do presente imediato, pois minha mente havia se projetado no futuro... no futuro daquele cavalheiro... o sr. Jenkins. Enquanto isso, fui agredido... mortalmente. Fisicamente eu *fui* assassinado. Mas isso não seria possível, pois eu estava em outro lugar. Entende?

— Nunca ouvi uma coisa dessas — disse Dart, mas de modo indeciso, pois nada poderia ser mais impreciso que aquela voz indiferente e deliberadamente profunda proferindo um paradoxo místico com ares de racionalidade.

— Sua profissão, sr. Dart — respondeu Frimbo —, deveria contemplar um entendimento dessas situações. Elas ocorrem, eu garanto, mas, nesse momento, não devo gastar meu tempo tentando convencê-lo. Eu posso, se necessário. Agora, já que meu corpo sem vida, que o senhor e o dr. Archer abandonaram no andar de baixo, não tinha nenhum órgão vital seriamente danificado, o retorno da consciência, isto é, o retorno da atividade mental presente, foi naturalmente acompanhado do retorno da atividade física. Em resumo, me reanimei. Eu me dei conta do que deveria ter acontecido. E, claro, decidi ajudar seus esforços futuros.

"Mas tenho algumas aversões, sr. Dart. Uma é ser fisicamente contido, em especial por pessoas dignas, mas irritantes, como os gigantes trabalhadores da lei. Portanto, desejei voltar para este cômodo, onde o senhor se encontrava, sem ser obstruído por seus assistentes. Não foi difícil chegar até meu laboratório sem ser detectado, mas aquele corredor não poderia ser negociado tão facilmente. Então, adotei a simples, embora teatral, técnica de completar minha jornada encoberto pela escuridão. Foi muito mais simples e prazeroso para mim, entendeu?"

Pela primeira vez naquela noite, Dart estava indeciso quanto ao procedimento. Nada em seu treinamento, por mais completo que tivesse sido, cobria a situação em que, com um assassinato prestes a ser solucionado e o agressor definitivamente incriminado, já algemado, a vítima aparece, se senta e se declara viva. Isso abalava as bases sobre as quais sua lógica meticulosa havia se erguido e deixava tudo completa e absurdamente inútil. Pelo menos, naquele momento, era o que parecia.

Mas Frimbo prosseguiu com a declaração surpreendente e suas implicações:

— Não deixa de ser fato, é claro, que um assassinato foi cometido. Estou vivo, mas alguém me matou. Alguém é culpado. — A voz assumiu um novo tom duro. — Alguém deve pagar por isso.

Algo na sugestão trouxe o método de volta à mente de Dart.

— Onde você estava enquanto procurávamos seu corpo agora há pouco? — perguntou.

— Apenas não estávamos no mesmo lugar e na mesma hora. Isso não tem nada de extraordinário.

— Como eu posso saber que foi você quem foi morto?

— O senhor me viu, não viu? Minha identidade pode ser facilmente estabelecida. A sra. Crouch me conhece de vista, como ela indicou. Os outros visitantes podem não ter conseguido me ver bem, mas talvez reconheçam minha voz.

— É! É a mesma voz — jurou Jinx, sem consciência de que estava testemunhando contra si mesmo.

— Tem certeza disso? — perguntou Dart.

— Tenho, sim — repetiu Jinx, e os outros murmuraram em concordância.

— Bem — Dart se virou para o médico —, pelo menos não era o criado que estava falando o tempo todo.

Porém, no mesmo momento, o dr. Archer falou:

— Me desculpe, Dart, não importa se este cavalheiro é ou não o Frimbo. A única questão relevante é se este é o homem que vimos no andar de baixo.

Logo depois, Frimbo disse:

— Dr. Archer, como o senhor me declarou morto, naturalmente ficará mais relutante em me identificar como o cadáver, já que a implicação disso seria que ele errou em seu diagnóstico original. Por isso, devo insistir que me examine agora.

O médico estava ligeiramente surpreso.

— Imagino que o senhor prefira alguém menos preconceituoso — disse ele.

— Pelo contrário. Se me identificar como o homem que o senhor mesmo declarou morto, não sobrará nenhuma dúvida. O doutor é a única pessoa que relutaria em fazer isso. Só vai permitir as evidências mais confiáveis para superar essa relutância.

Dr. Archer encarou por um momento, por trás de seus óculos, a serena e escura face daquele sujeito surpreendente, sentindo talvez pela primeira vez como sua própria curiosidade irreprimível o levaria em pouco tempo para uma investigação da personalidade mais extraordinária que já havia confrontado.

Então, aproximou-se da figura.

— O senhor poderia, por favor, remover seu turbante? O ferimento dificilmente teria cicatrizado tão rápido.

— O doutor encontrará o ferimento não cicatrizado — disse Frimbo, obedecendo. O adorno feito de seda foi removido, revelando um pequeno curativo branco, fixado por um adesivo, sobre a têmpora direita. — Olhe embaixo do curativo — sugeriu o africano.

Dr. Archer apreciou a pequena ironia, tão ligeiramente maliciosa, à qual respondeu, sério:

— Devo olhar ainda além dele.

Descolou o curativo e o removeu, examinando uma pequena ferida revelada no couro cabeludo, para todos os efeitos, idêntica àquela que ele tinha sondado havia mais de uma hora.

— Atrasei um momento para poder colocar o curativo, é claro — disse Frimbo.

O médico inspecionou com cuidado cada peculiaridade que poderia resolver a questão. Para o olhar leigo, certamente não havia nada naquele semblante impressionante e vívido que fizesse lembrar aquela outra fisionomia, distorcida pela morte. Mas a morte violenta, ou mesmo a quase morte, com frequência performa estranhas transfigurações. Por fim, o dr. Archer se pôs ereto e disse:

— Até onde posso determinar, este é o mesmo homem. Entretanto, devo requisitar que ele se submeta a mais exames antes de me comprometer definitivamente... Isso vai levar mais tempo.

— O doutor é quem manda — concordou Frimbo.

— Na minha maleta há uma pequena quantidade de sangue em um curativo que coletei antes de sondar a ferida.

Há um ou dois testes que podem ser usados como evidência convincente, desde que eu tenha uma amostra do seu sangue agora, para comparação.

— Uma ideia excelente, doutor. Aqui. — Frimbo puxou a ampla manga do robe de cetim negro, despindo um antebraço bem formado. — Fique à vontade.

O médico prontamente amarrou um torniquete um pouco acima do cotovelo, umedeceu uma esponja com álcool, limpou uma pequena área, onde largas veias superficiais se destacavam e, com cuidado, removeu a agulha de um tubo esterilizado, a inseriu de forma hábil em uma veia, depositou algumas gotas de sangue no tubo, desatou o torniquete, retirou a agulha e apertou firmemente um algodão no ponto de perfuração.

— Obrigado — disse o médico, ao fim da operação.

— Quanto tempo isso vai levar, doutor? — perguntou Dart.

— Pelo menos uma hora. Talvez duas. Vou precisar voltar ao meu consultório para fazer isso.

— O senhor fará os testes de aglutinação comuns, correto? — indagou Frimbo.

— Sim — respondeu o dr. Archer, incapaz de encobrir seu assombro pelo fato de que aquele aparente charlatão pudesse saber que tais testes existiam. — O senhor está familiarizado com eles?

— Perfeitamente. Sou um tipo de biólogo, entende? A Psicologia é, na verdade, um ramo da Biologia.

— O senhor concorda com a classificação spenceriana? — questionou dr. Archer.

Era a vez de Frimbo expressar surpresa, o que se mostrou pelo leve erguer de suas sobrancelhas.

— Nesse quesito, sim.

— Eu gostaria de discutir esse assunto com o senhor.

— Seria um prazer, sem dúvida. Faz anos que não encontro alguém competente para fazer isso. Hoje é domingo. Por que não hoje, mais tarde?

— Que horas?

— Às sete da noite?

— Maravilha!

— Vou esperar ansiosamente para vê-lo.

Naquele momento, um comentário furtivo de Bubber, que estava inusitadamente silencioso, chamou a atenção de volta para o problema.

— Ele até que fala bastante... para um homem morto, não é?

— Escute, Frimbo — disse Dart. — Você disse que foi assassinado. Tudo bem. Quem o matou?

— Eu não sei, não tenho certeza.

— Por que não?

— Como tentei explicar, sr. Dart, eu me encontrava em um estado mental equivalente a estar ausente. Toda a minha mente estava em outro lugar... contemplando o futuro daquele cavalheiro. Não consigo responder sua pergunta, é como se eu estivesse em um sono profundo.

— Ah, entendi. Seria exigir demais desse seu estranho poder se eu sugerisse que o usasse para determinar a identidade do agressor?

— Fico feliz que tenha sugerido isso, mesmo que tenha sido um tanto irônico. Eu estava relutante em interferir nos seus métodos. O senhor já tem o que acredita serem evidências condenatórias contra o Jenkins. E pode estar certo. Mas ainda tem certeza da motivação e do possível cúmplice. Não é isso?

— É.

— Já que sou a vítima e, portanto, a parte com maior interesse pessoal, sugiro que me permita resolver essa situação.

— Como?

— Pelo uso do que chamou de meu estranho poder. Se trouxer todos os suspeitos na segunda à noite, às onze, vou fornecer a história completa do que aconteceu aqui e o porquê.

— O que pretende fazer? Reconstituir o crime?

— De certo modo, sim.

— Por que não faz isso agora? Todos os suspeitos estão aqui. Aqui está o Jenkins. A impressão digital dele no taco que ocasionou a ferida não pode significar outra coisa: ele manuseou o taco. Por que não lê a mente dele e descobre o que o levou a fazer isso?

— Não é tão simples assim, detetive. Uma coisa dessas exige certa preparação. Hoje não dá mais tempo. E estou cansado. Veja, de modo algum estou sugerindo que o senhor abandone qualquer coisa que fosse fazer. Proceda como se eu não tivesse voltado... Insisto que o fato de eu estar vivo não altera o aspecto criminal fundamental desse caso. Proceda, detenha quem quiser, determine os fatos como puder, por quaisquer meios à sua disposição... Depois aceite minha sugestão, se lhe agradar, apenas como uma corroboração de sua conclusão. Considere o que devo lhe mostrar na segunda à noite apenas como uma checagem.

Dart estava impressionado pelo rumo da sugestão.

— Suponho — analisou — que eu possa mudar a acusação para lesão corporal grave...

Ao que Frimbo respondeu:

— O senhor está trabalhando com uma falácia. Está assumindo a posição comum de que qualquer criatura que está viva não pode ter estado morta. Isso é pura suposição.

Se um corpo que apresentou todos os aspectos da morte retorna às funções vitais, explicamos a coisa toda apenas dizendo: "Ele não estava morto". Assim, rejeitamos todos os nossos próprios critérios de morte, entende? Não consigo pensar desse modo autocontraditório. Fisicamente, eu estive morto, por todos os padrões aceitos ao longo dos anos como evidência de morte. Assim, fui declarado morto pelo médico, que já se mostrou bastante competente. Se eu fosse qualquer outra pessoa nesse mundo, ainda estaria morto. Mas, por ter desenvolvido habilidades especiais e conseguir separar minhas atividades mentais das físicas, as circunstâncias eram tais que pude retomar os aspectos vitais. Por que o senhor deve, dessa maneira, presumir que a morte foi menos real que a vida? Por que deve mudar a acusação de assassinato, que inquestionavelmente foi, para agressão, que é apenas parte da história? Devo pagar um pacote premium por minhas habilidades especiais? Devo continuamente me expor a um criminoso que já levou sua intenção a cabo? Ele matou... deixe que também morra. Se ele for capaz, como fui, de retornar à vida depois, garanto que não vou fazer nenhuma objeção.

Dart balançou a cabeça.

— Nenhuma pessoa viva poderia convencer um juiz ou um júri de que foi de fato assassinada. Mesmo que eu acreditasse no seu argumento, o que não é o caso, não poderia prender Jenkins por assassinato. Uma condenação por morte requer a apresentação de um cadáver... ou evidências tangíveis de um cadáver. Não posso exibi-lo como o cadáver. A Corporação me veria como uma piada.

— Talvez o senhor esteja certo — cedeu Frimbo. — Eu não havia considerado a... Corporação.

— Ainda assim — acrescentou o dr. Archer —, a sugestão do sr. Frimbo não pode fazer mal. Tudo o que está pedindo é que proceda como se ele não tivesse retornado. É isso que você faria, de todo modo. Então, se concordar, ele vai produzir evidências extras na segunda à noite. Pessoalmente, eu gostaria de ver isso.

— Eu também — admitiu Dart. — Não me leve a mal. Meu único ponto é que, se este é o mesmo homem, então não está mais morto, portanto não foi assassinado.

— Mas ainda há muito a ser respondido — lembrou o doutor. — Jenkins negou com teimosia diante das evidências mais fortes: a probabilidade de um cúmplice, o motivo...

— E — para a surpresa deles, estalou da boca de Bubber — para onde aquele criado foi sem deixar rastros?

Frimbo, ao que parecia, quase nunca sorria, mas naquele momento sua impressionante face negra relaxou um pouco.

— Não precisa se preocupar com isso. Meu assistente tem trabalhado comigo há muito tempo. É como um irmão para mim. Ele mora aqui. Não poderia ser culpado do crime.

— Então por que ele fugiu tão rápido? — questionou Bubber.

— Ele está liberado para sair toda noite às onze. É parte do nosso acordo e costume. A essa hora, na noite de hoje, ele com certeza partiu como normalmente faz.

— Partiu para onde se ele mora aqui? — perguntou Dart.

— Mesmo os empregados têm direito a uma hora ou duas de lazer. Ele descansa nesse horário. Não precisa suspeitar dele. Mesmo que eu descubra que ele é o culpado, não vou prestar queixa. E garanto que ele estará presente na segunda à noite.

Mais tarde, o detetive Dart transmitiu para o dr. Archer as considerações que tinham influenciado sua decisão. Primeiro, havia sido a experiência de que, no Harlem, o método mais comum para se descobrir um crime era dar corda suficiente para o criminoso se enforcar. Se a negação de Jenkins fosse verdadeira, por completo ou em partes, uma observação cuidadosa do comportamento dos outros suspeitos revelaria algo incriminador. Crendo-se livre, e não observado, o verdadeiro criminoso... ou cúmplice... logo se trairia. O intervalo de 48 horas revelaria muito sobre os suspeitos. Em segundo lugar, se algum deles fizesse objeção a voltar ou de fato deixasse de se apresentar na segunda à noite, isto, junto com o que quer que fosse descoberto no meio-tempo, teria seu próprio peso. Em resumo, Dart estava convicto de que, no Harlem, alguém descobre mais procurando menos. Forçar um problema era selá-lo para sempre no silêncio.

E, por isso, naquele instante, ele acatou a sugestão de que o grupo voltasse a se encontrar na segunda à noite.

— Muito bem. De acordo. Jenkins e Hicks retornarão sob guarda. Alguém entre vocês, senhoras ou cavalheiros, acha que não poderá estar presente?

Ninguém fez nenhuma objeção.

— Fica entendido, portanto, que todos estarão presentes aqui às onze da noite, na segunda-feira. Isso é tudo. Estão liberados.

As pessoas partiram, cada uma à sua maneira: Jinx, algemado pelo agente Green, ressentidamente encarando Bubber, que, pela primeira vez, não aproveitou a oportunidade de zombar. Doty Hicks olhava com uma insistente cara fechada para a figura calma e soberba do homem cuja morte ele admitira procurar e falhara em levar a cabo. Martha Crouch pareceu prestes a parar e falar com Frimbo, mas apenas sorriu e disse: "Boa noite!". Easley Jones e Aramintha Snead seguiram caminho quase tropeçando, tão incapazes estavam de desviar seus olhares fixos e fascinados do homem que morrera e agora vivia.

O detetive e o médico se despediram na rua.

— Vou começar o teste hoje à noite e terminar de manhã — prometeu o último. — Você terá o resultado assim que eu tiver certeza.

— Ele pode realmente ser o mesmo sujeito, doutor? Esse negócio de animação suspensa é para valer?

— Há casos reportados. Este é o primeiro caso que testemunho em minha carreira.

— Você parece cético.

— Sou mais que cético nesse caso, meu amigo desconfiado. Sou com certeza um negador. De algum modo, me prendo, inflexível, à crença de que o homem que examinei estava morto, completa e permanentemente.

— O quê? Bem, por que não...

— E também tenho a convicção comum, como o sr. Frimbo de forma tão lógica expôs, de que alguém que volta à vida nunca esteve morto. Não obstante a lógica contrária, ainda acredito que os mortos permanecem mortos. E, mesmo que possa ser difícil apresentar um cadáver, ainda acredito que você tenha um caso de assassinato para solucionar.

— Só que você praticamente admitiu que ele é o mesmo homem. Por quê?

— Não encontrei evidência do contrário... nada decisivo. Ele se parecia o suficiente com o homem morto e tinha uma ferida idêntica ou similar.

— E como isso se explica?

— Autoinflingida, talvez.

— A menos que ele tenha visto a original.

— Se ele removeu o cadáver, viu a original.

— Então por que não lhe mostrou a ponte removível? Vi que olhou os dentes dele.

— Porque os dentes dele estavam perfeitos.

— O quê?! Caramba, isso não comprovaria que ele não é o mesmo homem?!

— Espere um minuto. Quando encontramos a ponte, pensamos em duas possibilidades: poderia ser do cadáver ou do agressor...

— E decidimos que deveria ser dele, do cadáver.

— Mas não checamos isso voltando para o corpo naquela hora. Dissemos que faríamos isso quando o legista chegasse. Só que, quando o legista chegou, o corpo havia sumido.

— Mas acabou de dizer que os dentes do Frimbo estavam perfeitos. Não tem como a ponte ser dele.

— Isso não prova que ela pertencia ao cadáver. Pode ser que sim, pode ser que não... Nunca estabelecemos esse ponto.

— É verdade... Não fizemos isso — admitiu Dart.

— O que abre espaço para uma terceira possibilidade, que nem havíamos considerado: a ponte pode não ser nem da vítima nem do agressor. Talvez ela pertença a qualquer outro.

— Agora o doutor me pegou. Qualquer um que esteve naquele cômodo podia ter deixado cair.

— É... de um bolso furado, depois de ter encontrado a coisa na rua.

— Tudo que o Frimbo precisaria fazer é não saber nada sobre o assunto.

— Exatamente. A identificação do dono da ponte serve para descobrir a pessoa para quem o objeto foi moldado. E deve encaixar perfeitamente. Então consegue entender que eu só tinha uma convicção, não qualquer apoio tangível? Seria mais que inútil mostrar nossas cartas naquela hora. Mas agora, se essas duas amostras de sangue em minha maleta apresentarem certas diferenças, o que deve acontecer, aconselho a total demolição da residência... um vandalismo que você já contemplou, acredito?

— Meu Deus, doutor, seria muito mais fácil em francês! Fale em francês.

— E se não encontrar o corpo evasivo lá, uma possibilidade com a qual já o irritei essa noite, pode proceder com a demolição de um lado da casa, depois com a do outro e assim por diante, até que o Harlem esteja em ruínas. Uma excelente sugestão, devo admitir. Afinal de contas, você estaria apenas cumprindo seu dever, enquanto muita gente estaria infinitamente melhor se o Harlem estivesse em ruínas.

— E se realmente encontrarmos um cadáver, o próprio Frimbo se torna um suspeito!

— Com coisas a explicar.

Dart assobiou.

— Que bagunça seria!

— Uma porcaria — concluiu o outro.

— Tudo bem, doutor. É incomum, é claro, mas acredito que seja a melhor saída. E prefiro trabalhar com você do que... com outros. Confio plenamente no doutor.

— A casa está vigiada?

— Costurada de cabo a rabo. E vamos mantê-la costurada até nos darmos por satisfeitos.

— Satisfeitos... hum... já refletiu sobre a futilidade da satisfação, Dart?

— Nunca à uma da manhã, doutor. Até logo. Muito obrigado. Vejo você na vitrine da Macy's.

— Isso não é nenhuma surpresa — murmurou o dr. John Archer.

CAPÍTULO 17

Com um inquestionável senso de humor, o sol sorriu sobre o orgulhoso fausto da Sétima Avenida ao meio-dia de domingo, brilhando apenas um pouco mais do que o estritamente necessário para um dia de fevereiro. O ar revigorante era um tanto ameno, e a multidão que saía das incontáveis igrejas podia passear pelas ruas em um passo mais lento do que o inverno geralmente permitia. Isso deu tempo para a majestade celestial observar com satisfação a colorida variedade da caminhada semanal: mulheres com feições que iam de creme a café preto e com vestimentas que, individual e coletivamente, percorriam a gama de cores do arco-íris; homens de chapéu-coco, bengala, colarinho alto, polainas e uma dignidade típica de porteiros, choferes e *maîtres*.

Bubber Brown também tinha seu lugar ao sol e gingava orgulhoso entre os outros, pois, ainda que ele houvesse sido moldado no plano geral de uma esfera, seu sobretudo de imitação de pelos de camelo fora projetado para causar a ilusão de magreza e altura, com ombros largos, uma cintura limitadamente prendida com cinto, e a parte de baixo larga o suficiente para ocultar a extraordinária curvatura de suas pernas. Embora não ostentasse nenhum chapéu-coco, bengala ou polainas, mesmo com seu colarinho virado elegantemente para cima, a aba de seu chapéu de feltro garbosamente ajeitada para baixo e suas mãos despreocupadamente guardadas nos bolsos de seu casaco, até o rotundo Bubber adquiria um jeito semelhante a um gingado.

Ele manteve essa postura enquanto se movia na corrente de frequentadores de igreja, cantarolando em tom baixo, mas com muita pompa, a música do momento que era tudo, menos cristã.

— *Vou estar feliz quando te ver morto, seu danado...*

Passou por igrejas, farmácias, sorveterias, charutarias, restaurantes e *speakeasies*. Conhecidos parados em entradas ou passando por ele ofereciam os cordiais insultos que representavam os típicos cumprimentos do Harlem:

— O que conta de novo, negão?

— Como vai, seu velho baixinho?

— Velha Bola Oito! Para onde está indo, garoto?

Em cada ocasião, Bubber devolvia uma resposta equivalente, sorria, acenava e seguia. Respirava fundo o ar doce e penetrante, casualmente avaliava as arrumadas garotas de olhos castanhos, admirava os velozes e cantarolantes motores que desciam a avenida a toda velocidade.

Mas, em frequentes intervalos, franzia seu semblante inexpressivo e, de vez em quando, renegava seu cantarolar e curvava a cabeça, pensativo, balançando-a inutilmente de um lado para o outro.

Quando chegou à esquina da rua 135, ele parou. A corrente fluiu, abandonando-o. Olhou na direção oeste, para a delegacia. Liberando um enorme suspiro, virou-se e caminhou até lá.

Mas, quando chegou, em vez de parar, passou por ela a passos largos como se nenhum destino estivesse mais distante em sua mente. Na Oitava Avenida, tomou a direção sul e andou três quarteirões, depois virou para o leste novamente em direção à Sétima. Um momento depois, parou, atento a um tumulto do outro lado da rua.

Essa era uma calma rua secundária, mas as pessoas estavam parando para observar. Outras, aparecendo do nada, começaram a correr até o ponto da agitação e, em pouco tempo, dúzias convergiam para a cena como água em direção a um ralo. Bubber se aproximou da confusão e esticou o pescoço com curiosidade.

O cenário eram os degraus de entrada de um edifício. Dois homens e uma garota estavam engajados em uma discussão séria e alta.

— Foi ele! — acusou a garota, acaloradamente. — Ele me abordou na esquina...

— Se você fosse homem suficiente para admitir — ameaçou o defensor dela.

— Ah, vá se catar, negão — disse o acusado, com desdém. — Nunca vi a sua...

Fosse lá o que o epíteto pudesse ter significado em outras épocas, naquele momento significava ação, pois Bubber mal teve tempo de comentar "Ah, não... isso é problema..." antes que o protetor da garota tivesse esbofeteado o ofensor para fora dos degraus e dentro da multidão.

O último, como um estilingue, voltou instantânea e miraculosamente para o outro. Enquanto voava para a frente, ouviu-se a garota gritar:

— Cuidado, Jim! Ele tem uma faca!

Jim deu um jeito de desviar do ataque por um momento e pegou algo em sua cintura. Aparentemente, os espectadores viram o gesto sinistro no mesmo instante, pois a multidão, em comum acordo, dispersou-se tão rapidamente quanto um momento antes convergira para aquele ponto como se, de fato, uma repentina obstrução fizesse com que o ralo expelisse a água novamente. Dois rápidos e altos tiros interromperam a dispersão. Cabeças negras inquisitivas que se projetavam de janelas nos arredores desapareceram. A vítima jazia deitada, encolhida, com olhos arregalados, enquanto encarava o pé da escada, e o homem com a arma e sua garota se apressaram para voltar para o saguão, apropriaram-se do elevador vazio, fecharam a porta com força e desaparecem para cima.

Bubber não desacelerou o passo até que estivesse de volta à esquina da Oitava Avenida com a rua 135, a alguns metros da delegacia. Então, tirou o chapéu e, com seu lenço colorido, enxugou a testa umedecida e praguejou:

— Caramba! Que lugarzinho! O que é isso? Uma epidemia? — O pensamento o fez lembrar sua superstição. Abriu a boca e fitou, estupefato, o espaço. — Oh, céus! Essa é a número dois! Uma ontem à noite e outra hoje. Quem será o próximo?

Inadvertidamente, ponderando o horror do mistério, permitiu que seus pés perambulassem a esmo. Eles o transportaram lentamente de volta à delegacia, cuja presença atingiu tão repentinamente sua consciência quase a ponto de assustá-lo em uma nova escapada. Mas seus pés não estavam com ânimo para outra fuga; prenderam-se lá no pavimento enquanto o propósito original de Bubber regressou e fez sentido.

Por um momento, ficou parado, hesitante, diante da imponente nova estrutura, espiando com desconfiança para dentro. Não havia atividade visível. Aproximou-se da entrada, fitou o espaçoso e pouco convidativo saguão, olhou para um lado e para outro e outra vez para dentro do saguão.

— Até dá para desculpar quem acaba arrastado para a cadeia, mas entrar por conta própria... não há sentido nenhum nisso... — murmurou. Contudo, com um ar decidido, subiu os degraus e tentou e abrir a porta. — Espero que seja tão fácil assim do outro lado — disse, e entrou. Aproximou--se do sargento de plantão e perguntou: — Os senhores estão com um sujeito aqui chamado Jinx Jenkins?

— Quando ele foi trazido?

— Ontem à noite.

— Ofensa?

— Senhor?

— Qual ofensa?

— Ele não ofendeu ninguém. Nem fala muito.

— Por que ele foi trazido para cá? Bebida, briga ou o quê?

— Ah. Ele não fez nada. Só entrou na casa errada.

— Qual casa?

— Do Frimbo. Sabe... o adivinho.

— Ah... esse caso. Claro que ele está aqui. Por quê?

— Posso vê-lo?

— Para quê?

— Bom, ele acha que algo que eu disse o colocou em maus lençóis, entende? Eu só queria explicar aquilo, só isso.

— Ah, só isso, hein? Bem, não é suficiente.

Mas aconteceu de o tenente em serviço estar cruzando o saguão naquele momento e ouvir parte do diálogo. Ele conhecia as circunstâncias do caso e havia planejado estar presente no interrogatório para o qual, em parte, Jinx era mantido detido. Ao perceber a oportunidade de obter mais informações, o que marca o trabalho em equipe de uma organização investigativa bem treinada, ele assentiu para o sargento e prontamente partiu para arranjar um esquema de gravação completo de tudo o que se revelaria na conversa entre Jinx e seu visitante.

— O senhor é amigo dele? — perguntou o sargento.

— Não... não somos grandes amigos — disse Bubber. — Mas não creio que sejamos grandes inimigos também.

— Entendi. Bem, nesse caso, acho que o senhor poderia vê-lo por alguns minutos. Mas sem gracinha, entendeu?

— Gracinha em uma cadeia, senhor? Tenho cara de burro?

— Está bem.

No tempo devido e por canais apropriados, ocorreu o confronto de Bubber com seu amigo alto e magro, melancolicamente parado atrás de uma grade de aço fino.

— Olá, Judas. — Foi o sombrio cumprimento de Jinx.

— Rapaz, todo mundo tem o direito de ser burro, mas não de abusar disso do jeito que você faz — disse Bubber.

— Você veio até aqui para me falar isso?

— Vim aqui dizer que quase morri de susto. Eu vi a número dois!

— Número dois?

— É, rapaz.

— Número dois... isso é o que um menininho diz para a mamãe dele. Você já é grandinho e preto o suficiente para...

— Morte na lua. A primeira foi ontem à noite, a segunda foi hoje... não tem nem dez minutos... lá na rua 132. Dois pretos entraram numa discussão por causa de uma garota e, antes que se pudesse ver qualquer coisa... *bang... bang!* Um deles estava estirado morto no chão enquanto eu olhava para ele.

— Não.

— É, rapaz. Esse Harlem não é coisa boa. Mas eu disse que ia olhar na cara de três cadáveres. Ainda falta um.

— Hunf! Depois eu que sou burro.

— Como assim?

— Você não olhou na cara de nenhum cadáver ontem à noite. Pelo que eu me lembre, ele estava sentado naquela cadeira, falando cheio de vida, como qualquer homem.

— É, mas ele não é qualquer homem... É um adivinho. Tenho certeza de que estava morto, como ele disse. Só que ele sabe alguns truques, só isso.

— Que ele sabe alguns truques, eu não duvido. Ele me contou o bastante. Mas sempre que alguém sabe o suficiente para voltar à vida depois de morrer, sabe demais.

— Suponho que foi por isso que ele foi morto, porque sabe demais. Mas com certeza era o mesmo sujeito, não era?

— Pelo que eu consegui ver, sim. Mas é claro que isso não significa muito... à noite todo gato é pardo.

Houve um momento de silêncio, e então Jinx acrescentou, com firmeza:

— E por melhor que você os conheça, não pode confiar neles.

— Escuta, você está errado. Sei que não tem como evitar, porque o pouco cérebro que você tinha secou ou espirrou ele para fora há muito tempo. Mas até você deve conseguir entender meu lado.

— Eu entendo seu lado. Seu argumento é que você estava salvando sua própria pele. Porque, se admitisse que é meu amigo, talvez também tivesse que respirar um pouco de ar da cadeia. Como todos os pretos... Basta o homem dizer "Bu!", e a parte de baixo da sua camisa se enrola para cima que nem uma persiana.

— Está bem... está bem. Veja se consegue enfiar isso na sua cabeça dura e crespa. Para que que eu serviria...

— Para nadica de nada.

— Espera um minuto, por favor? Para que que eu serviria se eu estivesse bem aqui na cadeia, ao seu lado?

— Para que que você me serviria em qualquer lugar?

— Bom, se eu estiver fora da cadeia, pelo menos tenho chance de descobrir quem fez isso, não é?

Jinx cedeu um pouco, relutantemente compreendendo.

— É, você tem uma chance — murmurou. — Mas vai precisar de mais do que isso para encontrar o assassino. Bem debaixo do meu nariz, eu estava sentado lá... E, se eu não vi ninguém, você menos ainda.

— Bom, anime-se, seu altão. Não precisa se preocupar com nada. O sujeito está vivo e, você ouviu o que o detetive disse... o máximo que eles podem fazer é deter você por agressão.

— Não — refletiu Jinx, sarcasticamente. — Não preciso me preocupar com nada. Eles disseram que o máximo que posso pegar por agressão são vinte.

— Vinte... o quê?

— Anos. Igual àquela coisa que você tem aí atrás. E vinte deles dessa cor. É uma visão sombria.

— *Hunf*!

— Quem é que está grunhindo agora?

— Nós dois. Mas, olha, tenho certeza de que eles não podem fazer isso com você.

— Eu sei que eles não podem. Você sabe que eles não podem. Mas eles sabem que eles não podem?

— Não se preocupe. Deixe comigo! Vou descobrir quem fez isso, nem que eu leve todos esses vinte anos.

— Hunf! Bom, já era hora de você fazer algo que preste. Quando podia ter calado a boca, você me delatou: "Claro que esse lenço é do Jinx". E quando podia ter falado, você me renegou: "Meu amigo? Claro que não!". Então está bem. O que quer que você vá fazer, ande logo, porque as acomodações aqui não combinam comigo. Vinte anos! Daqui a vinte anos o Harlem vai estar cheio de chineses.

— Não coloque toda a culpa em mim. Eu nunca teria ido até a casa do adivinho se você não tivesse dito "vamos lá!".

— E o que você vai fazer?

— Vou investigar um pouco, só isso. De que me adianta ser um detetive particular se não posso ajudar um amigo? Já estou até trabalhando numa teoria.

— Primeiro trabalho que você faz desde que parou de recolher o lixo para a cidade.

— Esse foi um bom treinamento para um detetive. Eu sabia exatamente o que aconteceu na noite anterior pelo que encontrava na lata do lixo na manhã seguinte. Se encontrava uma camisola rasgada e uma garrafa de uísque vazia...

— Já ouvi muito desse papo. Qual é sua teoria?

— O criado. Ele que fez isso, tenho certeza absoluta. Vou encontrá-lo e enganá-lo para que ele confesse.

— Por que você acha que foi ele?

— Primeiro, porque ele fugiu.

— Mas você não ouviu o adivinho dizer que ele deveria sair às onze em ponto?

— Isso deixaria as coisas bem fáceis para ele, não é? Se ele deveria sair, então não tem nada de suspeito no fato de *ter* saído, não entende?

— Hum...

— Ele pensou nisso.

— Como foi que ele pegou meu lenço?

— Ele tirou do seu bolso. Lembra quando o Doty Hicks desmaiou e todos saímos correndo para ajudá-lo?

— Lembro...

— Foi aí que ele pegou.

— Ele poderia. Mas por que ele iria querer matar o próprio chefe?

— Você nunca teve um chefe? Às vezes você pensa em matar até o melhor chefe do mundo, se puder sair ileso.

— Bom, qualquer um que você pegar, está bom para mim.

— Se acontecer o pior — a voz de Bubber baixou para um sussurro —, posso jurar que o vi pegando o lenço do seu bolso.

— Não. — Jinx fez uma objeção. — Não tem necessidade de você ir para o inferno só porque eu fui para a cadeia.

— Vou te tirar daí.

— Quando você começa?

— Hoje à noite.

— Não tem pressa. Semana que vem vai ter tempo de sobra.

— Hoje à noite. Até amanhã já vou saber os segredos do criado. Você vai ver.

— Estou vendo — afirmou Jinx. — E tudo o que tenho para dizer é: "Ao trabalho, Sherlock!".

CAPÍTULO 18

Às 11h30 de domingo, o dr. Archer havia terminado suas duas ligações matinais. Retornou ao consultório, onde encontrou três cavalheiros que o esperavam. Dois eram pacientes, o terceiro era o detetive Perry Dart.

— Urgente? — perguntou para Dart.

— Não. Comece pelos outros.

Rapidamente, livrou-se dos outros: o primeiro declarava estar com um grave resfriado e recebeu sua receita para bebida alcóolica; o segundo declarava estar passando por tempos difíceis e pegou três dólares emprestados.

— Entre — o médico invocou Dart, e mostrou o caminho por sua sala de atendimento com seu leito ajustável, suportes de porcelana, armários de aço com portas de vidro brilhando com luminosos instrumentos — e a maior parte deles virgens —, em direção a uma sala lateral menor, que cumprira seu dever como o quarto de um mordomo nos dias antes de o Harlem mudar de cor.

— Parece a do Frimbo — comentou o detetive, olhando ao redor, admirado.

— Em parte, sim. Quer dizer, o Frimbo tem algumas coisas clínicas, mas é só uma fração do que ele possui, enquanto isso é tudo o que tenho. Ele tem certos equipamentos de química de que o laboratório de um médico jamais precisaria, exceto para pesquisa, e poucos médicos atuantes têm tempo para esse tipo de pesquisa. Mais que isso, ele tem alguns materiais elétricos lá que apenas um médico ou um mecânico teriam e tenho certeza de que vi um que era como um receptor televisivo em uma das extremidades da bancada... Lembra-se daquele negócio que parecia um grande conjunto de lentes em uma caixa quadrada? Aquelas amostras biológicas meio que roubaram a cena e não gastamos tempo em examinar o lugar cuidadosamente. Mas o que tenho é tudo de que preciso para exames clínicos de rotina: vidraria, alguns reagentes-padrão, uma centrífuga, um microscópio, é todo o necessário.

— Acho que todos os laboratórios são parecidos.

— Bem, aqui tem o suficiente para investigar certas propriedades no sangue de nosso amigo, a qualquer hora. Se as duas amostras não apresentarem nenhuma diferença possível de determinar, estaremos perdidos... pelo menos quanto ao assassinato. Mas se elas apresentarem...

— Isso é algo novo, doutor?

— Novo? Não, por quê?

— Bem, é claro que sei que dá para dizer se o sangue é humano. Sei de muitos casos em que encontraram sangue em uma arma, e o suspeito alegou que era sangue de galinha ou sangue de ovelha, mas os médicos comprovaram que era humano. Imaginava que só isso já era difícil o bastante.

— Não é tão difícil. Um sujeito... acredito que se chamava Gay... sensibilizou algumas cobaias de laboratório, porquinhos-da-índia, coelhos ou o que estivesse por ali, a vários soros. Se você fizer isso do jeito certo, pode injetar um pouco de soro em um animal e ele vai desenvolver o que chamamos de anticorpos para aquele soro, entende? Anticorpos são substâncias que o sangue produz para combater certas coisas que entram em contato com ele, mas não deveriam estar ali. A questão é que cada anticorpo é específico... hostil apenas contra uma única coisa. Do ponto de vista da saúde da família humana, é uma pena. Seria lindo se você pudesse injetar um pouco de alguma coisinha e produzir imunização para tudo. Mas, do ponto de vista da criminologia, é útil, porque, se você for esperto o bastante, pode dizer se seu suspeito está mentindo ou não sobre o sangue na arma. Só precisa dissolver o sangue da arma e testar contra o sangue sensibilizado de cada um dos seus animais conhecidos. Quando tiver uma reação, sabe que o seu desconhecido é igual àquele ao qual reagiu. Entendeu?

Dart balançou a cabeça.

— Vou acreditar na sua palavra sobre esse assunto. Mas se não é tão difícil diferenciar sangue humano de outros tipos, penso que seria ainda mais difícil diferenciar o sangue de um humano do sangue de outro humano. — Dart olhou ao redor. — E não vejo nenhum porquinho-da-índia.

— É o que parece, mas há muitas formas pelas quais o sangue de um homem se difere do de outro. Veja a reação de Wasserman. O meu pode dar negativo, e o seu, positivo...

— Espera aí, doutor, não me entenda mal.

— Ou ambos podemos ser positivos, mas em níveis diferentes.

— Assim está melhor.

— E há uma série de outros germes, os quais, como a bactéria da sífilis, ocasionam mudanças definitivas no sangue. Em muitos casos, essas mudanças podem ser determinadas, de modo que seja possível dizer que esse sangue veio de um sujeito que tinha essa infecção, enquanto a outra amostra de sangue veio de um sujeito que não tinha.

— Vá em frente. E o de Frimbo?

— Ou veja as transfusões de sangue. O senhor sabe que nem todo mundo pode doar sangue para todo mundo... em muitos casos isso seria fatal. Era fatal antes que os tipos sanguíneos fossem conhecidos. Agora se sabe que um homem pode estar ávido para doar sangue para sua amada, e essa pode ser, na verdade, a forma mais rápida de matá-la.

Os olhos escuros de Dart estavam vivos pelo interesse.

— É verdade. Eu me lembro...

— Isso acontece porque um sangue pode conter algo que não harmoniza com o outro sangue.

— Por exemplo, doutor?

— É principalmente uma questão de soros e glóbulos vermelhos. Alguns soros destroem alguns glóbulos...

— Ah, entendi — interrompeu Dart.

— Então, para que isso não ocorra, cada transfusão agora tem que ser precedida por um exame de sangue chamado de tipagem. Uma dupla de cavalheiros brilhantes chamados Janski e Moss investigaram esse assunto não muito tempo atrás e descobriram que o sangue humano se divide em quatro tipos. Desde então, um monte de subtipos foram estabelecidos, mas os quatro básicos ainda bastam para procedimentos comuns. Todo mundo cai em um dos quatro grupos.

Dart tinha uma curiosidade ávida.

— E o sangue do Frimbo não está no mesmo grupo que o outro?

— Não sei. Ainda não testei... Eu tinha acabado de me arrumar e tive que fazer o parto de gêmeos. Isso permitiu que você chegasse aqui a tempo da demonstração. Mas, para diferenças intra-humanas, raramente seria possível encontrar duas pessoas com os níveis de cada reação sanguínea exatamente iguais.

— Faça seu trabalho, doutor. Estou ficando nervoso.

— Está bem. Agora olhe. Está vendo isso? — disse, levantando um tubo de ensaio, no fundo do qual havia uma pequena quantidade de um fluido rosado. — Esse é o soro desconhecido, extraído do curativo com o qual limpei o ferimento no couro cabeludo do homem morto. É claro que está diluído e descolorido por conta da hemólise das células vermelhas...

— Não se preocupe comigo, doutor. Pode ir em frente.

— Mas isso não importa muito. E esse tubo é o soro do Frimbo, e essa é uma suspensão das células vermelhas dele, que fiz ontem à noite. A propósito, Dart, se importaria em doar um pouco do seu sangue para descobrirmos essa coisa?

— Quanto, doutor?

— Ele titubeia na execução de seu dever — murmurou o médico. — Bem, deixe quieto... Pode ser que eu não precise. Pode ser que eu nem precise do meu.

— Quer dizer que o senhor planeja sangrar a si próprio, também?

— É que sei que eu sou do tipo II. O senhor lembra que eu mencionei que todos os testes são verificados em comparação a uma amostra conhecida?

— E o senhor precisa de uma amostra conhecida?

— A menos que tenha muita sorte. Pode ser que a gente consiga provar que as duas amostras são diferentes sem realmente ter que tipificá-las. Bem, agora olhe aqui. Vamos pegar essa pipeta capilar e remover uma gota do soro desconhecido e colocá-la em uma lâmina para microscópio. Depois, vamos usar um loop de nicromo assim, remover uma quantidade das melhores células vermelhas do Frimbo e mexê-las gentilmente na gota de soro, desse jeito. Espalhamos bem suavemente em uma pequena área circular, dessa maneira. Observe com atenção. As mãos são mais rápidas que os olhos. Agora, coloco um vidro de proteção e vai para o microscópio. Nós ajustamos o poder inferior com algumas giradas hábeis e olhamos fixamente para os mistérios do além. Dart, raramente refletimos sobre o que acontece do outro lado do tubo porta-ocular de um microscópio: desafios, conquistas, combates, vitórias, vida, morte, reprodução... cada relação possível entre seres vivos... O próprio nascimento do mundo está ali, em uma gota. — Com os olhos bem abertos, ele estava manipulando o botão de ajuste micrométrico. — O senhor sabe o que um colega me disse uma vez? Eu apareci atrás dele e perguntei o que estava fitando tão fixamente no microscópio... o que ele esperava encontrar. Ele disse uma palavra, sem olhar para cima. Ele disse: "Deus". — O médico focou o instrumento satisfatoriamente, espiou por um momento, então se afastou e completou: — Você e eu somos mais práticos, não é? Tudo o que esperamos encontrar é um assassino. Venha aqui... tente a sorte!

— Eu?

— Claro. Olhe, olhe, e continue olhando. Se vir algo acontecendo, não guarde segredo.

Dart fechou um dos olhos e fitou com o outro por meio do tubo porta-ocular.

— Um monte de pequenos pontos avermelhados — anunciou.

— O que eles estão fazendo?

— Nada. — Dart sorriu. — Deve ser sangue de negro.

— Não é isso, meu amigo. Mas é domingo. Todos os sangues repousam. Continue olhando.

— Bem, talvez eles estejam se mexendo um pouco. Ah... é verdade! Eles *estão* se mexendo... mas tão devagar que mal dá para ver.

— Em qual direção?

— Em todas as direções. Que legal. Eles não conseguem se decidir.

— Isso parece...

— Ah... minha nossa... o que é isso? Olhe, doutor!

— Olhe você e me conte. Talvez eu deixe minha imaginação fluir.

— Essas coisas estão formando um grupo. Não... um monte de grupos. Sem brincadeira... Estão lentamente se reunindo em pequenos bandos.

— Tem certeza?

— Se tenho certeza? Como assim, doutor? Aqui, dê uma olhada.

O dr. Archer obedeceu.

— Hum... acho que posso dizer com segurança que suas observações estão corretas, embora "aglutinação" seja um termo muito mais elegante do que "grupo".

— Mas o que significa?

— Significa que as células vermelhas de alguém não poderiam se comportar dessa forma em seu próprio soro... Nem mesmo as de um mágico.

— Quer dizer que essa é a destruição de que estava falando?

— Sim. O primeiro passo para a destruição. É só até onde precisamos ir *in vitro*. *In vivo*, o processo segue para dissolução, desintegração, hemólise... ah, dá para chamar de várias palavras bonitas. Mas como quer que se chame, esse soro manda os glóbulos... para o inferno.

Os olhos de Dart brilharam.

— Então o Frimbo e o cadáver eram duas pessoas diferentes?

— E ainda são. E você e eu somos duas pessoas de sorte, porque não precisamos brincar mais de escolinha... Pelo menos não com essas coisas.

— Filho de uma égua! Vou colocá-lo *atrás* das grades! Tentando enganar alguém como eu. Onde está meu chapéu?

— Para que a pressa? Ele não vai para lugar algum.

— Como sabe?

— Ele conseguiria sair sem ser visto por seus policiais?

— É verdade. Mas esperar para quê?

— Se você o apanhar agora... Se ele ao menos suspeitar do que sabemos, ele vai se fechar como um cofre. Na minha humilde opinião, ele tem muita informação de que você precisa... Se ele travar, você nunca o condenará.

— Então qual sua ideia?

— Deixe-me fazer do meu jeito, amigo. Sou esperto. Quero manter aquele encontro com ele nessa noite.

— Até lá ele pode já ter voltado para Bunghola ou para o lugar de onde ele veio.

— Não tem a menor chance. Frimbo está armando uma festa para amanhã à noite por um único motivo: vai jogar a culpa pelo assassinato em outra pessoa. Sua melhor jogada é ter todas as contraevidências na ponta da língua para confrontá-lo na hora. Não se preocupe, ele vai estar lá.

— Bem, isso com certeza é o suficiente para fazer dele um suspeito.

— Você já tem suspeitos suficientes. Agora precisa mesmo é de um assassino. É verdade que Frimbo não era o cadáver. Essa é a prova. Também é verdade que deve ter conseguido sumir com o cadáver; então, para encobrir isso, para se disfarçar do cadáver... até infligiu um ferimento na própria cabeça que se assemelhasse ao do corpo. — O dr. Archer era capaz de explicar tudo com muita clareza em certas ocasiões. — Mas há muitas coisas entre essa conclusão e qualquer prova de que ele seja o assassino. Tudo o que sabemos é que o Frimbo mentiu. Não sabemos o porquê de ele mentir. E ele não é o único mentiroso nesse caso... Jenkins mentiu, provavelmente Hicks mentiu e, até onde sabemos, Webb também...

— E isso me lembra uma coisa! Webb estava no caminho certo. Estava contando a verdade, pelo menos em parte. Eu ia contar, mas fiquei tão interessado nessa outra coisa. Hoje de manhã houve um tiroteio extremamente violento na rua 132. Aparentemente, era uma discussão por causa de uma garota, mas quem o doutor supõe que tenha sido a vítima? Um dos mais conhecidos apostadores de Brandon. Sim, senhor. Bem, os garotos levaram exatamente quarenta e cinco minutos para pegar o sujeito que fez isso. E quem o supõe que *ele* era? O primeiro-tenente do Spencer, um rapaz chamado

Eagle Watson. Claro que ele vai escapar... Bons advogados e tudo mais. A garota vai jurar que a vítima a atacou e se virou contra ele quando ele foi resgatá-la... Há várias testemunhas de boa-fé... legítima defesa... fácil. Mas nós sabemos o que está por trás disso... e Webb falou a verdade sobre isso. Realmente existe uma briga no mundo das apostas entre Spencer e Brandon; Spencer está levando a pior, e declarou guerra contra toda a equipe de Brandon. A razão pela qual ele está levando a pior só pode ser porque está perdendo um monte de dinheiro, e perdendo rápido, e a razão pela qual declarou guerra contra a equipe rival é porque descobriu que eles são os responsáveis. Se ele descobriu isso, pode ter ficado sabendo que Frimbo tinha o dedo metido nisso e tentado passar a perna nele ontem. Só que isso não ajuda nesse negócio do sangue, não é?

— Havia um homem... um bom sujeito, mesmo que ele tenha sido policial... que transformou alguns comentários em conclusões prematuras. A ideia dele era fazer com que as conclusões se encaixassem nos fatos, como me lembro, e não que os fatos se encaixassem nas conclusões. E ele admitiu... não, insistiu... que, por tal sistema, só seria necessário acumular fatos suficientes, que, por sua vez, levariam a suas próprias conclusões. Esse sujeito era um descendente direto de Francis Bacon... apesar de suas diferenças físicas... por isso herdou a tendência a raciocinar por indução, e não por dedução. Mas tamanha é a fragilidade da espécie humana que mesmo esse tipo sortudo ocasionalmente caía no erro de deixar sua imaginação, em vez de suas observações, levar às conclusões; ao que ele repentinamente olharia com perplexidade e diria que algo não ajudaria em nada com alguma coisa.

— Está bem, doutor. A conclusão disso tudo é que é cedo demais para especular?

— A conclusão é que onde há mais fatos que possam ser recolhidos sempre é cedo demais para especular.

— Bem... acho que ele vai ficar. Mas se deixá-lo escapar de mim...

— Meu caro colega, permita-me lembrá-lo que a situação não seria diferente da que havia antes que eu sugerisse a comparação das amostras de sangue.

— Me desculpe, doutor. Mas e o cadáver? Precisamos ter um cadáver... Você sabe disso. Se ele ainda está em algum lugar daquela casa, o Frimbo vai ter muito tempo para destruí-lo.

— Sem querer me intrometer, já tentou destruir um cadáver, Dart?

— É quase impossível destruir um por métodos tradicionais. Mas existem ácidos. Com o tanto de coisa que ele tem lá...

— Você revistou bem a casa.

— Sim, mas temos especialistas que não fazem outra coisa, doutor. Eles conseguiriam encontrar lugares que eu nem sonharia em procurar. Eles medem, calculam e reconstroem em tamanho real, e, quando terminam, não sobra um lugar grande o suficiente para esconder um percevejo.

— Mas eles precisam de tempo, e a presença deles levantaria as suspeitas e a hostilidade de Frimbo. Acredite em mim, Dart, o próprio Frimbo é a única resposta para este enigma. Se o atacar cedo demais, vai destruir sua única chance. Tenho certeza disso. Estou tão curioso sobre esse assunto quanto você. Sou estranho assim. E gostaria de ver a polícia local recebendo os créditos por essa coisa toda, em vez de um bando de filisteus do centro da cidade. Você disse que estava confiando em mim. Tudo bem. Faça isso. E deixe que eu confie em você também.

— Puxa, doutor, eu não tinha percebido que estava tão interessado assim. Com certeza significaria muito para mim, pessoalmente, receber os créditos por isso. Nós não recebemos um caso estranho como este com muita frequência. Se é assim que o doutor pensa...

— Tudo bem. Agora tudo o que você precisa fazer é não reportar essa última descoberta e segurar o Frimbo até que eu tenha terminado com ele. Antes da noite de amanhã, espero ter uma boa ideia do que o faz andar por aí. Afinal de contas, um cavalheiro que acaba se tornando um dos suspeitos do caso de seu próprio assassinato merece um pouco de atenção especial.

— Um suspeito em seu próprio assassinato... É isso mesmo! Essa é nova para mim! Mas ele é bem espertinho. Por que será que não fez objeção ao teste sanguíneo? Ele deveria saber que poderia ser uma prova incriminadora.

— Claro que sabia. Mas o que poderia fazer? Se ele recusasse, ficaria numa posição ruim também. Tudo o que poderia fazer era ceder e arriscar que as duas amostras fossem tão parecidas que a pequena quantidade do desconhecido teria se esgotado antes que pudéssemos distingui-la da dele. Se isso falhasse, ele teria que confiar na própria astúcia. Você ouviu quando ele me perguntou se eu usaria os testes comuns de aglutinação? Aposto que tem um álibi pronto. Essa é outra razão para não apressar as coisas. Precisamos ter algo que ele não pode prever.

Dart olhou para o médico com genuína admiração.

— Doutor, você é bom, de verdade. Devia ter se tornado detetive.

— Eu sou um detetive — retrucou o outro. — Todo o meu treinamento e todas as minhas atividades são iguais às de um detetive. O criminoso que persigo é o mais danado que você poderá encontrar... agressor, ladrão, assassino... doença. Em cada caso com que me deparo, meu trabalho é rastrear a doença, identificá-la e prendê-la. O que mais seriam o diagnóstico e o tratamento?

— Nunca pensei dessa forma.

— Nesse caso do Frimbo, sou seu consultor... por seu convite pessoal. Vou fazer um exame tão extensivo quanto possível antes de chegar a alguma conclusão. Me permitir fazer isso é uma cortesia profissional adequada, algo raro pelo qual agradeço imensamente. — Curvou-se solenemente para Dart, que sorria. — E nesse meio-tempo você deve descobrir os movimentos de cada cliente que visitou aquele lugar ontem à noite?

— Isso. Eles estão sendo seguidos nesse momento. E já verifiquei a história de todos, mesmo a do agente funerário. Todas conferem. Brown apareceu na delegacia hoje cedo para visitar Jenkins. A polícia ouviu a conversa escondido, mas não conseguiu nada exceto que Jenkins ainda nega a culpa. E o amigo está disposto a jurar em falso para salvá-lo.

— Ainda acho difícil acreditar que Jenkins, mesmo pelo lucro sujo que você tão convincentemente trouxe à tona, realmente tenha feito isso. Jenkins é durão mesmo, mas é só fachada. Ele deve ter o coração de um bebê e precisa disfarçar isso como um cabeça-dura para se proteger.

— Como quiser. Mas esse mesmo disfarce poderia levá-lo para algum lugar do qual ele não poderia mais voltar.

— Mas não assassinato.

— Bem, então explique como ele disfarçou a impressão digital naquele taco. Vai fazer um grande favor para ele.

— Ele pode estar mentindo sobre não ter tocado no taco do mesmo modo que mente sobre o lenço.

— Ele está mentindo mesmo, se diz que não tocou naquele taco... Não tem outra forma de a digital ter ido parar lá.

— Não tem? — disse o médico, mas o detetive não percebeu o ceticismo no tom e prosseguiu com sua enumeração.

— O irmão de Doty Hicks está mesmo doente, com tuberculose, e se recusa a ir para o hospital. Eu lhe contei hoje pela manhã sobre o assassinato que harmoniza com a história de Webb. E Easley Jones é funcionário da Pullman Company há dez anos. O chefe falou muito bem dele. Fui até o Forty Club ontem à noite depois de nos separarmos. Três clientes me revelaram que Crouch, o agente funerário, havia estado lá, como ele disse.

— E as mulheres?

— Bem, você mesmo afiançou a sra. Crouch. E eu estou quase disposto a afiançar a outra. Se ela tem algo a ver com isso, eu também tenho.

— Estava pensando sobre isso. Você tem?

— Claro, doutor. — O sorriso de Dart resplandeceu. — Eu sou o detetive do caso, não sabia?

— Sabe quem cometeu o crime?

— Não tenho certeza.

— Entendi. Então você não poderia ter cometido o crime. Porque se tivesse feito isso, saberia quem é o culpado e seria fácil se rastrear e se prender. Claro que pode ter feito enquanto dormia.

— Assim como o doutor.

— Eu tenho um álibi perfeito, meu amigo. Médicos nunca dormem. Se não for pôquer, é um parto... um par de ases ou um par de pretinhos.

— É sério, doutor, tenho uma objeção para sua ideia de tentar arrancar algo do Frimbo hoje à noite.

— Qual?

— Por que acha que ele foi tão rápido em convidá-lo para voltar lá sozinho? Porque você é a principal preocupação dele, pois pode ser a causa de ele terminar na frigideira. Ele é maligno. Deve saber suas intenções. E se o doutor chegar perto demais, ele vai tentar apagá-lo da jogada.

— Ele vai me achar bem indelével, isso sim — concluiu o dr. Archer.

CAPÍTULO 19

John Archer abriu uma gaveta da mesa e retirou um revólver que lá repousava. Encarou a arma, pensativo por um momento. Depois, guardou-a novamente de forma gentil. Fechou a gaveta, virou-se e seguiu para fora da casa. A porta se fechou atrás dele. Parou, contemplando o alto e estreito edifício do outro lado da rua escura. Faltavam dois minutos para as sete; o ar estava afiado e pouco amigável e o atingia enquanto caminhava. Desatento, ajeitou o sobretudo nos ombros, enfiou as mãos, livres da habitual maleta, bem no fundo dos bolsos e analisou a sombria habitação de Frimbo. Parecendo um pouco mais alta que suas vizinhas, era como um homem alto espiando sobre as cabeças de uma multidão. *Será que estão me esperando?*, meditou o médico. Como se respondesse, duas janelas do segundo andar se acenderam de repente, como olhos abruptamente abertos.

— Estão me esperando!

Devagar, atravessou a rua mal-iluminada, parou outra vez nos pés dos degraus para retornar aos seus olhares meditativos, depois subiu até a porta, decidido, e, encontrando-a destrancada, entrou.

Seu anfitrião esperava por ele no topo da escadaria. A alta figura de Frimbo trajava, naquela noite, um robe de adornada seda bordô, que, com uma camisa macia aberta no pescoço e a ausência de qualquer enfeite tradicional na cabeça, lhe davam uma aparência prática, bem diferente daquela da noite anterior. Ele poderia ser qualquer morador bem-apessoado do Harlem, relaxando em uma noite de domingo, com um tempo livre que podia pagar e pretendia aproveitar.

Mas os olhos profundos ainda exibiam seu brilho peculiar, e a voz baixa e ressoante era a mesma.

— Vamos subir para a biblioteca — disse. — Lá é mais confortável.

Enquanto passavam, dirigiu-se até o primeiro cômodo e pressionou um interruptor, deixando o quarto no escuro.

— Deixei esses acesos para ajudá-lo, doutor. Não devemos ser incomodados por outros visitantes. Estava ansioso para vê-lo.

Ele guiou o caminho até a câmara nos fundos do terceiro andar, a qual o médico visitara na noite anterior.

— Escolha uma cadeira... O senhor deve achar a maioria delas confortável. — A atitude do homem era um tanto desarmante, mas o dr. Archer pegou uma cadeira que estava disposta diagonalmente em um canto com prateleiras de livros em ambos os lados.

Frimbo sorriu.

— Tenho bons xerezes e uns uísques execráveis — ofereceu.

— Obrigado. O senhor evidentemente prefere o xerez. Vou seguir seu exemplo.

Brevemente, a bebida fora obtida na cozinha adjacente; taças foram servidas... da mesma garrafa, notou o médico; cigarros foram acesos; Frimbo se sentou no divã diante da lareira, na qual lenhas artificiais reluziam de forma realística.

— O senhor estava falando — disse ele, como se quase um dia inteiro não houvesse transcorrido — da "classificação das ciências de Herbert Spencer".

— Isso — concordou o médico. — A Psicologia é considerada a Fisiologia do sistema nervoso.

Rapidamente e sem dificuldade, começou a falar com o rápido reconhecimento intelectual que caracteriza mentes similarmente reflexivas. A apreensão de dr. Archer desapareceu e, em pouco tempo, ele e seu anfitrião estavam avidamente entretidos em discussões que imediatamente os converteram em bons amigos: o desespero em se aplicar métodos físico-químicos em problemas psicológicos; a natureza da matéria e da mente e as possíveis relações entre elas; as pesquisas atuais em Física, nas quais a matéria aparentemente se convertia em energia, e a hipótese do próprio Frimbo de que a mente provavelmente fazia o mesmo. O tempo correu. Ao fim de uma hora, Frimbo estava dizendo:

— Enquanto essa energia mental continuar mental, ela não pode ser demonstrada. É como energia potencial: para ser apreciada, deve ser transformada em calor, luz, movimento... alguma forma que possa ser manipulada e mensurada. Ainda assim, ao presumir sua existência, assim como fazemos com a energia potencial, harmonizamos a Psicologia com a Ciência Mecânica.

— O senhor me surpreende — elogiou o médico. — Pensei que fosse um místico, não um físico-mecânico.

— Isso — retrucou Frimbo — é misticismo... e uma crença indemonstrável. Pura fé em algo é misticismo. Até nossa fé na razão é um tipo de misticismo.

— O senhor com certeza tem o dom de harmonizar conceitos aparentemente opostos. O senhor deveria ser um rei... Não haveria partidos conflitantes sob seu reinado.

— Eu sou um rei.

Por um momento, o médico olhou para o semblante sereno e escuro, como se estivesse vendo seu primeiro caso de uma doença incomum, mas distinta. Frimbo, no entanto, tranquilamente tomou um gole do xerez, com gentileza reposicionou a frágil taça em uma mesa baixa, próxima a seu cotovelo, e permitiu que o fantasma de um sorriso descontraísse sua fisionomia.

— O senhor se esquece — disse ele, acendendo um novo cigarro — de que sou um africano nativo. — Havia um orgulho na declaração que era quase uma afronta. — Eu sou de Buwongo, um território independente no nordeste da Libéria, com uma população aproximada em um milhão de pessoas. Meu irmão governa lá, em minha ausência. — Um ar reminiscente desceu por um momento sobre ele. — Frequentemente, anseio em voltar, mas seria tedioso. Gosto muito de aventuras.

— Tedioso! — exclamou Archer. — Nossa... a maioria das pessoas consideraria essa uma vida extraordinariamente estimulante.

— A maioria das pessoas não sabe nada sobre isso. O estímulo está no desafio de entornos estranhos. Encontrar vida na savana africana instigaria o senhor, com certeza. Pelos mesmos motivos, a vida em uma metrópole me instiga. A savana seria um desafio para todos os seus recursos. A cidade é um desafio similar para os meus.

— Mas o senhor não deve estar tão desacostumado a isso agora. O senhor se formou em uma faculdade estadunidense, tornou-se um especialista em nossos modos de pensar, tanto que tem contribuições originais suas para fazer... Seguramente isso já ficou para trás de uma vez por todas.

— Não — disse Frimbo, suavemente. — Há coisas que uma pessoa nunca esquece.

— O senhor me deixa muito curioso.

Os olhos escuros e iluminados o observaram por completo durante um longo instante. Então Frimbo disse:

— Talvez eu deva satisfazer sua curiosidade de alguma forma... se o senhor quiser escutar...

E o filósofo negro que se intitulava rei, com um olhar distante em seus olhos e um sobe e desce em sua voz profunda,

pintou uma imagem a vinte anos no passado e a oito mil quilômetros de distância.

— Em alguns países, a noite pousa gentil, como um pássaro flutuando para descer em uma folhagem; em Buwongo, ela cai precipitadamente como um pássaro que levou
um tiro. É como se o sol poente se apoiasse inconsciente-
mente na borda de uma montanha, tropeçasse no pico e ro-
lasse de ponta-cabeça para fora do campo de visão, no vale
distante. O dia brilhante foi misterioso o suficiente... o céu
azul, o arroz plantado em terraços, as palmeiras arrogantes,
a selva fumegante, mas é um mistério óbvio, nítido... Ele
deve se revelar antes de poder golpear. A noite o veste em
invisibilidade, o deixa sutil, indeterminado, pressagioso.
Aproxima-o.

"O dia todo nós viajamos para o sul... meu pai, cem com-
batentes e eu. Tenho apenas doze anos, mas é o suficiente.
Agora eu devo começar a participar dos banquetes de nossas vilas tributadas. Estamos em nossa rota até Kimalu, uma
cidade de mil habitantes. Estou muito cansado, mas sou o
filho mais velho de um chefe. Ando a passos largos ao lado
de meu incansável pai. Um dia, devo ser como ele, alto, ereto, forte; devo usar a roupa escarlate e o adorno branco, de
posição superior, na cabeça. Não devo titubear. Nós não pa-
ramos por comida ou bebida... Não teremos um banquete
estravagante hoje à noite? Ignoramos os caminhos chama-
tivos que nos desviariam de nossa trilha principal... caminhos para outras vilas, para as frescas e verdes tributadas
por Níger. Para os esconderijos de quem sabe quais animais.
E nos raios aplanados do sol que afundava, finalmente vimos
os campos de arroz no exterior de nosso destino e, na sequência, os longínquos telhados de palha das habitações de
Kimalu. Estamos em uma pequena elevação do solo. Mesmo
assim, antes que possamos alcançar Kimalu, a noite nos ul-
trapassa e nos devora.

"Mas as fogueiras das vilas já brilham, uma centena de pontos de uma oscilante luz amarela; e, logo depois, entramos em Kimalu, meu pai liderando, comigo ao seu lado, duas fileiras de homens atrás de nós. Toda a fadiga se dissipa quando os gritos de saudações e boas-vindas inundam nossa presença como um banho refrescante.

"As cerimônias estão programadas para começar dali a três horas, no ápice do luar. Enquanto isso, as preparações continuam. Nossa presença é recebida com respeito pelo chefe ancião, que recepciona com efusivo agradecimento nossos dois touros, suspensos pelos pés em uma vara horizontal e transportados nos ombros de oito de nossos carregadores. Eles vão aumentar o banquete que segue a cerimônia e ajudar a prover para a festa do dia seguinte. Somos conduzidos para a praça central antes de irmos à residência do chefe, uma casa ampla, com teto de palha, paredes de palha e bambu, e cercada por uma muralha de troncos interlaçados, as pontas afiadas de cada um tratadas com veneno mortal ao toque. Mesmo a cobra mais peçonhenta não poderia escalar o topo da muralha e sobreviver. A praça é larga o suficiente para acomodar todas as pessoas da vila, pois aqui é o lugar em que se reúnem em intervalos regulares para ouvir a transmissão dos decretos relativos às leis de seu governo e aos impostos locais e nacionais. Aqui, também, o chefe se senta em julgamento, dia sim, dia não, e decide tanto sobre sentenças para ofensores morais, como civis, variando de banimento temporário até a castração... a última, uma pena mais temida que a decapitação.

"Ao redor da enorme praça, conforme entramos, vemos muitas fogueiras, sobre as quais guisados estão fervendo em caldeirões, e churrasco de javali, touro ou antílope está assando em varas. Odores deliciosos estimulam nossas narinas, nos deixam com água na boca. Mas ainda não podemos saciar nossos apetites. Primeiro, devemos nos lavar e descansar. Então, descemos até a margem do rio ao lado do qual a vila se estende; há uma vasta clareira e um pedaço raso de praia, onde mais fogueiras queimam para iluminação e proteção. Aqui nos lavamos. Então, voltamos para a beira da praça e nos deitamos para cochilar e descansar até que o banquete comece.

"É o Malindo — o banquete da procriação — e, de todos os rituais de nossos 48 povos, nenhum é mais completamente simbólico. Um círculo extremamente amplo — 45 metros de diâmetro — de lenha fora posicionado no centro da praça. Do lado de fora, em intervalos, há pilhas com mais lenha, pequenos galhos secos de árvores perfumadas.

"No ápice da lua, o chefe dá o sinal para que a cerimônia comece. O grupo de percussionistas, posicionado em um lado do portão da muralha, está pronto. Os instrumentos são de madeira oca: uma ponta é aberta; sobre a outra, se estica um tímpano de pele de javali; eles ficam, horizontalmente, um ao lado do outro; variam em comprimento de sessenta centímetros até seis metros, mas estão posicionados de modo que as pontas cobertas se alinhem encarando o círculo de lenha; também variam em diâmetro, mas mesmo os menores têm trinta centímetros de altura. Cada percussionista se senta por cima do instrumento, sobre a ponta fechada, na qual toca com as mãos e os dedos.

"Ao sinal do líder, o músico com a maior percussão levanta os braços sobre a cabeça e aproxima a base do polegar de ambas as mãos para baixo e com força na face de seu instrumento. Há um profundo e ressoante *boom*, um som que nenhum outro instrumento jamais produziu; tão grave e retumbante quanto a mais profunda nota em um órgão, tão repentino quanto uma explosão. Um gato vagando a dez metros de distância iria parar e se encolher. A calmaria que segue treme na memória desse som; quando o tremor diminui, o percussionista golpeia de novo... a cadência é estabelecida. De novo, de novo. Lenta e continuamente, a imponente percussão. *Boom*, uma cadência tão grande, tão imponente, tão majestosa, que tudo o que a segue é subordinado a ela e partilha de sua dignidade.

"Os moradores da vila já haviam se juntado ao redor das margens da praça; alguns sentados no chão, outros em pé, todos absortamente atentos. Meu pai está sentado em uma plataforma diretamente em frente ao portão da muralha; estou à sua esquerda, o chefe à sua direita, nossos cem homens sentados no chão mais adiante. Não há movimento em lugar algum, exceto pelas centelhas das fogueiras baixas; e nenhum som, exceto pelos tremendos e regulares *booms* da grande percussão.

"Mas agora, algo está acontecendo, pois uma nova nota sutil se infiltrou no lento período do batuque... outra percussão menor, depois outra, depois outra, soando uma semicadência de batidas menores, pulsações mais rápidas que se originam no som paterno e se afastam dele como ecos decrescentes. Da margem distante da clareira, uma procissão de figuras obscuras emerge, e entre elas aparecem seis homens carregando um grande baú quadrado nos ombros. As figuras avançam devagar, no tempo da cadência principal, até que estão desse lado do círculo de lenha; então os seis carregadores se viram para o círculo, e os outros, à sua frente e às suas costas, se viram para nós. Os carregadores, ainda no ritmo, avançam em direção ao círculo, passam por cima da lenha com seu fardo e o depositam no centro da roda, enquanto os outros, também seguindo a cadência, aproximam-se de nossa posição, dão meia-volta e se sentam no chão em ambos os lados de nossa plataforma.

"Nessa hora, ainda entra outro motivo na cadência rítmica — toda a percussão restante, primeiro suavemente, quase imperceptível, depois mais categoricamente, eleva essa nova mais leve e mais rápida variação, a qual se trança no padrão maior, como figuras de brocado em damasco: o todo é um rico tecido de resistência, delicadeza, e uma complexidade de projeto incrível. E agora uma fileira de tochas aparece ao longe, na clareira. Aproximam-se... parecem incontáveis, mas são 48, eu sei... uma para cada um de nossos povos. E vemos que estão suspensas no alto, cada uma na mão de uma magra garota nua que faz movimentos de dança em consonância com a nova e mais leve cadência da percussão. A fileira passa na nossa frente, cada membro graciosamente mantendo o motivo rítmico, até que, igualmente espaçados, encaram o círculo, cada um como o caule de uma flor brilhante em uma oscilante guirlanda de chamas.

"Por alguns minutos, elas dançam assim, mantendo suas posições relativas ao redor do círculo, mas avançando de tempos em tempos alguns centímetros em direção ao centro, depois recuando; e fazem isso em tão perfeito uníssono que, enquanto os gestos de seus pés e corpos obedecem ao ritmo mais rápido e leve, seus avanços e recuos estão sintonizados com o pulsar original e principal, e as chamas em suas mãos se tornam joias de flamas, posicionadas em uma roda mágica que contrai... dilata... contrai... dilata... como um coração vivo, bombeando sangue. Então, com repentinos aumentos e decrescimentos das percussões menores, há uma terminal e máxima contratura... as garotas avançam bastante em direção ao círculo de lenha, baixam suas tochas sobre ele, cada uma em seu respectivo ponto; e, depois, sem parecer perder o movimento rítmico, executam uma recuada final, dissipando-se do círculo como sombras e quedas no chão perfeitamente alinhadas, cada uma em uma linha radial, cada uma tão inerte, como se estivesse atada ao raio de uma roda-gigante.

"O grande círculo de madeira se acenderia em uma inquebrantável roda de fogo, símbolo da paixão eterna; e enquanto as chamas subiam, a percussão ficava mais alta e mais turbulenta, como se o fogo a estivesse fazendo ferver. Um guerreiro, cuja pele coberta por óleo brilha sob a luz, salta pelas chamas para dentro do círculo, vai até o grande baú quadrado no centro, destrava e abre a tampa e desaparece pela borda distante do fogo.

"Cada olho está focado no baú além das chamas. Há uma sutil mudança no ritmo... tão sutil que passaria completamente despercebida para um ouvido desacostumado. Mas as dançarinas a percebem e, instantaneamente, voltam a se levantar em outro segmento de seus gestos cerimoniais: um giro lúbrico, ágil, sinuoso com o qual novamente avançam em direção ao círculo flamejante. Elas se incorporam nesse segmento de movimentos de dança por meio dos quais pegam galhos das pilhas extras e os arremessam no fogo. O fogo sobe continuamente. No entanto, agora, ninguém percebe as garotas; ninguém tem consciência do penetrante incenso do perfumado queimar da madeira. Pois algo está se elevando do baú... a cabeça de uma píton negra gigante, que se soergue a um metro e vinte... um metro e cinquenta... um metro e oitenta sobre a beirada e oscila desnorteada pelo fogo circundante.

"Agora, o guerreiro reaparece, segurando no alto, em suas duas mãos, um bebê de seu povo. Rapidamente, erguendo o bebê para mantê-lo fora do alcance do lamber das chamas, novamente ele salta pelo fogo para dentro do círculo. Ao mesmo tempo, a mais bela donzela da vila, com o corpo despido coberto por óleo, como o do guerreiro, aparece dentro da roda, pelo lado oposto. A píton, ainda desnorteada, oscila para um lado e para outro. O guerreiro e a donzela dançam três vezes em direções opostas em torno da serpente. E, agora, ainda que ninguém tenha visto como aconteceu, a garota está com o bebê em seus braços; a píton, sentindo o perigo nas chamas ludibriantes e no tumulto da percussão, recua para dentro do baú. O guerreiro fecha e trava a tampa e desaparece pela distante parede de fogo. A percussão fica enlouquecida. A garota, segurando o bebê em ambas as mãos, nos olha, corre para a frente com um grito que transcende o crescendo da percussão, um guincho como o de uma mulher na última contração do parto, salta alto sobre o fogo, corre em direção à nossa plataforma e, gentilmente, deita o bebê ileso aos nossos pés..."

Houve um longo silêncio. Frimbo estava sentado olhando as chamas em sua lareira artificial, vendo aquelas distantes e genuínas da madeira que queimava com uma fragrância de incenso. John Archer estava silencioso e imóvel, absorto no belo rosto escuro do outro homem. Talvez estivesse se perguntando: *Esse homem é capaz de ter cometido um assassinato? Quem ele teria matado? Por quê? O que ele é: um charlatão ou um profeta? Qual o papel dele nesse mistério? O que, de fato, não é possível para essa mente que em um momento sai da fria e abstrata racionalidade para a quente e simbólica beleza de um ritual bárbaro?*

Mas o que o médico de fato disse foi:

— Uma cerimônia um tanto perigosa, não é?

Frimbo trouxe a si mesmo de volta para o presente, sorriu e respondeu:

— Existe concepção e nascimento sem perigo?

Depois de um momento, o médico disse:

— Minha própria juventude foi completamente diferente.

— E ainda assim talvez tenha sido tão interessante para mim quanto a minha foi para o senhor.

— Aos doze anos — riu o outro —, não me lembro de nada mais empolgante do que um festival de morangos na sacristia da igreja do meu pai.

— Seu pai era pastor?

— Era. Ele faleceu pouco depois que terminei a faculdade. Eu queria estudar Medicina. Um dos meus professores
tinha um amigo rico. Ele me ajudou. Exerço a profissão há
quase dez anos... e ainda não terminei de pagar o que devo a
ele. Essa é minha biografia. Pouco dramática, não é?

— O senhor omitiu o drama, amigo. Seu pai se esforçou
para educá-lo, agarrando-se à vida só para ver o senhor se
formar em uma carreira universitária, algo que foi negado
para ele; seu desamparo desesperado, encarando a possibilidade de não conseguir continuar na Medicina; a iminente
alternativa de uma formação de professores em alguma faculdade para pessoas negras; a animação por conseguir ajuda; a economia rígida, para manter o montante final de sua
dívida o mais baixo possível; os verões em trabalhos subalternos como mensageiro, garçom ou carregador em algum
lugar, recebendo ordens constantes de seus inferiores, tanto
brancos quanto negros; a permissão para exercer... e nada
para começar; mais trabalhos subalternos, meses neles, para
acumular o suficiente para dar entrada nos equipamentos;
o primeiro paciente que pagou e a dúzia que ficou devendo;
o esforço prolongado contra a deficiência material inicial, o
desgosto que sentiu contra sua incapacidade de fazer o que
estava mentalmente capacitado para fazer. Se drama é esforço, amigo, sua vida é uma peça perfeita!

Dr. Archer o encarou.

— Eu juro! O senhor é mesmo algum tipo de vidente,
não é?

— De modo algum. O senhor me disse tudo isso nas pou-
cas palavras que falou. Eu preenchi as lacunas, só isso. Já fiz
mais com menos. É meu ganha-pão.

— Mas... como? A precisão dos detalhes...

— Mesmo que fosse tão curioso como o senhor sugere,
não deveria causar tanto espanto. Deveria ser uma simples

questão de transformar energia, nada mais. Até a chamada telepatia mental não é tão misteriosa quanto a consideram. Claro que o organismo humano não pode criar nada mais que a si mesmo; mas criou a transmissão por rádio e também receptores. Não deve haver, então, dentro do organismo, alguma contraparte disso? Eu garanto, doutor, que esse mecanismo complexo que chamamos de corpo humano contém esse aparelho de transmissão, assim como o receptor, e que sinais são enviados na forma de uma invisível, inaudível e radiante energia que pode ser apanhada e convertida em visão e som por um receptor humano devidamente ligado. — Ele pausou, enquanto o doutor se sentava, sem palavras. Depois prosseguiu: — Mas isso é muito mais simples. É, de alguma forma, mistificador que o doutor entre em um quarto de doentes, faça certos exames e diga "Esse paciente tem isso e aquilo. Ele pegou isso em tal lugar; vai morrer assim e em tanto tempo"? Não. Eu apenas pratiquei observações com grande proficiência; isso, junto a uma completa fé em certa filosofia, me permite fazer o que parece mistificador. Posso estudar o rosto de uma pessoa e falar seu passado, presente e futuro.

O médico sorriu.

— Até o nome dela?

— Isso nunca é necessário — sorriu Frimbo, com o mesmo humor. — A pessoa sempre dá um jeito de me contar isso sem perceber. Existem truques em todos os negócios, é claro. Mas, fundamentalmente, não engano ninguém.

— Posso entender sua habilidade de falar sobre o presente... até sobre o passado, de uma maneira geral. Mas o futuro...

— O futuro é um resultado inevitável do presente, assim como o presente é do passado. Essa é a filosofia que mencionei.

— Determinismo?

— Se quiser chamar assim... Mas um determinismo completo o suficiente para incluir todas as coisas, físicas e mentais. Um determinismo aplicado.

— Não consigo entender como poderia existir um determinismo aplicado.

— Por quê?

— Porque aplicá-lo é negá-lo. Admitir a possibilidade de "aplicar" qualquer coisa é livre-arbítrio, puro e simples.

— O doutor está correto até esse ponto — concordou Frimbo.

— Ora — continuou o médico calorosamente —, qualquer um que alcance a verdadeira liberdade de desejo... um desejo que não tenha referência no seu passado, que não tenha sido moldado em cada decisão por sua própria história, um poder que poderia sair das coisas e agir como uma causa sem ser um efeito em si mesmo... é... Céus! Essa criatura seria um deus!

— Talvez não exatamente um deus — disse o outro suavemente.

— Como assim?

— Essa criatura só seria um deus para aqueles comprometidos com uma ordem determinista como a nossa. Mas o senhor se esquece de que a nossa não é, não pode ser, a única ordem no universo. Deve haver outras... outras mais complexas, talvez, que nossa simples ideia de causa e efeito. Imagine, por exemplo, uma ordem em que uma causa seguisse seu efeito em vez de o preceder... Alguém já apresentou evidências de tal possibilidade. Uma criatura de tal ordem poderia agir na nossa ordem de formas que seriam totalmente inconcebíveis para nós. Até onde diz respeito ao nosso sistema, ela teria total liberdade de desejo, pois seria sujeita apenas à sua ordem, não à nossa.

— Isso já é metafísica demais para mim — confessou o médico. — Volte para essa pequena Terra.

— Mesmo nessa pequena Terra, de vez em quando surgem mentes que pertencem à outra ordem. Nós os chamamos de profetas — esclareceu Frimbo.

— E o senhor sabe de algum profeta?

— Eu sei — disse o outro em uma voz quase inaudível — que é possível escapar dessa ordem e assumir outra.

— E como sabe?

— Porque eu consigo fazer isso.

Se ele tivesse gritado em vez de sussurrado, John Archer não poderia exibir um espanto maior.

— O senhor consegue... o quê?

— Não me pergunte como. Esse é meu segredo. Mas já conversamos o suficiente agora para o senhor saber que não digo nada gentilmente. E digo com toda a seriedade que aqui, em um mundo de causas e efeitos rigidamente determinados, Frimbo é livre... tão livre quanto um ser de outra ordem.

O médico não conseguia falar.

— É dessa forma que consigo estar a serviço daqueles que me procuram. Ajo sobre as vidas deles. Não tenho que perturbar a ordem deles. Apenas mudo a velocidade do que está acontecendo. Sou um catalisador. Acelero ou atraso uma reação sem me envolver com ela. Isso muda as correntes cruzadas, de modo que as coincidências sejam diferentes do que elas seriam. Um marido chega em casa vinte minutos mais cedo. Um viajante perde o trem... e escapa da morte em um acidente. Simples, não é?

— O senhor com certeza atrasou minhas reações — disse dr. Archer. — Estou paralisado.

Eram dez horas quando o médico por fim se levantou para sair. Haviam conversado sobre assuntos diversos e curiosos, mas nenhum tinha sido tão diverso e curioso quanto a extraordinária mente do próprio Frimbo. Ele parecia compreender a essência de cada discussão e qualquer estímulo trazia à tona alguma visão peculiar e surpreendente que o médico jamais considerara até então. O dr. Archer fora ao encontro com o objetivo de observar e saíra ele mesmo como objeto da observação. Para ter certeza, Frimbo havia contado o modo como ele, um jovem aventureiro, fora enviado para uma escola missionária na Libéria; como, aos vinte anos, havia assumido a liderança de sua Nação, depois que seu pai foi fatalmente ferido em uma expedição de caça; mas, após um ano, a entregara a seu irmão, que era dez meses mais novo, e partido para os Estados Unidos a fim de adquirir conhecimento da civilização ocidental... Escolhera os Estados Unidos porque tinha se iniciado em uma escola missionária no país. Estudara com tutores particulares por três anos para se preparar para a universidade; fora irregularmente autorizado a fazer os exames de ingresso e aprovado com louvor; mas havia contraído um preconceito amargo contra a etnia dominante que parecia se opor ao seu propósito. Muitos episódios fomentaram essa amargura, tornando-a mais aguda em alguém acostumado à absoluta autoridade e dominação. Mas tudo isso, mesmo enquanto a história estava sendo contada, havia de algum modo aumentado o senso de fracasso do médico nessa primeira reunião. Estava muito sob o controle de Frimbo. Então, sugeriu outro encontro na manhã seguinte, com o qual Frimbo prontamente concordou.

— Tenho um pequeno experimento no qual o senhor ficará interessado — disse ele.

— Eu realmente pretendia discutir o mistério desse ataque — declarou o médico. — Talvez a gente possa fazer isso amanhã.

Frimbo sorriu.

— Mistério? Não há mistério. É um problema de lógica perfeitamente calculável. Tenho um ou dois atalhos, os quais devo pegar amanhã à noite, é claro, apenas para economizar tempo. Mas o mistério genuíno é incalculável. Está em todos os lugares... olhamos para ele todo dia e não nos espantamos de modo algum. Somos uns tolos, amigo. Ficamos empolgados por conta de uma marola, mas não demonstramos curiosidade sobre a profundidade de um rio. Os mistérios profundos são tudo aquilo que aceitamos sem questionar. Veja. O senhor é quase branco. Eu sou quase preto. Entenda o porquê, e o senhor terá resolvido um mistério.

— O senhor não acha que as causas de uma simples morte são um problema digno?

— As causas de uma morte? Não. As causas da morte, sim. As causas da vida, da morte e da variação, sim. Mas por que raios importa quem matou Frimbo exceto para o Frimbo?

Passaram um momento em silêncio. Na sequência, Frimbo adicionou, em um murmúrio quase amargo:

— O resto do mundo faria melhor quando se preocupasse com o porquê de Frimbo ser negro.

O dr. Archer lhe apertou a mão e partiu. Saiu na noite com o mesmo estado mental de alguém acordando de sonhos estranhos em um quarto escuro. Pouco depois, subia os próprios degraus. Antes de abrir a porta, parou por um momento, olhando outra vez para a casa do outro lado da rua. Com a mão na maçaneta, balançou a cabeça e, ao contrário de seu costume, permitiu-se uma frase popular:

— Mas que tipinho! — disse baixinho.

CAPÍTULO 20

A noite havia caído, e Bubber Brown, S.A., ainda não havia se decidido por um curso de ação apropriado. Perambulara pelas ruas do Harlem alheio à vivacidade e à cor do domingo. Olhos maliciosos e sedutores que caíam sobre ele não acenderam nenhuma resposta atrativa, as panturrilhas depiladas nem por um momento capturaram seu olhar tedioso e à deriva, a risada animada de multidões escuras a passeio não havia aquecido seu coração cansado. Mesmo seu gingado o abandonara. Ele, um homem com as pernas sabidamente arqueadas, havia caminhado; e a mente por trás de sua aparência indiferente caminhara da mesma forma, uma barca à deriva pelo mar turbulento da indecisão.

Um filme de mistério no qual o vilão assassino se revelava uma jovem e doce menina de dezoito anos não havia sequer mexido na imaginação de Bubber. Após sair do cinema, parou no Nappy Shank's Café para jantar; mas os rabos de porco e o *hopping' John*,* que pensativamente consumiu em um balcão de porcelana branca, do mesmo modo, não lhe serviram de inspiração.

Por fim, no começo da noite, seu perambular o levou até o salão de bilhar de Henry Patmore e, depois de ficar por lá

---

* Receita típica do sul dos Estados Unidos, à base de arroz e ervilhas. [N. T.]

alguns minutos vendo as bolas de marfim estalarem, seguiu seu caminho até o cômodo dos fundos, onde a atração era o Vinte-e-um.

Um destino travesso arquitetou a situação de modo que o primeiro jogador que ele viu foi Spider Webb, por cuja detenção ele havia sido responsável na noite anterior. Spider primeiro o fitou, depois sorriu, zombeteiro.

— Detetive Brown em pessoa! — cumprimentou. — Vocês conhecem o detetive? Quem o senhor vai caguetar hoje à noite?

Até aquele momento, Bubber havia esquecido a ameaça que Spider lhe fizera na noite anterior. A abrupta lembrança aborreceu ainda mais sua já instável postura. Estava claro que Spider queria acertar as contas. Para disfarçar seu embaraço, Bubber calmamente se sentou a uma mesa e comprou dois dólares em fichas.

— Me coloque na rodada — pediu casualmente, ignorando Spider Webb.

— Claro... Coloque-o na rodada. Ele é gente boa.

Se a situação fosse normal, é provável que Bubber tivesse rapidamente perdido seus dois dólares, levantado e partido. Mas, visto que sua mente estava em qualquer lugar menos nas cartas, seu desastroso julgamento habitual fora de certo modo eliminado e as leis do acaso tiveram uma oportunidade de operar em seu favor. No transcorrer de uma hora, ele conquistara vinte dólares em fichas de seus companheiros de jogo e ficara tão fascinado pelo milagroso e contínuo crescimento de sua pilha que não conseguia abandonar o jogo. E é claro que ninguém, nem mesmo um jogador de uma pobreza comum como Bubber, poderia escapar da sorte, não só por aquilo que poderia perder, mas também porque os derrotados esperavam uma chance justa para recuperar seu dinheiro e poderiam se tornar notavelmente desagradáveis se isso lhes fosse negado.

Mas Bubber seguiu vencendo, e a única parte perturbadora daquilo era que a maior parte de seus ganhos eram resultado de perdas de Spider Webb. Ele não sabia que Spider estava apostando o dinheiro coletado de apostadores, dinheiro que deveria ser entregue bem cedo na manhã seguinte; mas sabia que Spider estava correndo riscos que alguém raramente correria com o próprio dinheiro suado. E logo viu para onde aquilo era direcionado, pois toda vez que Bubber ganhava uma rodada segurando um Vinte-e--um, Spider sombriamente se comprometia a acabar com ele "quebrando a banca", ou seja, apostando, em cada oportunidade, uma quantia igual à que Bubber tinha, esperando, portanto, depená-lo em uma jogada de uma mão só.

Com a sorte correndo na direção de Bubber, entretanto, essa depenação se mostrou desastrosa para Spider. No momento em que os vinte dólares de Bubber se converteram em quarenta, certo de que o momento em questão era o da virada da maré, "quebrou" os quarenta dólares com tudo o que tinha. O acaso escolheu aquele momento para dar a Bubber outro Vinte-e-um. Os xingamentos de Spider eram como música para os ouvidos de Bubber.

O grande perdedor, então, não tinha mais recursos exceto abandonar o jogo, e o fez com desapontamento. Alguns minutos depois, um tal de Red Williams, um parasita do Pat que era amigo ou inimigo de todo mundo, dependendo das oportunidades de lucro, saiu do salão de bilhar e entrou no salão de jogos, puxando Bubber para um canto.

— Foi você que ganhou dinheiro do Spider Webb? — questionou em um tom baixo que claramente indicava a importância do que aguardava a resposta.

— Fui eu, sim — admitiu Bubber. — Isso incomoda você também?

— Escute. Ouvi o Spider falando com Tiger Shade agorinha. Parece que ele já tinha mesmo alguma coisa preparada para você. Não sei o que você fez para ele antes, mas, o que quer que tenha sido, ele poderia dar um jeito em você com prazer. Mas quando você ganha o dinheiro dele também, isso o deixa a ponto de explodir. E, para piorar, nem foi o dinheiro dele que ele perdeu... foi o dos apostadores. Se ele não entregar nada amanhã cedo, Spencer, o chefe dele, vai saber que ele andou roubando, e esse será o fim de Webb. Se algum dos apostadores tiver sorte de acertar e não receber, será o fim dele também. De qualquer forma, é o fim para ele. Então, pelo que eu ouvi ser sussurrado para esse rapaz, o Tiger, ele está planejando substituir o fim dele pelo seu.

— Fale que nem gente. Como assim?

— Estou dizendo que Tiger concordou em armar para você e arrancar todo o seu dinheiro e essa sua aparência de garotinha de escola. Hoje à noite.

— Tem certeza?

— Foi o que escutei. É melhor você dar no pé antes que eles coloquem as mãos em você.

— Está bem. Muito obrigado!

— "Muito obrigado"? É assim que você me agradece? Com todas as informações que ganhou?

— Um minuto. — Bubber pediu desculpas extravagantes para a casa e trocou as fichas por dinheiro. Retornou ao informante que esperava e lhe entregou um dólar. — Aqui... tome uma bebida, gorducho. Até mais.

Amargurado, Red Williams encarou a nota em sua mão.

— Hunf! — grunhiu. — Isso é tudo que esse negro acha que vale a vida dele? — Depois sorriu. — Mas não vai valer nem isso quando Tiger Shade puser as mãos nele. Não, *senhor*.

Bubber tentou escapar daqueles que conspiravam em seu desfavor, saindo ligeiro pelo bar em vez de pelo salão de bilhar, onde aparentemente a trama havia sido planejada. Isso teria sido bem-sucedido se Tiger Shade não tivesse assumido seu lugar na calçada do lado de fora, entre as entradas do salão de bilhar e do bar.

— Ah, olá, Bubber, meu velho — cumprimentou ele, quando Bubber saiu e começou a se afastar rapidamente.

Esse foi talvez o cumprimento menos receptivo que Bubber já ouvira. Respondeu apressadamente e teria seguido em frente, mas Tiger o chamou:

— Ei, espere um minuto... eu vou pelo mesmo caminho. Para que a pressa?

— Tenho um encontro importante e estou atrasado — improvisou Bubber.

Mas no que pareceram três passos largos, Tiger o havia alcançado e estava ao seu lado, pois Tiger Shade era, de longe, o mais alto, mais largo e mais grosso homem do Harlem. Era maior que o oficial Pequeno, um dos companheiros de Bubber na noite anterior... um gigante cuja presença agora teria deixado Bubber muito grato. E o que Tiger tinha de tamanho, tinha de maldade. Sua malícia não era simulada como a de Jinx, não era um mau humor fingido, como uma espécie de mecanismo de defesa. Não, Tiger tinha uma falta de empatia inata. Isso era muito extremo, mesmo para aquelas profissões em que poderia haver sido considerada uma vantagem. Ele poderia ter sido um ótimo boxeador, mas não conseguiria se lembrar de seguir as regras com seriedade. Quando se interessava em apagar um oponente, não via nenhuma objeção em fazer isso com um golpe abaixo da cintura ou estalando sua cabeça para trás com uma das mãos enquanto batia no pomo de adão com a outra. E quando o oponente se dispunha a se deitar, contorcendo ou arquejando de acordo com cada caso, Tiger sempre pensava que os sibilos da multidão eram destinados ao fracote caído.

Portanto, não se levantava no firmamento pugilístico, mas ninguém cruzava seu caminho naquela parte baixa do Harlem por onde ele circulava. Sua reputação era conhecida e seu histórico de destruições era o mais terrível porque era bastante impessoal. Ele agia em combate tão metodicamente quanto uma máquina; era quase tão eficiente quando agia em nome de alguém quanto em seu próprio, e, em nenhum dos casos, jamais exibia qualquer emoção profunda. Na verdade, tinha um leve senso de humor. Por exemplo, uma vez segurara a cabeça de um adversário com a dobra do cotovelo e, com a mão livre, rasgara uma das orelhas do sujeito desafortunado. Era muito dado a pequenas troças; elas o divertiam tanto quanto arrancar as asas de uma mosca entretém um garotinho; mas era quase tão impessoalmente inocente.

Não é muito exato dizer que Tiger andava ao lado de Bubber. Ele andava sobre Bubber, pairando abominavelmente como uma sombra imensa e obstinada. Fazia isso sem qualquer dificuldade, dando um passo para cada três de Bubber; ele planava. Bubber disparava apressado pelo caminho, explicando como o tempo escapara dele e deveria correr, mas não queria ser inconveniente para sua inesperada companhia por seu ritmo tão veloz. Tiger lhe garantiu que o ritmo era tudo, menos exaustivo.

Era por volta da hora na qual o sinal da lua havia aparecido para ele na noite anterior.

— Será que a pessoa se vê quando morre? — perguntou a si mesmo. — Talvez a terceira seja a minha!

— Quê? — questionou Tiger.

— Nada. Só estou pensando em voz alta.

Foi um erro que não cometeu outra vez. Mas o que pensou depois, enquanto os dois prosseguiam na direção sul, ao longo da Quinta Avenida do Harlem, era evidente pelo que fez na sequência.

Só tenho uma chance de me livrar desse negão. E é porque ele não sabe que eu sei o que ele está tramando. Ele não viu Red entrar no salão das cartas e me dar as más notícias. Então o que devo fazer é surpreendê-lo; tenho que ficar aqui na avenida até ter uma chance de desviar em uma esquina e correr para caramba em uma rua lateral. Quando ele perceber o que eu fiz, sem esperar que eu saiba de alguma coisa, vou ter uma vantagem sobre ele. Quando ele olhar, não vai ver nada além das solas dos meus pés. Vou estar correndo tão rápido que ele vai pensar que eu estou me deitando... Mas para que serve correr se não tenho um lugar para chegar? Deixe-me ver. Caramba... já sei! O doutor... bem ali na próxima rua. Já ia me encontrar com ele mesmo, para ver se ele consegue me ajudar com o Jinx. Agora eu tenho que vê-lo. Pernas, para que te quero! E pela graça de Deus não fiquem no caminho uma da outra!

Cruzaram a rua 130. Enquanto subiam o meio-fio e alcançavam a calçada repentinamente, Bubber apontou, com espanto.

— Que noite! Olhe lá! Um acidente! — E, enquanto Tiger Shade inocentemente espiou ao longe, o trapaceiro virou para a direita, tirou o chapéu e voou.

Ele estimara corretamente a reação de Tiger, que havia inclusive subido na calçada antes de perceber que estava sozinho, e Bubber estava nos degraus do médico antes que a perseguição de Tiger estivesse em curso.

Naquele momento, a porta da frente se abria para deixar sair um paciente que tinha ido ver o doutor, mas não o encontrou. O paciente estava de mau humor. Precisava de tratamento para certos arranhões, abrasões e hematomas que sua fisionomia havia sofrido antes que conseguisse conter uma esposa violenta. A esposa decidira seguir certo detetive particular para certa residência na noite anterior e, portanto, pegara seu marido de calça arriada.

O mal-entendido então crescera e se convertera em um enérgico encontro físico naquela manhã; e, apesar de a moça ter sido devidamente contida, ela havia, por assim dizer, deixado sua marca antes. Além do mais, o presente mau humor do paciente tinha aumentado pela dificuldade de encontrar um médico numa manhã de domingo. O dr. Archer fora sua quinta tentativa malsucedida, e ele havia emergido do corredor, onde uma empregada lhe informara que o médico passaria o dia fora, em um estado de raiva reprimida e carrancuda que era a mais rancorosa por ser facialmente dolorido expressar uma careta. De fato, ele estava naquele instante pedindo aos céus que o "bip-bip" do fulano que o colocara nessa fria, para começo de conversa, fosse entregue em suas mãos por apenas sessenta segundos.

Não foi, portanto, coincidência, e sim a eficácia de uma oração honesta que colocou Bubber subindo os degraus justo quando o grande e desapontado cavalheiro virava-se para descer. Havia luz apenas o suficiente antes de a porta se fechar para que um reconhecesse o outro. E isso poderia ter inspirado uma nova filosofia do organismo se algum observador competente estivesse lá para ver como emoções tão completamente diferentes em homens tão completamente dissemelhantes produzia reações tão absolutamente iguais: uma exultação maliciosa por parte do cavalheiro, uma consternação por parte de Bubber, mas uma imobilidade abrupta e total em ambos os casos. Antes que a ação pudesse aliviar a paralisia mútua, Tiger Shade havia chegado.

Naqueles momentos, imbecilidade se torna genialidade. Bubber, consequentemente, tornou-se um super-homem.

— Vamos lá! — gritou para o agitado Tiger. — Aqui está ele... esse é o homem que eu estava perseguindo! Ele pegou meu dinheiro na esquina e correu! Vamos lá, vamos pegá-lo! — Em seguida, lançou-se para cima e derrubou o marido perplexo de joelhos. Tiger, cujo interesse real estava em recuperar o dinheiro, do qual receberia uma parte, hesitou por um momento, fez uma varredura nas escadas e tomou posse do acusado, o qual Bubber prontamente liberou.

Quando a empregada do dr. Archer voltou a abrir a porta para ver do que se tratava o rebuliço repentino, seus olhos espantados contemplaram dois pesos-pesados engajados em uma luta corporal, que acabou enquanto ela observava.

— Entregue tudo. — Ela ouviu o vitorioso, sentado escarranchado sobre o outro, aconselhar.

— Eu não estava em nenhuma esquina! — arfou o desconfortável perdedor. — Estou atrás do tampinha rechonchudo também! Para onde ele foi? Saia de cima! Para que lado ele foi?

— Saiam dos meus degraus, seus bandidos! — gritou a empregada, ultrajada. — Antes que eu chame a polícia. Vão, já! Saiam dos meus degraus!

As repreensões eram desnecessárias. A ausência de Bubber era evidência suficiente de seu estratagema. Tiger cedeu, virando-se bem a tempo de ver o esquivo Bubber entrar na casa bem em frente, do outro lado da rua, e cuidadosamente fechar a porta.

— Ali vai ele! — exclamou. — Vamos lá... vamos pegá-lo!

Apressaram-se para o outro lado da rua, subiram os degraus de arenito vermelho, ainda brigando, e passaram bruscamente pela porta. Tiger, que foi o primeiro, olhou de relance para a escada, a qual o fugitivo ainda não teria conseguido atravessar.

— Ele está em algum lugar aqui embaixo... neste andar. Vamos ver. Dê uma olhada.

Seu novo aliado hesitou.

— Então... você sabe o que é isso?

— O quê?

— Esse lugar é a recepção de uma funerária!

— Por mim, pode até ser o banheiro de uma funerária, vou entrar e procurar esse negão. Ele não vai me passar a perna assim.

Encontraram os cômodos do agente funerário Crouch convidativamente acessíveis e, ao que parecia, vazios. Entraram na recepção e pararam. Havia uma leve fragrância de funeral no ar, e uma quietude estranha e não natural sobre toda aquela imediaticidade continha seus movimentos em cauteloso andar nas pontas dos pés e suas vozes em murmúrios sussurrados.

— Não sou louco de procurar ninguém aqui — anunciou o marido.

— E você está com medo do quê? — perguntou Tiger. — Gente morta não causa problema.

— Não causam problema para mim... Não chego muito perto deles.

— Bom... você está vendo algum morto?

— Não olhei. O primeiro que eu vir, desejo boa-noite para vocês dois.

— Achei que você queria pegá-lo!

— Pegá-lo? Em um lugar assim, não pegaria nem que fossem dois dele. Minha mente não focaria no que eu estivesse fazendo.

— Bom, eu vou me acertar com ele hoje à noite. Ele está com oitenta pratas da grana do meu amigo. Se escapulir de mim hoje, a grana já era.

— E se eu escutar algum barulho estranho, eu que vou escapulir.

— Qual é? Vamos olhar lá nos fundos.

— Pode ir... Eu espero aqui.

— Ele é espertinho... É melhor nós dois nos mobilizarmos para encontrá-lo.

— Está bem. Vou seguindo você. Mas não vou deixar nada ficar entre mim e a porta.

— Você a deixou aberta?

— Claro que sim.

As palavras mal saíram de sua boca quando eles ouviram a porta gentilmente se fechar.

— É o vento — explicou Tiger Shade.

— Ah, é?

— E o que mais seria?

— O espírito de São Luís, até onde sei.

— Vamos lá.

— O que você está esperando?

— Vamos lá.

— Está bem, pode ir. Se você se virar e não me encontrar, vai saber que perdi a vontade.

Sem muita animação, Tiger começou a andar, seguindo com certa relutância. Várias palmeiras pousavam presunçosas e imóveis ao longo das paredes, e os dois as olhavam desconfiados enquanto passavam por elas. Chegaram a um amplo corredor no cômodo dos fundos sem notar nenhuma evidência de sua presa. O cômodo estava escuro, exceto pela obscura iluminação que chegava da fraca luz da recepção. Lado a lado, o marido espiando ao redor de Tiger, que era mais ousado, com os olhos bem abertos tentando inutilmente discernir o interior do cômodo, os dois pararam no limiar.

Ocorreu aos dois tatear um interruptor na parede ao lado da porta e, enquanto ainda encaravam as sombras, tatearam simultaneamente. O contato com um fio desencapado não poderia dar a nenhum deles um choque mais potente que o que tomaram no inesperado contato entre as mãos. Por um momento de paralisia, os dedos de ambos ficaram colados como se estivessem em um objeto eletrificado, o qual, uma vez agarrado, não poderia ser solto. Então, o marido tirou a mão, girou e deu uma primeira pernada em fuga. Apenas a primeira. Tiger, também tendo girado, estava tão perto dele que conseguira segurá-lo por trás, e seu camarada, sem saber o que lhe havia agarrado, deu um gemido rouco, escorregou e se esparramou no chão de madeira polida.

— Ei, seu idiota — resmungou Tiger, recuperado e com o controle de si outra vez, mas visivelmente dispneico. — Sou só eu. Pare com essa palhaçada.

— Eu senti uma mão humana! — sussurrou o outro, levantando-se encabulado.

— Bom... E eu não pareço humano?

— Foi você? Hum... bem... É, você parece mesmo um humano. Mas se me segurar outra vez, vou sair correndo, e você não vai mais parecer humano pra mim. Vai parecer que está montado em um novilho selvagem.

— Deixe disso. Ele está escondido aqui.

— Por algum motivo, perdi o interesse nesse sujeito.

Naquele instante, um som curioso chegou aos ouvidos deles.

— O que é *isso*?

Estava estranhamente perto... um coro distinto de vozes cantando. Até as palavras da canção poderiam ser facilmente reconhecidas:

Eu nasci para morrer?
Ah, eu nasci para morrer?
Senhor, eu nasci para morrer...
Para deixar esse corpo cair?[*]

— Que tipo de casa é essa?

Toda a tranquilidade de Tiger se esgotava rapidamente.

---

[*] No original: *Am I born to die? / Oh, am I born to die? / Lord, am I born to die / To lay this body down?*

— Não consegue pensar em nenhuma resposta? É o rádio de alguém.

Numa dessas manhãs, clara e brilhante,
Deixe esse corpo cair...
Vou abrir minhas asas e provar o ar,
Deixe esse corpo cair...
Senhor, eu nasci para morrer?*

— Nenhum rádio jamais soou assim. Com certeza são vozes, e elas estão aqui nessa casa.

Ah, eu nasci para morrer
Para deixar esse corpo cair?**

— Eu, não.

— Escute — disse Tiger. — É só um rádio. Vamos dar mais uma olhada no lugar. Ele tem que estar aqui. Se conseguiu entrar ali, nós também conseguimos.

— Está bem. Mas nada de me segurar.

Outra vez, o mais próximos possível e em total silêncio, avançaram para a porta do cômodo dos fundos.

— Por que você não tenta acender a luz de novo?

— Espere. Vou riscar um fósforo. — Tiger fez isso sem nenhum dedo estável. Por seu clarão tremulante, frágil e amarelo, dois pares de olhos dilatados investigaram o que podia ser visto no cômodo: uma mesa comprida do lado direito, no canto dos fundos; duas janelas na parede de trás; uma cadeira ou duas e...

---

* No original: *One of these mornings bright and fair, / Lay this body down / Going to take my wings and try the air, / Lay this body down / Lord am I born to die?*
** No original: *I born to die / To lay this body down?*

— Deus tenha misericórdia... Olhe lá longe!

Mas Tiger não precisava de tal repreensão... Estava olhando com cem por cento de sua visão. Ao longo da parede da esquerda, estendia-se uma mesa comprida, sobre a qual, coberta por um lençol, estava uma inconfundível forma humana.

O fósforo se apagou.

O par ficou cataléptico, seus olhos fixos no corpo cuja vista permaneceu vaga, mas positivamente visível, mesmo nas sombras. Antes que o choque passasse, uma coisa misteriosa, uma coisa terrível aconteceu, prendendo-os rapidamente em um horrorizado momento de fascinação: devagar, a forma branca se moveu nas sombras, pareceu mudar de formato, levantar-se e se alargar como vapor. No momento em que seus globos oculares pareciam prestes a estourar, as vozes cantantes voltaram com aquela pergunta perturbadora:

— *Eu nasci para morrer?*

A paralisia espasmódica de ambos se converteu em convulsões.

— Aqui, não! — arfou o marido e, dessa vez, Tiger Shade não o ultrapassou até chegarem à calçada, na base dos degraus de entrada, em direções opostas, para ter mais luz.

Bubber, agora sentado ereto na borda da mesa, deixou o lençol de lado e se levantou com um suspiro aliviado.

— Frimbo não é melhor que eu — disse ele. — Se isso não é voltar dos mortos, o que é?

Mas o coral de vozes o estava perturbando tanto quanto aos seus perseguidores. Quando deu tempo para os dois homens se afastarem a uma distância segura, decidiu investigar a canção.

— Melhor descobrir tudo que posso sobre esse necrotério. Para que lado...?

Escutou. Moveu-se em direção à porta que levava do cômodo para os fundos da varanda do primeiro andar. No topo da escada que levava para o porão no nível inferior, viu uma luz vindo de baixo e percebeu que o som provinha daquela direção. A cantoria havia parado. Bem sobre sua cabeça, no lance acima, leves passos podiam ser claramente ouvidos. Esperou, escutou. Em pouco tempo, a porta da frente se fechou.

— Será que foi o criado saindo?

Entretanto, era tarde demais para tentar segui-lo, por isso prosseguiu em sua investigação. A cantoria havia parado. Bubber continuou a descer as escadas tão silenciosamente quanto possível. No salão abaixo, o qual correspondia ao cômodo acima, parou e escutou outra vez. A luz que havia visto vinha de uma porta que estava apenas parcialmente aberta; o gatuno não podia enxergar o que havia ao redor sem se aproximar bastante, mas escutou sons significativos.

— Tem alguém aqui que não espera apertar minha mão lá em cima na glória? — dizia uma profunda voz evangélica.

— Não! — gritaram várias vozes.

— O espírito do Senhor esteve aqui hoje à noite!

— Esteve! — concordou o coro.

— Vocês sentiram?

— Sentimos!

— Mexeu com a alma de vocês?

— Sim, Jesus!

— Levou vocês para o bom caminho?

— Sim, com certeza. Amém, irmão!

— Tudo bem, então. Agora vamos começar a coleta.

Silêncio abrupto e unânime.

Bubber deu um amplo sorriso no salão do lado de fora.

— Reunião de igreja... e está quase acabando.

Ele estava certo. Alguns dos membros do pequeno grupo que evidentemente usava a sala de reuniões de Crouch aos domingos já estavam indo em direção à porta do salão, a caminho das libertadoras manifestações da presença divina fora das portas. Para não chamar atenção, Bubber se retirou para os fundos do salão e se encontrou no topo da escada para o porão. Ocorreu-lhe que a inspeção poderia também incluir o porão, já que isso daria tempo aos ocupantes da sala de reuniões de fazer a coleta e partir. Depois, poderia voltar e investigar aquele andar.

Em suas andanças naquele dia, havia obtido uma lanterna de bolso barata, em imitação ao médico e ao detetive, que haviam considerado tais aparelhos tão úteis na noite anterior. Ele a pegou e apontou o facho de luz para a parte de baixo da escada do porão. Tinha que proceder com cautela, pois aquela escada não estava tão firme quanto as de cima; mas logo chegou ao cômodo da fornalha abaixo do nível da calçada e seu pequeno lápis de luz traçou os objetos que seus predecessores haviam observado na noite anterior; a fornalha, o cesto de carvão, a quinquilharia sem importância sobre o chão, a pilha de troncos, caixas e barris na frente. Viu a luz pendente no centro, mas não foi possível acendê-la, já que o interruptor ficava no topo da escada, por onde já havia passado.

Então avançou inquisitivamente em direção à pilha de objetos à sua frente. Alguns minutos xeretando não revelaram nada instigante, e então percebeu que os sons de pés se arrastando que ouvia por acaso haviam parado.

Estava prestes a abandonar o porão, cuja umidade fria estava começando a tocá-lo, quando, sem aviso, a lâmpada central se acendeu. Fraca como era, seu efeito foi surpreendentemente extremo, e Bubber se sentiu, por um momento, aprisionado e indefeso. Recobrou o suficiente de seu juízo para se agachar entre as sombras dos objetos ao redor e aos poucos compreendeu que não havia mais ninguém ali. Aguardou por passos na escadaria. Não houve nenhum. No momento em que a curiosidade teria ultrapassado um bom julgamento, escutou um som que vinha além da escada, em direção à distante parede dos fundos. Com cautela, olhando ao redor do canto de um engradado, viu uma figura emergir da escuridão. A figura se aproximou do pé da escada, e Bubber viu que era Frimbo, sem turbante e com um roupão preto. Frimbo cuidadosa e silenciosamente subiu os degraus; ouviu-se o som de um parafuso deslizando; depois ele desceu outra vez.

Por sorte, a proteção de Bubber, naquele instante, não era tão instável quanto um baú em pé, pois estava bastante desconcentrado de tudo, exceto dos movimentos do estranho homem. E eram muito curiosos. Frimbo desapareceu outra vez nas sombras, depois reemergiu com um pacote nos braços. Posicionou-o a alguns metros de si e na frente da fornalha, que ficava contra a parede da esquerda e virada em direção ao centro. O pacote descansava, portanto, diretamente sob a lâmpada, e Bubber viu que sua embalagem tinha uma aparência engordurada, como se óleo tivesse pingado no conteúdo. Frimbo foi até a porta da fornalha e a abriu ao máximo. O vermelho do carvão reluzente deu ao seu belo rosto um brilho, contrastando estranhamente com a luz amarela às suas costas. Pegou uma pá com um cabo comprido ao lado da fornalha e, ao retornar, levantou o pacote com ela, reaproximou-se da porta aberta e o empurrou para dentro. A ignição foi instantânea, as chamas irromperam da abertura antes de Frimbo fechá-la. Então, reposicionou pá, voltou a subir as escadas, desaparafusou a porta no topo, voltou para baixo e desapareceu na escuridão dos fundos. Houve um som suave como o que anunciara a aparição de Frimbo e, um momento depois, a luz central se apagou.

De todas as perguntas desconcertantes que atravessaram a mente de Bubber naquele instante, a mais curiosa era, com toda a certeza: "O que ele está queimando?". Por um longo tempo, talvez meia hora, o espião permaneceu onde estava, temendo se mover. Por fim, o imperioso impulso de olhar dentro da fornalha e confiar na Providência para escapar, se necessário, o moveu para fora de seu refúgio em direção ao fogo.

A cada um ou dois passos, parava para garantir que não havia nenhum ruído. Estava claro que Frimbo tinha formas de transitar pela casa além das escadas, e era provável que não voltaria ao porão sem acender a lâmpada por meio de qualquer conexão distante por ele planejada. Mas Bubber teve que se tranquilizar de algum modo em relação à misteriosa rota de aproximação antes de satisfazer sua maior curiosidade. Invadiu o território por onde Frimbo havia partido e não descobriu nenhuma saída comum. Não havia nenhuma porta no porão que levasse ao quintal dos fundos; as paredes eram de cimento sólido. Tudo o que encontrou foi a base de um poço de elevador de comida; e seu pequeno feixe de luz, diretamente sobre o canal, era suficiente para revelar, alguns metros acima, as engrenagens penduradas e cordas rompidas que atestavam a inutilidade do dispositivo.

Em um estado de espírito que as sombras sobre ele não fizeram nada para aliviar, rapidamente retornou à fornalha e abriu a porta. O que quer que Frimbo tivesse usado para acelerar a combustão já reduzira o pacote a algo com um frágil aspecto carbonizado; suas partes mais suscetíveis já haviam parado de arder e o restante se desintegrava como vestígios de uma casa de madeira que pegou fogo. Guardando a lanterna no bolso e trabalhando com a iluminação do carvão, Bubber pegou a pá e, com o mínimo de barulho possível, recuperou parte do que havia sido enviado às chamas. Posicionou seus achados, com a pá e tudo, no chão, fechou a fornalha e examinou o conteúdo com a lanterna. Naquele momento, estava tão determinado que seria fácil aproximar-

-se e pegá-lo desprevenido. Mas o conteúdo da pá, de onde o brilho já havia se dissipado, não apresentou nada suscetível aos conhecimentos de Bubber; seu olhar confuso apenas revelou que ele deveria encaminhar aquela descoberta para uma inspeção mais especializada.

Não demorou muito a encontrar uma caixa de madeira onde poderia depositar o que havia recuperado. Feito isso, reposicionou a pá ao lado da fornalha e, com a caixa sob um braço, silenciosamente subiu as escadas. O andar estava escuro. Não parou para investigar ali naquele momento, mas, como teve sucesso em sair pela porta da frente, sem se demorar, correu pela rua até a casa do dr. Archer e, não menos agitado que 24 horas antes, tocou a campainha.

Outra vez, o próprio médico atendeu à invocação.

— Olá, Brown! O que houve?

— Eu descobri uma coisa!

— Nessa caixa? O que é?

— O senhor que tem que responder isso, seu doutor. Como eu queria saber!

— Vamos entrar.

No calor e na claridade do consultório do médico, Bubber relatou o que havia visto e feito. Enquanto isso, o médico examinava o conteúdo da caixa em sua mesa, tocando-o com um comprido abridor de cartas. Subitamente, parou e, então, muito gentilmente, retornou. Grande parte do que tocava desmoronava, seco. Por fim, olhou para cima.

— Devo dizer que você encontrou algo.

— O que é, seu doutor?

— Por quanto tempo você disse que isso queimou?

— Mais ou menos meia hora. Levei todo esse tempo para tomar a decisão se a pegava ou não.

— Tem certeza de que não queimou por mais tempo?

— Enquanto eu xeretava e esperava ser pego a qualquer momento? Não, *senhor*. Se foi meia hora, essa meia hora já foi tempo demais.

— Ardeu bem na hora em que ele colocou isso na fornalha?

— Ardeu, sim. Parecia que estava prestes a explodir.

— Agora me deixe ver. Como ele poderia ter tratado pele humana de modo que fosse tão rapidamente destruída pelo fogo? — refletiu, aparentemente se esquecendo da presença de Bubber. — O álcool teria desidratado, se ele conseguisse infiltrar muito bem nos tecidos. Ele poderia fazer isso injetando pelas jugulares e carótidas. Mas o álcool evaporaria... isso explicaria a rápida oxidação. Gordura? Ah, já sei! Ele injetou algum óleo inflamável... querosene, provavelmente. Claro. Hum... mas que figura!

— O doutor se importaria de me explicar sobre o que está falando?

— Você tem ideia do que é essa coisa?

— Não, senhor.

— É o que sobrou de uma cabeça humana, pescoço e ombros, carne que cozinhou demais.

— Mas será possível?

— Com certeza. A dimensão da destruição foi aumentada pelo tratamento dos tecidos mortos com substâncias que rapidamente reduziram a quantidade de água e aumentaram a inflamabilidade. Talvez álcool e querosene... Talvez químicos ainda mais potentes... Não importa.

Parou de mexer e gentilmente levantou da caixa cinzas irregulares, rígidas e frágeis. Ele a posicionou com extremo cuidado em um pedaço de papel branco sobre a mesa.

— Essa é a "evidência A". Percebe alguma coisa? Não, não toque... Está muito quebradiça e não podemos perder. O que você...

— Aquilo não são dentes? — Bubber apontou para três pequenos caroços nas cinzas.

— São. E aparentemente os únicos que não caíram por aí. Acredito que possamos usá-los. Além do mais, essas cinzas representam partes de dois ossos: o maxilar, no qual os dentes superiores se encaixam, e o esfenoide, que se junta mais ou menos nesse ponto.

— Não me diga? — pasmou-se Bubber.

— Digo. Digo mesmo. E digo mais: a presença do esfenoide, ou a maior parte dele, em um estado relativamente livre assim prova que o dono deixou esse mundo. Nesse osso, em vida, fica parte considerável do cérebro.

— E digamos um sujeito sem cérebro, como o Jinx?

— Mesmo o Jinx não sobreviveria sem o esfenoide. Então você entende que, nesse pequeno pedaço, fruto do crematório, temos uma evidência considerável. Temos a prova de uma morte. Entendeu?

— Ah, claro que entendi.

— E pode ser que a gente tenha uma forma de identificar o corpo.

— Bom, essa parte não está muito clara.

— Logo, logo vamos esclarecer tudo. E finalmente, temos seu depoimento do fato de que Frimbo estava destruindo esse material.

— Hum... A coisa não está muito bonita para o sr. Frimbo, não é?

— Graças à sua descoberta, não, não está.

— Isso vai ajudar Jinx?

— É possível. É até provável. Mas o caso contra Frimbo ainda não está completo, mesmo com isso.

— Ah, não? Do que mais o senhor precisa?

— Pode ser importante saber quem foi assassinado, não acha?

— É mesmo. Quem foi?

— Ainda não sei. Talvez ninguém. Estes podem ser os restos mortais de um velho cadáver que ele estava dissecando... vai saber? É isso que temos que descobrir. E precisamos descobrir mais uma coisa: a motivação. Não só quem Frimbo matou, se é que matou, mas por quê.

— Por que acha isso?

— Isso pode ser um ponto difícil de explicar para você, sr. Brown, tão tarde da noite. Mas vou lhe contar outra coisa. Veja bem, enquanto você estava vasculhando nas profundezas do porão do Frimbo, eu estava vasculhando nas profundezas da minha mente.

— Espero que não esteja tão lotado de lixo quanto aquele porão estava.

— Tem um pouco de sujeira, não vou negar. Mas o que abriga agora é a crescente convicção de que Frimbo é paranoico.

— Para... o quê?

— Paranoico.

— Esse sujeito! Devia ter vergonha dele mesmo, não é?

— E então, se o senhor não se importar de deixar essa preciosa pista em minhas mãos, vou gastar um pouco de tempo e energia agora refrescando minha mente em tendências homicidas em paranoia, um dos sintomas mais frequentes, se não me engano.

— Era nisso mesmo que eu estava pensando — concordou Bubber. — Bom, amanhã vou voltar aqui, doutor. Estava vindo hoje à noite, mas acabei me desviando. Fiquei pensando se senhor poderia me dizer como ajudar o Jinx.

— Se isso significa alguma coisa — o médico sorriu, apontando para a evidência —, a melhor coisa que você pode fazer pelo Jinx é se desviar outra vez.

Bubber pensou nos episódios do dia, deu um amplo sorriso e balançou a cabeça.

— Ai... ai... — Fez uma objeção decidida: — Não vale a pena, doutor.

CAPÍTULO 21

— A esse respeito, Frimbo me chamaria de místico — confessou o dr. Archer ao detetive Dart, sentado à sua frente do outro lado de sua mesa na manhã seguinte. — Tenho fé implícita em algo que não posso provar.

— É segredo?

— É, mas vou lhe contar. Acredito que o corpo do qual esses humildes restos são ampla evidência é o mesmo que declarei morto na noite de sábado.

— Eu não teria nenhuma dúvida sobre isso.

— E não tenho. Esse é o mistério. Não tenho nenhuma dúvida em minha mente, mas ainda não consegui provar isso. Apenas tenho dado corda a uma forte suspeita: alguém é morto, o corpo desaparece. Frimbo ressurge dizendo que é o corpo. Ele está mentindo, como nosso pequeno teste sanguíneo provou, e depois ele é visto destruindo partes de um corpo. Esse pode ser outro corpo, mas sou um verdadeiro místico para acreditar nisso. Fico satisfeito em presumir que seja o mesmo.

— Você sabe muito bem que é o mesmo — disse o prático Dart.

— Não vamos discutir esse tópico. — O dr. Archer sorriu. — Considerando que seja o mesmo, existem motivos para Frimbo destruir um homem assassinado.

— Proteção.

— Uma possibilidade onipresente. A vítima foi mandada direto para o além ou pelo próprio Frimbo ou por alguém mancomunado com ele, a quem Frimbo está tentando proteger. É. Mas você se lembra de que chegamos às mesmas conclusões sobre Jinx Jenkins?

— Bem... por pior que isso pareça para o feiticeiro, não retira a evidência contra Jenkins. O lenço poderia ser explicado, mas o taco... e o jeito como ele tentou fugir quando as luzes se apagaram...

— Muito bem. Mas também não elimina a existência de uma rixa entre os dois reis dos jogos, Spencer e Brandon, que resultou no infeliz sacrifício daquele apostador ontem. Pessoalmente, não presto mais atenção nisso do que nos delírios de Doty Hicks.

— Eu, pessoalmente, presto atenção nessas duas coisas. Suspeito de todos até que os fatos os liberem. E ainda acho que a conclusão pode ser bem simples. Para que complicar? Hicks ou Brandon, um pela superstição, outro pela ganância, qualquer um pode ter contratado Jenkins para fazer o serviço. Jenkins, por algum motivo, não pegou Frimbo, mas pegou... É isso. Já entendi... Ele pegou o criado do Frimbo! Esse é o nosso cadáver. O criado!

O médico fez uma objeção.

— A inspiração tem seus defeitos. Lembre-se: o criado conduziu Jenkins até a entrada da sala de consulta. Jenkins entrou. A vítima já estava esperando na cadeira. O criado teria delicadamente corrido pelo corredor e assumido a posição para que Jenkins pudesse matá-lo? Isso seria de fato simples... muito simples.

— Bem, talvez eu seja preconceituoso, mas...

— Você é, porque isso não é tudo o que ignora. Por que Frimbo alegaria ser a vítima se o que você sugere é verdade? Por que destruiria o corpo de seu criado? Era de imaginar que ele preferiria encontrar e punir o assassino.

— Tudo bem, doutor. Você pode falar mais que eu. Então, nos dê as respostas.

— Só estou na metade do problema. Mas ontem à noite tive uma entrevista interessante com o cavalheiro. E estou razoavelmente seguro de que ele é um tremendo de um paranoico.

— Que coisa! Se ele fosse um maçom ou da fraternidade dos Odd Fellows...

— Um paranoico é um tipo especial de louco.

— Bem, agora está ficando bom. O que tem de especial nesse tipo de louco?

— Primeiro, ele tem uma mente extremamente brilhante. Um brilhantismo chamativo.

— O passarinho é bem esperto, isso, sim.

— Não faz nem ideia. Deveria vê-lo amarrando você em nós mentais como fez comigo. Outra coisa: ele tem alguns problemas... alguma experiência malsucedida, desajustamento, algo assim, que o faz acreditar que o mundo está contra ele. Desenvolveu mania de perseguição. Frimbo escondeu bem isso, mas aparece de vez em quando. Veio para os Estados Unidos e teve dificuldade para entrar na faculdade. Sentiu que era algo pessoal, atribuiu isso à sua cor.

— E como isso é paranoia?

— A paranoia é que muitos alunos da mesma cor, mas com uma preparação formal mais satisfatória, não tiveram tal dificuldade. Muitos da mesma cor com preparação insatisfatória não chegam à mesma conclusão. Além disso, muitos *sem* sua generosa herança de pigmentação e com preparação insatisfatória têm a mesma dificuldade e não chegam à mesma conclusão.

— Chame de paranoia, se quiser...

— Obrigado. Agora seu paranoico não poderia viver se algo não compensasse aquela condenação atormentadora. Então ele desenvolveu outra paranoia para balancear. Ele diz: "Bem, já que tenho sido tão perseguido, devo ser muito bom". Ele desenvolve uma mania de grandeza.

— Conheço um bando de paranoicos assim.

— Eu também. Mas não conhece ninguém com o tipo de mania de grandeza que Frimbo tem. É a coisa mais curiosa... e mesmo assim perfeita para o caso. Veja, a primeira reação dele para a ideia de perseguição foi se enfiar nos estudos. Ficou submerso na filosofia determinista.

— E o que é isso?

— A doutrina de que tudo, físico e mental, é inevitavelmente resultado de uma causa anterior. Bem, Frimbo aceitou a lógica evidente dessa filosofia e isso moldou sua peculiar mania de grandeza. Ele disse: "É, tudo é determinado... a natureza, a vontade de um homem, suas decisões, suas escolhas... Tudo é subproduto de seus antecedentes. Essa é a ordem de nossa existência. *Mas eu... Frimbo... sou uma criatura de outra ordem.* Posso sair da ordem dessa existência e me tornar, com respeito a isso, um agente livre, independente dela, e mesmo assim capaz de agir nela, lendo o passado e o presente e modificando o futuro. A perseguição não pode me tocar... estou acima disso". Entende, Dart? Isso significa algo para você?

— Coisa nenhuma. Mas não precisa significar. Pode continuar.

— Bem, aí é que está... Ainda é paranoia. Mas quando se torna tão ruim, como no caso do Frimbo, fica perigosa. Fica homicida. Ou a primeira mania os move para eliminar seus supostos perseguidores, ou a segunda gera um certo conceito por seus inferiores que vai fazê-los removê-los por qualquer motivo.

— Credo! Que gente ótima para andar do lado no metrô. Tem certeza sobre esse sujeito?

— Razoavelmente. Vou voltar lá para buscar mais evidências hoje.

— Para que ele possa eliminá-lo?

— Pouco provável. Acho que ele gosta de mim. Esse é outro sintoma... Suas decisões são rápidas. Eles confiam em certas pessoas tão rapidamente quanto repudiam outras. Parece que ele confia em mim. Algo que eu disse ou fiz sábado à noite interessou a ele. Por isso, me aceitou na hora, me convidou para voltar... me recebeu... trocou confidências comigo. Nenhuma mente normal em circunstâncias similares teria feito algo assim.

— Bem... tome cuidado. Não me importo com loucos quando eles estão loucos. Mas, quando são tão espertos assim, podem ser venenosos.

— Não se preocupe. Conheço antídotos.

Após uma pausa, Dart indagou:

— Mas quem foi que ele matou?

— Está perguntando quem morreu? A gente só supôs que era o Frimbo...

— Quer dizer, quem era o passarinho no sofá?

— Ainda está com aquela ponte removível no bolso?

— Claro. Aqui está. O que tem ela?

— Não ouso esperar nada. Mas vamos ver.

Pegou o pequeno objeto. Os dois dentes estavam posicionados em uma resina tingida para se assemelhar a gengivas e seus pequenos grampos de ouro se estendiam de cada lado para segurar os dentes mais próximos da fenda que ela ligava.

— Olha! — O médico apontou para os três dentes no carvão de osso que ainda estava sobre o pedaço de papel branco. — Pré-molar superior esquerdo, duas lacunas e dois molares. Isso significa que são o primeiro pré-molar e o segundo e o terceiro molares. Agora essa ponte. Segundo pré--molar e primeiro molar. Entendeu?

— Você nunca fala minha língua?

— A lacuna, Dart, meu velho, corresponde à ponte.

— É... mas você mesmo disse que isso não prova nada. Tem que encaixar. Um encaixe perfeito.

— Ah, mas você é pouco otimista. Bem, então vejamos. Ore para que não quebremos a evidência tentando conseguir um encaixe perfeito. — Com dedos hábeis e gentis, o médico colocou os grampos da ponte em contato com os contrafortes das cinzas e, com o máximo de cuidado, os apoiou no lugar, um milímetro por vez. Então deu um suspiro.

— Aí está, seu cético. As gengivas já se perderam, é claro, mas a distância entre os dentes foi mantida, graças ao alto ponto de fusão dos sais de cálcio. Estou sendo claro?

— Está, sim, mas as aparências enganam.

— Aqui tem uma em que você pode confiar. Descubra de quem é essa ponte e saberá, dizendo bem literalmente, quem levou a pior no sábado à noite.

Dart se aproximou da ponte.

— Com cuidado, caro amigo — alertou o médico. — Esse é seu caso... talvez. E deixe no lugar.

— Provavelmente — observou o detetive —, há umas três mil dessas coisas sendo feitas todo dia nessa vila. E você só quer que eu encontre o dono dessas.

— Só isso. Vai ser fácil. Visite um dentista...

— Eu sei... duas vezes por ano. Que horas o doutor volta aqui?

— Às quatro. E traga aquele taco.

— Certo. A gente se vê mais tarde... se Frimbo deixá-lo inteiro.

Com a pista repousando como uma joia sobre o macio algodão em uma caixa de madeira, o detetive Dart procurou um certo dr. Chisholm Dell, conhecido por seus amigos, incluindo Perry Dart, como Chizzy. Chizzy era um rapaz de tez escura, compleição robusta e um bom humor infalível, cujo consultório na Sétima Avenida se tornara um ponto de encontro para a maior parte da juventude do Harlem matar o tempo: ex-alunos, rapazes de confiança, agentes de seguro, promotores e outros vigaristas confessos. A presença ocasional de uma bela dançarina do Connie's ou do Cotton Club, supostamente uma paciente aguardando sua vez, mantinha os rapazes esperançosamente na sala de esperas de Chizzy.

O detetive Dart, entretanto, não fora enganado e se ergueu prontamente quando Chizzy, em uma túnica branca, saiu de sua sala de cirurgia.

— O senhor poderia dar um minutinho para a justiça?

— Eu não poderia dar nada para ninguém agora — sorriu Chizzy. — Mas empresto um. Entre aqui.

Dart obedeceu. Mostrou a evidência.

— Dê uma olhada.

— O que é isso? — exclamou Chizzy depois de observar.

Dart explicou, acrescentando:

— Pelo que sei, essa ponte é um meio bastante preciso para uma identificação. É verdade?

— Estou na profissão há dez anos e nunca vi duas exatamente iguais — afirmou Chizzy.

— Ótimo. Agora, existe alguma forma de dizer a quem ela pertenceu?

— Claro. De quem é o osso?

— Sem piadas. Eu pediria ajuda se soubesse?

Chizzy considerou.

— Bem... é possível limitar. E posso lhe dizer outra coisa.

— O quê?

— Essa ponte tem menos de dois meses de uso.

— É?

— Está vendo essa parte aqui que parece com gengivas?

— Isso é o que parece?

— É. É uma nova resina chamada *deckalite*. Um produto lançado há apenas dois meses. Eu mesmo ainda não usei.

— Conhece alguém no Harlem que possa ter usado?

— Quando se limita ao Harlem, fica fácil. O senhor sabe se foi feito no Harlem?

— Não, mas foi feito para um morador do Harlem. É provável que ele tenha ido a um dentista local.

— Duvido disso. Não vejo um paciente há tanto tempo que acredito que todos os moradores devem estar indo até o Brooklyn tratar os dentes. Mas, se ele foi mesmo a um dentista do Harlem, fica fácil.

— Vamos logo!

— Bem, só existem dois protéticos por aqui que poderiam manusear *deckalite*. Como é um produto recente, precisa de uma técnica especial. Nenhum dos dentistas comuns conhecem, tenho certeza. Quem quer que seu amigo tenha visitado, faria uma moldagem e enviaria a um desses dois homens para a produção. Tudo o que o senhor precisa fazer é ir até esses dois protéticos, descobrir para qual dentista ele fez superiores com *deckalite,* voltar até o referido dentista e rastrear essa ponte em particular.

— Perfeito — disse Dart. — Os dois nomes e endereços, por favor.

Chizzy cooperou.

— O senhor os encontrará sentados com os queixos sobre as mãos, desejando ter algo para fazer.

— Obrigado, Chizzy. Se você não tivesse uma cara engraçada para caramba, eu lhe daria um beijo.

— É só isso que impede o senhor? — questionou Chizzy, mas Dart já estava batendo a porta de saída às suas costas.

— Venha até meu laboratório, doutor. — Frimbo convidou o dr. Archer. — Fico feliz que tenha conseguido retornar, porque, se não lembra, prometi demonstrar um pequeno experimento. Vejamos. Dessa vez trouxe sua maleta, correto? Ótimo. O senhor tem alguma gaze?

Dr. Archer apresentou o item solicitado e o entregou. Frimbo o removeu do pequeno envelope de papel que o mantinha seco e esterilizado e o colocou em um béquer de vidro selado. Então, enrolou a manga esquerda de seu robe, o mesmo que usara na noite anterior.

— Doutor, por favor, tire alguns centímetros cúbicos de sangue. Coloque um pouco naquele pequeno tubo de ensaio, que contém um cristal de citrato de sódio para impedir a coagulação e o restante no tubo vazio ao lado. O senhor vai achar isso interessante, tenho certeza.

O médico aplicou um torniquete, pegou uma seringa, molhou com álcool uma veia dilatada no antebraço de Frimbo e obedeceu às instruções. Frimbo, com a remoção do torniquete, apertou por um momento a esponja de algodão no ponto da perfuração, depois a descartou e abaixou a manga.

— Agora, doutor, esses são meus glóbulos vermelhos, não são? — Indicou o primeiro tubo. — E, em um instante, devemos ter um pouco do meu soro nesse outro tubo, assim que o sangue coagular.

Esperaram o processo em silêncio.

— Ótimo. Agora, vou usar seu curativo esterilizado e colocar um pouco do meu soro nele. De modo geral, agora, esse curativo poderia ter limpado o sangue de um ferimento em alguma parte do meu corpo... exceto que sobre ele há apenas soro em vez de todo o sangue. Um simples atalho para minha pequena demonstração. Vou devolver o curativo para o béquer e adicionar alguns centímetros cúbicos de água destilada dessa garrafa. Então, removerei o curativo, deixando, portanto, o senhor vai ver, uma amostra diluída do meu soro no béquer.

— Sim — disse o dr. Archer, pensativo.

— Agora, desse lado, com essa alça calibrada, coloco uma gota do meu soro diluído. — Ele enfatizava a palavra "meu" sempre que a proferia. — E, então, misturo com uma alça cheia de meus glóbulos vermelhos. Agora. O senhor pode observar com o microscópio, aqui, e ver o que acontece?

O médico colocou a lâmina na platina do microscópio, ajustou o instrumento e olhou longa e atentamente. Por fim, olhou para cima. Estava obviamente espantado.

— Aparentemente, seu soro aglutina as próprias células. Isso é impossível. Uma parte de seu sangue não poderia destruir outra... e você permanecer vivo.

— Talvez eu esteja morto — murmurou Frimbo. — Mas há uma explicação bem mais simples: seus curativos são tratados com algum tipo de material hostil aos glóbulos vermelhos. Em um procedimento como esse, no qual o soro deve ser removido do curativo com água, esse material hostil também é. E é esse material o responsável pelo fenômeno que geralmente atribuímos a um soro hostil. Vamos provar isso.

Logo depois, repetiu o experimento, descartando o curativo e usando uma diluição de seu soro, feita diretamente em outro tubo de ensaio. Desta vez, o microscópio não revelou nenhum agrupamento de glóbulos vermelhos.

— Viu só? — disse o africano.

O médico olhou para ele.

— Por que o senhor me mostrou isso? — perguntou.

— Porque eu não queria que o senhor interpretasse falsamente quaisquer observações que pode ter feito em suas investigações sobre aquela noite.

— Obrigado — respondeu o dr. Archer. — E posso dizer que o senhor é a pessoa mais notável que já conheci na vida.

— Sou notável também por minha falta de modéstia. — Sorriu o outro. — Devo concordar com o senhor. Mas me diga. O que achou do meu pequeno laboratório?

— Ele certamente revela uma combinação incomum de interesses. Biologia, Química, eletricidade...

— A eletricidade é, para mim, uma mera conveniência. A Bioquímica é vital para minha existência.

— Aquilo ali não é um televisor?

— Isso. Eu que fiz.

— Pequeno, não?

— Nisto reside sua única originalidade.

— Espero que perdoe minha curiosidade, mas o senhor me demonstrou, de algum modo, confiança em mim, e por isso se eu ultrapassar um limite, me perdoe. Mas o senhor parece tão absorto em buscas mais ou menos sérias... O doutor não tem momentos de descontração? Imagino que tenha que relaxar... pelo menos de vez em quando. Para compensar sua concentração habitual.

— Garanto que tenho, sim... momentos de descontração — respondeu, sorrindo.

— O senhor é solteiro?

— Sim.

— E os solteiros... o senhor pode ver isso como uma confissão, se quiser... são conhecidos por uma inclinação para relaxar na companhia feminina.

— Garanto — respondeu Frimbo com leveza — que não sou anormal nesse aspecto. Admito que me privei um pouco. Até mesmo fui, algumas vezes, indiscreto em relação aos assuntos do coração... talvez ainda seja. — Ele rapidamente ficou sério. — Mas isso — mostrou os equipamentos ao seu redor com as mãos — é o que me dá prazer de verdade. A outra coisa é necessária para o conforto, como assoar o nariz. Isso eu escolho... eu procuro... porque gosto. Ou — acrescentou depois de uma pausa — porque parte disso me tira um pouco da ordem comum das coisas.

— Como assim? — A voz do dr. Archer não estava muito animada.

— Quer dizer que aqui nesse cômodo performo o rito que é um segredo de família há muitas gerações, por meio do qual posso escapar do padrão estabelecido de causa e efeito. Queria poder compartilhar esse segredo com o senhor, pois é a única pessoa que já conheci que tem a inteligência para compreender e o equilíbrio para não abusar disso. E também porque — sua voz baixou — tenho consciência da possibilidade de nunca poder usar isso de novo.

O médico inspirou rispidamente. Com calma, disse:

— É sempre a maior das tragédias quando uma descoberta profunda deve permanecer oculta.

— Isso. Mas tem que ser assim. É o juramento de minha dinastia. Posso apenas lhe dizer o nome. — Pausou. Depois seguiu: — Nós chamamos de o rito da gônada.

— O rito da gônada. — Com mais dificuldade, o médico suspendeu o olhar na direção da prateleira onde havia observado um pote contendo glândulas sexuais.

— Sim — disse Frimbo, com um olhar distante. — O germoplasma, do qual a gônada é a única amostra existente, é a herança inquebrável do passado. É protoplasma que tem sido mantido ao longo de centenas de gerações. É a única matéria vital que volta em uma linha contínua às mais remotas origens do organismo. E é, portanto, a única matéria que traz para o presente cada influência que o passado deixou marcado na vida. É a personificação do passado. Aquele que pode aprender com ela pode ser o mestre de seu passado. E aquele que pode ser o mestre de seu passado... será livre.

Por um momento, o silêncio era completo. Pouco tempo depois, o dr. Archer disse:

— O senhor tem sido muito gentil, mas devo ir agora. Voltaremos a nos ver hoje à noite.

— Isso. Hoje à noite. — Um traço de ironia penetrou na voz baixa. — Hoje à noite vamos resolver um mistério. Um mistério importante.

— Sua morte... — disse o médico.

— Minha morte... ou minha vida. Não tenho certeza.

— O senhor... não tem certeza?

— A vida desse corpo, meu amigo.

— Não estou entendendo.

— Não se surpreenda. Liberto desse corpo, devo ser mais livre que nunca.

— Quer dizer que... o senhor acha que pode ser... liberto?

— Não sei. Isso não importa agora. Mas no sábado, algo estranho aconteceu comigo. Estava falando com aquele homem, Jenkins. Havia projetado minha mente na vida dele. Podia prever seu futuro imediato... até hoje à noite. Depois, tudo ficou em branco. Não havia nada. Era como se, repentinamente, eu estivesse cego. Não conseguia ver além. O senhor entende o que é isso?

— Um tipo de premonição?

— É assim que chamam, mas, para mim, é mais que isso. Significa o fim. Ou do corpo do Jenkins ou do meu. Não tenho certeza por enquanto. Estava com ele, nele, por assim dizer. Mas veja... o fim abrupto que cortou minha visão pode ser o dele... ou... o meu.

O médico estava sem palavras. Virou-se, seguiu e, lentamente, desceu as escadas.

CAPÍTULO 22

Outra vez, Bubber Brown foi visitar seu amigo Jinx Jenkins e, outra vez, teve permissão para vê-lo. Jinx nunca teve um aspecto muito animado, mas, naquele dia, havia naufragado até o fundo do poço da melancolia, como comprovava seu semblante. Bubber, por outro lado, vestia uma auréola de esperança e seu rosto era uma guirlanda se sorrisos.

— Rapaz, eu não disse que ia tirar você daqui?!

— Onde está a chave da cela? — perguntou o prisioneiro, com sarcasmo.

— Só para você saber, está na mesa do dr. Archer.

— Está bem longe desse cadeado aqui.

— Eu corri atrás de mais provas... e encontrei. Dei tudo para o doutor. Isso significa que sua soltura é uma questão de tempo.

— Vinte anos também são.

— Você está praticamente na rua, magrelo.

— Não enquanto eu estiver aqui. Olha. — Segurou a grade entre eles e a sacudiu. — Isso aqui é de verdade; isso é algo que não deixa dúvidas, nem mesmo os buracos entre as barras. Já o que você está dizendo são só palavras saindo da sua boca.

— Escuta. Sabe o que eu encontrei?

Então relatou como, colocando-se em grande risco, algo que havia ignorado devido ao apuro em que estava seu amigo, voluntariamente entrara na fortaleza de mistério e morte, ignorara os vários cadáveres do agente funerário — quatro ou cinco deles jogados em um canto, como galinhas —, descera pela companhia de adoradores do vudu, que o teriam matado na primeira oportunidade por estar espiando seus segredos, até as profundezas do terror, onde a fornalha era um mero disfarce para os hábitos de cremação do feiticeiro.

— Ele saiu de dentro da parede, e eu estava lá escondido olhando para ele. Saiu da parede como um fantasma — relatou.

— Fantasmas são brancos — opôs-se Jinx. — Todo mundo sabe disso.

— Até eu estava branco — admitiu Bubber.

— Bom, você pode ter ficado branco de susto... quando viu Frimbo sair da parede — garantiu Jinx.

A história de Bubber prosseguiu:

— E, quando viu o que eu encontrei, o dr. Archer disse que estava resolvido — concluiu.

— O que estava resolvido?

— Aquilo provava que, com certeza, alguém tinha sido morto. Entendeu?

Jinx encarou seu amigo redondo por um longo tempo. Finalmente disse:

— Espere um minuto. Vai ver não escutei direito. Você está dizendo que encontrou provas de que houve um assassinato?

— Isso mesmo.

— Rapaz, eu nem sei como agradecer.

— Ah, não tem de quê. Você teria feito a mesma coisa por mim.

— Primeiro, você me faz ser preso com uma acusação de agressão. Mas isso não era suficiente para você, porque isso só dá vinte anos. Então você sai bisbilhotando por aí até que consegue mudar a acusação para assassinato. Que amigão!

— Mas... mas...

— "Mas", uma ova. Você estava falando sobre burrice e ignorância. Bom, com certeza você deve saber... É o inventor delas. Tudo bem; agora o que vai fazer? Me colocou sentadinho na cadeira elétrica. Alguém precisa apertar o botão. Já conseguiu um carrasco também?

— Escute, só estou tentando encontrar fatos suficientes para limpar sua barra. Você com certeza não é o culpado, é?

— Eu achava que não, mas você me fez acreditar que devo ser. Se continuar ajudando desse jeito, acho que vou ter que desabar e confessar.

— Bom, o que você teria feito?

— O que eu teria feito? Em primeiro lugar, eu não estaria aqui. Em segundo lugar, se um homem quisesse queimar algo em sua própria fornalha, ele poderia queimar. Por mim, poderia até entrar na fornalha e se queimar junto. Mas você não... Você tem que correr lá e tirar a coisa do fogo... Prefere me ver queimar.

— Ah, chega de papo furado. Se Frimbo está tentando se livrar de restos mortais, quem você acha que criou esses restos? Frimbo, é claro. Frimbo colocou o criado para matar alguém; depois mandou o criado embora e tentou se livrar dos restos.

— É? Bom, não estou vendo Frimbo nessa cadeia. Eu que estou aqui. Eu que tenho que segurar esse fardo. E tudo o que você faz é enchê-lo.

— Queria colocar um pouco de juízo na sua cabeça. Talvez, quando você colocar esse pezão na rua outra vez, vai me agradecer pelo que tenho feito por você.

— Ah, eu agradeço agora. Mas não acho que vou ter a chance de mostrar quanto. Esse vai ser meu único arrependimento quando morrer.

Bubber desistiu.

— Está bem. Mas não precisa ficar com medo de morrer na cadeira elétrica.

— Ah, não?

— Não. Não se eles precisarem colocar aquele capacete na sua cabeça para matar você. Sua cabeça não é condutora.

Com esse comentário arrasador, Bubber concluiu sua visita e, tristemente, partiu.

— O senhor está adiantado — disse o dr. Archer.

— Isso não pode esperar — respondeu Perry Dart. — Levei menos de uma hora para pegar as informações-chave. Aqui está o taco. — Colocou um pacote sobre a mesa. — E aqui — apresentou a caixa contendo o que Bubber havia descoberto, deixando-a ao lado do outro pacote — está a ponte removível. E aposto uma semana de salário que o senhor não consegue descobrir a quem a ponte pertencia.

— Não posso arriscar meu salário. Fale logo!

— A um cavalheiro alto, magro e negro, chamado N. Frimbo.

O médico se inclinou para a frente, na cadeira atrás de sua mesa. Os olhos cinza atrás de seus óculos procuravam o semblante de Dart em busca de algum sinal de gracejo. Sem encontrar nenhum, desviou o olhar para a caixa, onde parou atentamente.

— E seu endereço — continuou o detetive — é a casa do outro lado da rua.

— A menos que eu esteja vendo coisas, os dentes do Frimbo estão praticamente perfeitos. Esses dois dentes sem dúvida não estão faltando — disse o dr. Archer.

— Esse paciente se difere do nosso amigo em um único aspecto.

— Qual?

— O dentista que o atendeu insiste que ele era vesgo.

— Estou começando a me perguntar se não somos todos.

— O ajudante do Frimbo era vesgo.

— E em outros aspectos, muito parecido com seu mestre... alto, negro, magro.

— Com o mesmo nome?

O médico encarou o detetive por um momento solene.

— O que há em um nome? — questionou.

Antes que o detetive pudesse responder, a campainha de Archer voltou a tocar. Descobriu-se que o visitante era Bubber Brown; e um Bubber Brown mais inconsolado nunca aparecera diante daqueles dois observadores.

— Sente-se — pediu o médico. — Encontrou mais alguma coisa?

— Minha nossa, doutor, meu amigo Jinx está me deixando preocupado. Ele mencionou algo em que eu não havia pensado antes — disse Bubber.

— O quê?

— Bom, se aquela pista que eu trouxe ontem à noite mudar a acusação para assassinato, Jinx vai pegar prisão perpétua, no mínimo. Tudo bem que passar a vida na cadeia sem ter que se preocupar com comida ou aluguel tem lá suas vantagens. Mas as acomodações são terríveis, pelo que dizem, e não gosto da ideia de ter sacaneado meu amigo.

— É isso que ele acha? — perguntou Dart.

— É, sim, senhor, e isso não adoça o temperamento dele. Está pior do que estaria se tivesse matado o homem.

— Há evidências de que ele matou o homem — lembra Dart.

— Deve ter algo errado com essa evidência. Jinx não mataria ninguém.

— Achei que o senhor não o conhecesse muito bem.

Bubber estava tão preocupado com seu amigo que não tentou um subterfúgio extra.

— Eu sei isso sobre ele — disse. — Aquele negro não é ruim, tenho certeza. Ele só é feio.

— Foi o senhor mesmo quem identificou o lenço dele. O lenço que enfiaram na garganta da vítima, o senhor se lembra.

— Bom... eu já sabia que ele não tinha feito isso. E, pelo que entendi, isso prova que ele não fez.

— Como assim?

— Escuta, senhor. Jinx poderia ter batido em alguém com aquele taco assim, sem pensar. Mas enfiar o lenço na garganta de alguém... isso nem passaria pela cabeça dele. Ele é muito burro para pensar em um truque inteligente desses.

— Uma opinião com a qual concordo plenamente — disse o dr. Archer. — Nada no caráter de Jenkins o conecta com esse crime, nem como autor nem como agente. Alguém naquele cômodo fez dele o bode expiatório.

— Talvez os senhores possam explicar, então, como a impressão digital dele foi parar nesse taco — exigiu Dart.

— Talvez eu possa. De fato, estava mesmo pensando nisso quando pedi que o senhor viesse aqui com ele.

O médico pegou o primeiro pacote que Dart colocara sobre a mesa e o desembrulhou cuidadosamente.

— Lembre-se de que não sabemos — observou no meio-tempo — se esse taco ou osso de fato foi usado para dar o golpe. Não havia sangue nele pelo simples fato de que tinha voltado do ponto de impacto antes de a hemorragia, moderada, acontecer. Mas é admissível presumir que foi.

Levantou o taco pelas duas extremidades, usando as pontas dos dedos, e lentamente o girou em seu próprio eixo. Seus olhos percorreram de um lado a outro sobre a superfície cor de marfim.

— Essa é a digital incriminadora? — perguntou o médico, indicando o borrão escuro.

— Isso. Foi isso que Tynie fotografou.

— Ele não polvilhou o osso com pó antes, certo?

— Não. Como o senhor sabe?

— Porque não há pó em nenhum outro lugar. Essa superfície está coberta por uma camada viscosa e espessa, como se tivessem passado óleo ou cera. Mas não é óleo nem cera. É uma camada que escorre dos poros de espécimes que não são completamente preparados, por causa da presença de tutano não destruído no interior do osso. Se Tynie tivesse polvilhado o pó, haveria partículas por toda a superfície. Felizmente, ele olhou primeiro e percebeu que essa preparação não era necessária... A digital havia sido preparada para ele. Agora, vamos dar uma olhada.

O médico tateou em sua mesa enquanto procurava alguma coisa.

— Tenho uma lente de aumento por aqui em algum lugar... Aqui está. — Ele analisou o borrão por um momento. Então abaixou o osso, olhou para Dart e sorriu. — A coisa mais fácil no mundo — concluiu.

— O que é?

— Transferência de impressão digital.

— Está brincando comigo, doutor?

— De modo algum. Apenas demonstrando um fato. A descoberta de uma impressão digital não é necessariamente a melhor evidência de seu dono que a descoberta de qualquer outro objeto pertencente a ele. Não me leve a mal. Sei que é uma forma de identificação, seu valor é reconhecido, mas, como prova de que o dono colocou os dedos onde a impressão foi encontrada... são outros quinhentos. Essa é uma crença baseada em uma hipótese. E o fato de que a hipótese geralmente está correta não faz dela mais do que uma hipótese.

— Então diga, qual é a hipótese?

— Que só há um modo de colocar impressões digitais em um objeto, isto é, o contato direto entre os dedos e o objeto. Essa é a hipótese inconsciente em que costumamos pensar quando descobrimos uma impressão digital. Nós dizemos "Arrá, impressão digital", e aí a identificamos como a impressão digital de Fulano. Então concluímos: "Arrá, Fulano esteve aqui".

— Claro — concordou Dart. — O que mais alguém pensaria?

— Aparentemente, mais nada. Mas garanto que, como fato demonstrável, Fulano pode nunca ter passado perto do local. Ele poderia estar a mais de quinze quilômetros de onde sua digital foi colocada em um objeto.

— O senhor terá que produzir muitas evidências para me convencer disso, doutor.

— Olhe. Você estava perfeitamente disposto a acreditar que o lenço de Jinx Jenkins poderia ter sido usado por outra pessoa e colocado onde o encontramos, não estava? Tão disposto que não o prendeu apenas por essa evidência. Mas, quando a impressão digital foi encontrada no taco, o assunto foi resolvido: Jinx devia mesmo estar metido nisso. Agora, acredito que eu possa demonstrar que, além das várias pequenas suposições que você teve, sua principal suposição pode estar errada. Jinx Jenkins não precisava estar em nenhum lugar perto desse taco. Sua impressão digital pode ter sido deliberadamente colocada ali para incriminá-lo, assim como seu lenço pode ter sido usado com o mesmo propósito.

— Sou todo ouvidos doutor. Vá em frente.

— Está bem. Vamos supor que eu queira roubar aquele cofre ali no canto. Eu seria um pobre coitado, porque não encontraria nada que valha mais que dez centavos lá. Só que eu não sei disso. Quero roubar e quero que as circunstâncias incriminem você. Decido que, como as pessoas pensam como elas pensam, eu conseguiria incriminá-lo se, logo após o furto, suas impressões digitais, mesmo a digital de um polegar solitário, pudessem ser encontradas na porta daquele cofre.

"Aqui está uma caixa de talco extrafino. É uma amostra profissional, do contrário, não seria tão fino. Vou colocar um pouco no braço de sua cadeira... uma superfície de madeira lisa e polida. Agora segure os braços da cadeira com as mãos, como faria se não pensasse que eu fosse incriminá-lo. Ótimo. Casualmente, olhe para seu polegar... ele está coberto por uma razoável camada de pó, não está? Muito bem. Troque de lugar comigo... Agora segure outra vez os braços da cadeira. Tire as mãos. Olhe para o braço direito da cadeira. O senhor vê algo?"

— Claro. Uma digital de polegar perfeita em pó branco! Mas...

— É muito cedo para um "mas". Agora se levante e fique atrás da cadeira. Imagine que você esteja a uns quinze quilômetros daqui. Muito bem. Aqui está uma luva de borracha, que quase nunca tenho oportunidade de usar, e a calço. A borracha é perfeitamente lisa e, se quiser, posso criar o coeficiente de aderência...

— Espere um minuto, doutor.

— Desculpe! Posso fazer com que fique só um pouco grudento se eu esfregar na palma da mão um pouco de vaselina, *cold cream* ou o que tiver disponível. Isso não é estritamente necessário, mas tende a melhorar a clareza da transferência. Agora, com uma dissimulação apropriada, me aproximo da digital do polegar no talco, que você tão gentilmente deixou no braço da cadeira. Então me debruço sobre a cadeira e, com muito cuidado, como um mata-borrão curvado, rolo a palma da mão uma vez, apenas uma vez, sobre a digital de pó. E, veja, tenho o traçado em pó na minha luva.

"Claro que essa não é a digital do seu polegar. É o negativo da digital do seu polegar, ou melhor, um reflexo dela. Se eu for até o cofre e passar um pouco de vaselina na porta, só resta rolar a digital do seu polegar para fora da minha luva, na superfície preta da porta. E aí está. Nem precisa ser polvilhada. Fotografe-a, traga-a para o papel de alto contraste, e você, meu amigo, estará preso por roubar meu cofre. Mesmo que nunca tenha estado perto dele e estivesse a quinze quilômetros de distância quando o crime foi cometido."

Perry Dart silenciosamente foi até o cofre e admirou a mancha. Voltou para a mesa, pegou a lupa do médico, voltou para a porta do cofre e analisou a digital transferida. Não era a nítida imagem da original, mas os finos grânulos de pó, originalmente organizados em um padrão definido pelos minúsculos sulcos em sua pele, não estavam suficientemente desorganizados pela transposição a ponto de obliterar o padrão.

— Se quiser, posso melhorar a digital usando a mesma técnica com tinta de imprensa. O resultado é espantoso quando polvilhado com pó de impressão digital depois. Mas isso é suficiente para indicar as possibilidades — disse o dr. Archer.

— Você vai acabar se metendo em problemas pensando em coisas assim — murmurou o detetive.

— Eu não pensei nisso — respondeu. — Nosso assassino misterioso... se é que ele existe... ele, sim, pensou e usou o método. Só que, como tinha um objeto de cor clara e razoavelmente grudento, usou uma substância preta, em vez de branca. Eu lembro que minha mão ficou meio grudenta depois de ter me sentado naquela cadeira que Brady me trouxe; talvez a mesma cadeira que Jenkins usou... Ou talvez vários braços de cadeira tenham sido preparados dessa forma. Negro de fumo funcionaria muito bem, puro ou em pasta, assim como graxa de sapato. Se examinar a digital no osso, como fez com a do cofre, perceberá uma similaridade geral. Ambas parecem ter sido depositadas por um dedo um pouco sujo, só isso. Na verdade, as duas foram carimbadas por um aplicador de superfície lisa, que espalhou as linhas só um pouco, mas não muito.

— Quer saber, achei engraçado Tynes dizendo que nem precisou preparar o taco.

— Mesmo assim, isso indica apenas que Jenkins não teve que tocar no taco ou dar o golpe — prosseguiu o médico. — Não indica que ele não tenha realmente feito isso. Mas outra coisa, sim.

— O quê?

— A posição da digital. Mesmo que a transferência não pudesse ser demonstrada, ainda assim a digital não provaria que Jenkins deu o golpe com esse taco. Pelo contrário, prova que ele não poderia ter dado um golpe eficaz com o polegar nessa posição. Olhe. Para dar um golpe eficaz, ele agarraria o taco com a mão assim... Não tem perigo, estou usando luvas e limpei os restos da digital do seu polegar... Assim, perto da ponta menor, para que os côndilos, essas grandes saliências que ajudam a formar a parte do joelho do osso, aterrissassem na cabeça da vítima. Segurando assim, então seus dedos teriam rodeado a haste, e esse polegar, veja, ficaria do lado de do osso. Não haveria não teria como produzir uma digital na superfície do osso, porque nem a tocaria. Mas, além disso, a posição da digital está próxima à ponta maior... aqui no fim do taco. Perceba que está tão próxima a esse côndilo e direcionada obliquamente para ele. Se sua mão agarrasse o osso de modo que seu polegar ficasse nessa posição, seus dedos teriam que estar ao redor da ponta do taco, assim, e a haste do osso, olhe aqui, cairia sobre seu antebraço, impossibilitando a você dar o golpe. Qualquer tentativa de fazer isso apenas colocaria seus dedos em perigo.

— Nossa, doutor, você deveria ser advogado.

— E eu sou. Sou o advogado de Jenkins nesse momento. E proponho, Excelência, que, se o lenço era base insuficiente para indiciamento, a impressão digital também o seja. Só que ainda mais.

— Droga! — exclamou Bubber de repente, admirando a cena. — Vá com tudo, seu doutor. O senhor é o melhor.

A consequente expressão de agradecimento de Bubber literalmente o transportou para longe. Ele se virou e atravessou as várias portas do médico, em uma corrente que o transportava em gratidão, muito parecida com a superfície de um riacho corrente.

O médico se voltou outra vez para o detetive e sorriu.

— O que Vossa Excelência tem a dizer sobre Jenkins?

— Meio que perdi meu entusiasmo pelo Jenkins — respondeu Dart, sorrindo.

— Bem, já que estamos começando a eliminar, vamos tentar um diagnóstico.

— Está bem, doutor. Vamos analisar um por um. Isso vai trazer à tona algumas coisas que descobri e acabei não lhe contando. Estava muito interessado no criado do Frimbo quando cheguei aqui.

— Jinx Jenkins.

— Dificilmente, depois de sua defesa.

— Obrigado. Doty Hicks.

— Ah... sim. Bem, aqui está a informação sobre Hicks. Lembra que ele disse que, para quebrar o feitiço que Frimbo colocara no irmão dele, era preciso colocar um contrafeitiço igualmente fatal no Frimbo, mas que ele teve ajuda de outra pessoa? A possibilidade imediata era, claro, que Jenkins era esse ajudante. Mas, por um lado, seu argumento praticamente o elimina e, por outro, descobri, por meio de novos interrogatórios, quem era. Ele estava falando de um sacerdote de vudu chamado Bolus, que atende na rua 132, e que lhe deu um pó encantado para ser espalhado pelo chão do Frimbo. Esse era o pó cinza que encontramos sobre a mesa.

— Encontrou esse Bolus?

— Não tive problema em tirar informações dele. Anunciei que ele era suspeito de assassinato, por ter deliberadamente enfeitiçado e matado um profissional concorrente. Bem, doutor, ele quase se matou tentando me convencer de que aquele tal pó encantado não passava de cinzas de carvão. É claro que eu já sabia disso. Recebi o relatório ontem à noite. Então prometi voltar e prendê-lo por fraude.

— Portanto, Doty Hicks não é mais um suspeito?

— Dificilmente.

— O mundo está cheio de ironias, Dart. Hicks, na maior boa-fé, despejou esse pó encantado nos pés de um homem que poderia já estar morto naquele momento. E ele e Jenkins, os dois únicos que você poderia ter detido, seguramente são os suspeitos menos prováveis do lote — refletiu o médico. — Bem, continuando... As duas mulheres.

— Fora de cogitação. Sabemos, por testemunhos verificados, que elas nem entraram na câmara da morte até depois de o assassino ter cumprido seu trabalho.

— Por mim, tudo certo. Martha Crouch é uma boa dama. Easley Jones, o funcionário da ferrovia?

— Um histórico excelente no trabalho. Um serviço longo e fiel. Não esteve fora de sua hospedagem mais que duas vezes desde sábado à noite, ambas atrás de comida.

— Também é decididamente ignorante... A versão masculina de Aramintha Snead. De nenhum modo sua mente tem o caráter que articularia esse esquema particular para incriminar outra pessoa.

— Quem é o próximo?

— Spider Webb.

— Sim, Webb. Bem, Webb contou uma história consistente. E Frimbo tentou descartar os restos do criado. A única forma de conectar Webb com esse crime agora é presumir que ele e Frimbo estavam conspirando. Mas por que estariam conspirando para matar o criado de Frimbo... Isso está além de minha alçada.

— Tem certeza de que Webb contou uma história consistente?

— Sobre a disputa, sim. Investigamos isso minuciosamente. O assassinato ontem de manhã significa tudo o que eu disse que significa. Além disso, Brandon, o rei dos jogos e rival de Spencer, desapareceu. Ele sempre some quando alguém tem que levar a culpa.

— Então só nos resta o próprio Frimbo.

— Ninguém além dele.

— Hum... A casa está aberta para sugestões.

— Quer saber, estou começando a ver uma luz no fim do túnel. — Uma ideia crescia na mente de Dart. — Foi Judas! Eu vejo uma luz!

— Me mostre, oh, mestre.

— Veja. Vamos supor que Brandon tenha descoberto que Frimbo era a causa de sua derrocada. Não é difícil acreditar, entende? Pessoas mais estúpidas que Frimbo são notavelmente mais espertas nesse tipo de aposta. Elas descobrem uma espécie de sistema e funciona. Ficam tão boas que banqueiros realmente recusam suas apostas. Bem, Frimbo pode ter desenvolvido tal sistema. Vamos supor que ele tenha feito isso, e suponha que, por isso, Spencer estivesse jogando pesado contra Brandon e ganhando. Brandon não poderia eliminar Spencer... Isso seria uma confissão aberta. Mas nada no mundo o impediria de tentar eliminar Frimbo. Nada, além do fato de que não é fácil encontrar Frimbo sozinho exceto à noite, em uma entrevista particular. Para pegá-lo, portanto, Brandon recorreu à sutileza. Entendeu?

— Até agora, sim.

— Então o que ele fez? Encontrou alguém próximo de Frimbo, que tem acesso a ele e que não seria um suspeito provável. Resumindo, encontrou o criado. O criado que, sem dúvidas, tem inveja do sucesso de seu mestre... do jeito que criados negros são com mestres negros... Então ele recebe um belo punhado de dinheiro para acabar com seu chefe, do modo que puder. Muito bem. Ele concorda. Mas não vai se enrascar fazendo isso durante o dia, quando se sabe que ele está sozinho com Frimbo na casa. Ele vai esperar até a noite, quando o atendimento estiver cheio. E vai fazer tudo de modo que incrimine outra pessoa que, por acaso, estiver presente. Você não faria a mesma coisa? Espere um minuto... sei o que vai dizer. O criado estava prestes a realizar o esquema. Ele havia roubado o lenço de Jenkins na confusão, quando Doty Hicks desmaiou. Já havia, por meio de certo método, como você acabou de demonstrar, colocado a digital no taco. Mas Frimbo é esperto. Frimbo leu a mente dele ou teve uma suspeita... Chame como quiser. Frimbo descobriu o que estava acontecendo a tempo de mudar as cartas, frustrou o ataque e ofereceu ao criado seu próprio remédio, com taco, lenço e tudo! — Dart pausou para enfatizar essa mudança de interpretação, depois seguiu: — Não. Frimbo não teria tempo para se livrar do corpo naquela hora e naquele lugar. Então, troca o turbante amarelo do criado pelo dele, apoia o corpo em sua própria cadeira, se esconde na escuridão e segue dizendo os destinos dos visitantes, tentando fazer com que todos saiam dali sem levantar suspeita. Mas nosso ríspido amigo Jenkins descobre que o homem falando com ele é um cadáver... E isso muda os planos. Entendeu?

O médico pensou sobre o assunto.

— Há uma falha no seu brilhantismo, Dart — finalmente comentou. — O brilhantismo tende a cegar... Não foi o criado que conduziu os clientes até a porta da sala do Frimbo?

— Claro que não! Foi o próprio Frimbo. Ele levou cada um até a porta, depois, enquanto estavam entrando, ainda cegos pela luz, ele dava uma volta, entrava pela porta do corredor, se escondia atrás do cadáver e falava com eles.

— À noite, todo gato é pardo, é verdade. Mas não vi nenhum sinal de estrabismo externo em nenhum dos olhos de Frimbo.

— O quê?

— O criado se parecia com Frimbo, de modo geral, mas era vesgo. Frimbo não. Todas as testemunhas viram o criado e todas concordaram que ele era vesgo. De algum modo, Dart, não gosto desse termo... é extremamente confuso, não é? Agora estrabismo... esta é uma palavra de verdade! Estrabismo externo.... estrabismo interno... veja como saem da sua boca.

— Sou exigente com o que sai da minha boca.

— Todavia, estrabismo externo não é um disfarce fácil. Nunca ouvi falar de alguém que podia deixar de ser vesgo por vontade própria.

— Nunca? — sorriu Dart. — Já tentou alguma vez?

— O fenômeno em que você pensou é uma ilusão... uma ilusão de ótica, se quiser. A vítima se aproveita da diplopia... a impressão de ver o mundo em dobro, uma impressão que ele acredita que os vesgos devem ter o tempo todo. Portanto, a ilusão é dupla: as pessoas vesgas não enxergam em dobro; e o feliz inebriado na verdade não tem estrabismo externo, apenas um estrabismo interno transitório. Portanto, insisto que, extraordinário como Frimbo é, estrabismo externo voluntário é algo que não devemos duvidar que ele tenha. Mas tudo isso não é a objeção primária para sua visão alarmante. A objeção primária é que Frimbo com certeza não sairia prejudicado por seu próprio plano. Não é?

— Ele não saiu. Jenkins...

— Ele saiu. Jenkins teria seguido mistificado pelas revelações de Frimbo, não fossem as palavras surpresas do próprio Frimbo. O que fez Jenkins pular e acender a luz sobre o corpo foi a repentina exclamação: "Frimbo, por que você não vê?". Frimbo não teria dito isso se estivesse planejando pegar Jenkins e os outros de um jeito rápido e sem suspeitas. Algo aconteceu com Frimbo ali.

— Mas a palavra de Jenkins é tudo o que temos sobre esse momento.

— A palavra de Jenkins, agora que já está bem exonerada, deveria valer algo. Mas, mesmo que sozinha não valha, tenho a palavra de Frimbo para apoiar.

— Você o quê?

— O próprio Frimbo me disse hoje que ficou cego, por assim dizer, enquanto falava com Jenkins. Ele viu muito à frente... depois tudo ficou vazio.

— Besteira!

— Está bem. Talvez isso seja besteira também: você disse que Frimbo se escondeu atrás do corpo, perto o suficiente apenas para que sua voz parecesse sair do corpo.

— Isso.

— Então, quando Jenkins de repente pulou e sem nenhum aviso moveu a luz pelo cômodo, por que não o viu escondido?

— Não sei... talvez Frimbo tenha se enfiado embaixo da mesa ou em outro lugar.

— Besteira! Besteira! Uma palavra eloquente, não é?

— Bem, os detalhes podem não ser exatos, mas não estão longe do que pode ter acontecido. É a única coisa que quase se encaixa nos fatos.

— "Quase" não serve.

— Tudo bem, professor. Qual seu palpite?

— Há certa malícia no modo como você diz isso. Entretanto, inocente e sem suspeitas como sou, vou dar um palpite. Para começar, vou deixar a questão da aposta de fora. Assim vai ser mais fácil para mim, como você vai ver.

— Mas a aposta não pode ser ignorada...

— Quem está dando o palpite?

— Está bem, doutor. Dê o seu palpite.

— Meu palpite é o mesmo que o seu, Frimbo matou o criado, mas não por causa das apostas ou por qualquer ataque contra ele pelos donos das casas de apostas.

— Porque ele é louco.

— Por favor... não seja tão direto. Parece grosseiro... perde suas nuances e sutilezas. Você transforma um retrato em uma caricatura. Diga, em vez disso, que, sob a influência de certas compulsões, associadas com certa psicose intricada, ele teve um impulso para se livrar do criado por motivos definidos.

— Está bem. Diga como quiser. Mas, para mim, ainda é porque ele é louco.

— "Louco" de modo algum sugere a complexidade da psicologia de nosso amigo. Lembra-se da minha descrição da condição dele; sua origem no tipo de mente como a dele, seu começo real em uma experiência, suas desilusões primárias e secundárias?

— É. Lembro de tudo isso.

— Bem, aqui está um item de que não se lembra, pois não lhe foi mencionado: Frimbo, como outros paranoicos, tem uma atitude específica como parte de seu mecanismo compensatório. A atitude se torna uma rotina necessária que deve ser performada e naturalmente assume a forma de algum aspecto anterior na vida da pessoa. No caso dele, é derivada de seus dias nativos em Buwongo, seu principado africano. Ele chama de "o rito da gônada". E, embora se recuse a descrevê-lo, posso imaginar o que ele produz. Não é nada mais, nada menos do que ele extraindo, naquele laboratório, um tipo de líquido testicular com o qual periodicamente se trata. Fazendo isso, acredita que partilha da matéria, realmente carregando a impressão de todas as eras do passado e, assim, se torna mestre do passado.

— Isso é profundo. Existe algo sobre isso?

— Bem, não entendo nada sobre glândulas endócrinas, mas imagino que tal prática produziria algum tipo de hipersexualidade. A deficiência de glândulas sexuais pode ser tratada desse modo, então talvez uma pessoa normal tenha, em alguns aspectos, excesso de libido.

— Mas não há nada sobre sexo nessa história.

— Só estava respondendo à sua pergunta. Voltando ao meu palpite: Frimbo deve usar glândulas sexuais, não aquelas de animais inferiores que casas de produtos naturais usam para fazer extratos comerciais, mas glândulas sexuais humanas, para carregar, na mente dele, os efeitos da experiência humana de tempos imemoriais. Com a compulsão batendo forte a fim de que ele conseguisse materiais humanos para seu ritual, ele poderia facilmente se tornar tão cruel quanto um viciado em drogas privado de sua droga. Mas seria bem mais astuto. Escolheria uma vítima de que ninguém sentiria falta e arranjaria as circunstâncias para incriminar outra pessoa. E a característica brilhante é que arranjaria para que ele mesmo parecesse ser a vítima. Não acredito que os dispositivos incomuns usados para cometer esse crime e desviar as suspeitas indiquem as façanhas de uma mente comum ou o conhecimento que um criado teria. Indicam o tipo de engenhosidade maluca que não seria concebida e executada por uma pessoa normal. Frimbo é o único nesse grupo cuja mente se encaixa nos detalhes desse crime.

— Bem, discordamos apenas na motivação. Digo que foi legítima defesa. Você diz que foi insanidade. Mas concordamos que foi Frimbo. De agora em diante, devo pensar que nossas dificuldades são: a questão da vesguice, o ponto cego ou o que quer que seja e... Qual era a outra coisa?

— A invisibilidade repentina, se ele estava escondido atrás do criado morto.

— É... isso.

— Sobre a vesguice, sim. Mas, sobre os outros assuntos, não. Eu não afirmei que ele se escondeu atrás do criado. Acho que ele tinha algum tipo de dispositivo ou instrumento... não tenho certeza do que, mas vamos descobrir... que emitia sua voz de modo que parecesse sair do criado. Eu também não disse que ele agiu sob a urgência de um encontro repentino, e sim que ele planejou a coisa toda, deliberadamente. Até previu a possibilidade de ser descoberto e deu um jeito de voltar dos mortos, apenas para causar efeito, como ele o fez. Ele estaria completamente imbuído desse personagem. Até tinha um álibi pronto para meu teste sanguíneo. Ele me mostrou hoje à tarde como eu poderia facilmente ter cometido um erro no pequeno experimento que demonstrei para você. Ele não sabia, é claro, que a descoberta de Bubber Brown estava em nossas mãos, como uma comprovação perfeita.

"Ele demonstrou como algo em minha gaze poderia descartar o teste... Teria sido algo bem perturbador, de fato, se eu não soubesse o que ele estava aprontando. O que ele fez foi substituir minha gaze por um pedaço que ele havia tratado previamente com o soro do homem morto. Ele previu cada possibilidade. Longe de frustrar seu próprio plano, mesmo a repentina perda de sua visão profética, da premonição, não alterou seu curso de ação principal. A exclamação, 'Frimbo, por que você não vê?', assustou Jenkins e o fez agir, é verdade, e resultou em nossa corrida até a cena. Mas, mesmo naquele momento, ele teria retirado o corpo dali bem debaixo dos nossos narizes... Poderia ter feito isso simplesmente apagando as luzes.

"E existe mais uma discordância nas nossas teorias: se, como você diz, foi apenas legítima defesa, ele não aparenta ser perigoso. Ele pode ser detido por ocultação de cadáver, mas não por homicídio; legítima defesa é considerada homicídio culposo e pode não gerar punição. Mas se, como defendo, é insanidade, então é provável que ele cometa o mesmo crime outra vez com outra pessoa desafortunada; ele deve ser enviado para um lugar onde o sol nasce quadrado, para que não seja mais uma ameaça. Não vê?"

— Isso é. Sabe, doutor, que, para o bem do espírito esportivo, você deveria me deixar ganhar uma discussão de vez em quando.

— Nós não estamos discutindo. Estamos ponderando. E tenho uma sensação curiosa de que, por mais espertos que pensemos ser, ambos estamos palpitando errado.

— Você é bom, doutor. Para qualquer direção que esse caso tome, você está correto em suas considerações.

— Pelo menos de uma coisa eu sei.

— O quê?

— Sei que vi uma nova jarra de amostra em uma das prateleiras de Frimbo hoje. Estava perto daquela que percebemos antes. E continha mais duas glândulas sexuais.

— Minha nossa senhora! — disse Perry Dart suavemente.

CAPÍTULO 23

Pela primeira vez desde o encarceramento de seu amigo Jinx, Bubber Brown saboreou uma refeição. A probabilidade de Jinx ser liberado mais tarde naquela noite, uma feliz eventualidade que o próprio Bubber ajudara a concretizar, mais do que restaurou seu apetite, e ele permitiu-se a alegre antecipação do que diria para seu camarada mal-humorado sobre seu retorno à liberdade. Balbuciou uma zombaria entre prodigiosas bocadas de comida.

— Uhum — emitiu um som reprimido, mas determinado, pelo rosbife e purê de batatas. — Aqui está você. Seu pezão agora está na rua, ao ar livre, algo de que eles provavelmente precisam bastante. Agora já pode me agradecer.

Uma garfada suculenta de couve abriu caminho entre o rosbife e as batatas e tudo foi seguramente enfiado na boca com uma larga camada de um macio pão branco. Mesmo com tudo isso, de algum modo, ruídos escapavam.

— Rapaz, você quase foi... para onde? Para onde vão os assassinos? Quer dizer, estavam para matar você. Se não fosse por mim e pelo doutor, você estaria agora a caminho do outro lado. Seu traseiro estava marcado para descansar numa cadeira elétrica confortável... Já tinham até marcado a data. Não estou brincando. Você era que nem café esquecido na xícara: frio e amargo.

As frases seguintes foram soterradas por café quente. Bubber sorriu e substituiu seu prato de jantar agora vazio por uma suculenta torta de maçã. — De agora em diante — disse ele —, você escuta e eu falo, porque sua cabeça é uma perda total... é só um peso extra sem serventia para carregar por aí. — A torta de maçã começou a desaparecer. — Olhe aqui, você não aprecia meu cérebro. Tenho cérebro suficiente para nós dois. Nem preciso usar o meu inteiro... A parte de trás da cabeça eu nunca usei. Um dia, quando você admitir o tanto que você é burro, vou te emprestar o meu cérebro por um tempo, só para mostrar como é bom raciocinar de vez em quando.

A sobremesa se tornou uma doce memória, e seus vestígios foram removidos por um hábil palito de dentes.

— Agora, vamos ver. Tenho que estar no local às onze horas. Acho que vou dar uma saidinha e ver aquele filme no Roosevelt Theatre: *Murder Between Drinks*. Será que hoje à noite vou ver a terceira? Talvez a do filme seja a número três. Aí está o cérebro outra vez. Só por ir ver esse filme, posso salvar a vida de alguém. Caramba! Não sou esperto?

Às onze, Bubber Brown galgou os degraus e entrou na casa. Começou a subir as escadas, em direção ao andar de Frimbo, olhando para cima. Parou, com os olhos arregalados. Esfregou as pálpebras e encarou outra vez o topo da escada. O que viu continuava lá. Podia ser a noite de sábado outra vez, pois lá, inerte, à meia-luz, estava a alta figura do criado de Frimbo em um robe preto, um turbante e uma faixa de um amarelo brilhante, exatamente como havia estado antes. Até... sim, lá estava... até o estrabismo definitivo em um olho solene.

Bubber piscou duas vezes, virou-se e teria desaparecido pela porta de entrada tão magicamente quanto aquele corpo havia reaparecido. Mas, naquele exato momento, a porta se abriu e Perry Dart, com meia dúzia de policiais, obstruiu sua rota de escape. Bubber foi até Jinx Jenkins, apontou e suspirou:

— Olhe! Estou sonhando... ou... estou sonhando?

— Qual o problema, Brown? — perguntou Dart.

— O senhor não disse que o criado era quem tinha passado desta para melhor?

— Sim.

— Bom, então olhe lá! Ele está lá... Eu vi!

— Sério? — Dart deu um passo para a frente e olhou para o topo da escada. Ele sorriu. — Está mesmo, Brown. Devemos ter cometido algum erro. Venha, vamos lá... Não podemos deixar um errinho como esse nos preocupar.

— Então o senhor está errado outra vez. Que cérebro! — resmungou Jinx.

— Você pode ir se quiser, irmão — contestou Bubber. — Eu... eu nunca senti a necessidade de um ar fresco como sinto agora. As pessoas nessa casa não combinam comigo. Não se importam com a morte.

— Vamos lá, Brown — insistiu Dart. — Vou precisar de sua ajuda. Não me decepcione agora.

— Está bem. Vou seguir o senhor, mas não conte com minha ajuda. Quero ficar vivo o máximo que puder. Ainda não aprendi o truque do Lázaro.

No corredor acima, Dart deu as devidas ordens para posicionar os homens, de modo que cobrissem todas as saídas. O criado os conduziu até a sala de recepção, onde todos estavam presentes, exceto o dr. Archer. O detetive reparou em cada pessoa, uma por vez. A sra. Aramintha Snead, a sra. Martha Crouch, Easley Jones, Doty Hicks, Spider Webb e Jinx Jenkins, que chegara lá consigo.

O médico apareceu um momento depois.

— Vou convocar Frimbo — disse o criado, que também o havia escoltado.

O criado se curvou. O médico olhou interrogativamente para a forma em retirada, depois se voltou para o detetive Dart e sorriu. Dart retribuiu com um amplo sorriso. Bubber observou a troca de olhares e murmurou:

— Vocês veem graça até em lápides, não?

Perry Dart disse para o médico:

— E agora?

— Espere — respondeu o dr. Archer. — É o show dele.

E esperaram. Em pouco tempo, o turbante e a faixa dourados retornaram.

— Por aqui, por favor — disse o criado, gesticulando em direção à ampla entrada da sala de consultas.

— Todo mundo?

— Por favor.

Outra vez, o criado se retirou pela entrada do corredor. Os outros, dirigidos pelo detetive e conduzidos pelo médico, entraram na câmara escura pelo cômodo da frente e formaram um semicírculo, em expectativa, de frente para a mesa no centro. Sobre a cadeira distante, ainda atrás da mesa, assim como quando o corpo fora encontrado, pendurava-se o dispositivo que projetava um feixe de luz horizontal em direção à entrada. A maior parte dos visitantes ficava de um ou outro lado desse feixe, mas na distância do semicírculo, seus raios divergiam o suficiente para incluir duas figuras diretamente em seu caminho: Martha Crouch e Spider Webb. Os olhos escuros da sra. Crouch estavam atentos, os lábios ligeiramente comprimidos, sua expressão de expectativa, mas não apreensiva. Spider Webb também revelava interesse sem preocupação profunda; seu semblante manifestava apenas um tipo furtivo de malignidade. O resto era mera densidade na penumbra.

Enquanto todos olhavam, a escuridão atrás da mesa se condensou em uma figura, como a névoa poderia se condensar em uma nuvem. A figura silenciosamente passou a ocupar a cadeira sob a luz. Então, dela, ouviu-se a rica voz de Frimbo:

— Um retorno ao passado observa os eventos em sua ordem reversa. Posso, portanto, pedir que o sr. Jenkins, o último a ocupar essa cadeira na noite de sábado, seja o primeiro a se sentar hoje?

Ninguém se moveu.

O afiado sussurro de Bubber cortou o clima:

— Vá logo, idiota. Vá se libertar.

Com uma relutância óbvia e profunda, a figura de Jinx se moveu em direção à luz. Aqueles que estavam de um lado podiam ver gotículas de suor em seu semblante sardento. Ele deslizou na cadeira do outro lado da mesa, encarando a voz na sombra. Seu rosto estava brilhantemente iluminado e fortemente apreensivo.

— Sr. Jenkins — começou a voz de Frimbo suavemente —, é sábado à noite outra vez. O senhor veio se consultar comigo. Tudo o que veio à sua consciência está à sua frente outra vez. Não esconderá nada dos olhos de Frimbo. A luz deixará sua mente para mim como um livro aberto. Vou ler o senhor. Silêncio, por favor.

Havia pouco perigo de Jinx fazer qualquer ruído. Até sua costumeira expressão assassina havia se dissipado e a atenta contemplação que Frimbo fazia de seu rosto podia ser sentida por todos os observadores. Eles também o encaravam firmemente em suas posições como se esperassem que ele, em algum momento, se colocasse de pé e confessasse o crime.

Então uma mudança de cor assumiu o rosto de Jinx. Aqueles que conseguiam vê-lo observaram que a pele clara e sardenta sobre as proeminências de seu semblante ossudo estava escurecendo. De forma alarmante, a mudança progrediu, como um ataque de alguma grave doença cianótica. Jinx, na verdade, estava ficando azul. De repente, tornou-se aparente que sua cor era devido a uma mudança na iluminação. Lentamente, a luz voltou a mudar.

— Cada tom faz sua própria revelação — disse a voz de Frimbo.

Jinx se tornou amarelo.

— Vai precisar de mais do que isso para transformá-lo num chinês — comentou Bubber em um sussurro.

Um vermelho diabólico ruborizou a aparência magra do sujeito e, finalmente, um verde medonho. Enquanto isso, toda a intensa inspeção de Frimbo criou uma atmosfera de expectativa vibrante. Podia-se sentir que as linhas de visão entre os olhos dele e o rosto de Jinx eram quase tangíveis... podiam ser tocadas e colocadas para cantar como cordas de um instrumento.

Finalmente, Frimbo disse:

— Não. — O feitiço foi quebrado. — Esse não é o homem. — A luz voltou a ficar branca. — Isso é tudo, sr. Jenkins.

Houve um suspiro geral em alívio. Jinx voltou para o semicírculo onde Bubber o recebeu com um comentário inevitável.

— A luz vermelha deixou você vermelho, e a luz verde deixou você verde. Mas aquela luz branca não conseguiu fazer nada por você. Foi um desperdício.

Frimbo disse:

— Agora, o sr. Webb, por favor.

Perry Dart o interrompeu:

— Só um minuto, Frimbo. — Aproximou-se da lateral da mesa. — Antes de continuarmos, não acha que é justo ter seu criado presente?

A voz de Frimbo se tornou grave.

— Lamento dizer que já autorizei a partida de meu criado.

— Por que fez isso?

— Ele sai às onze, o senhor se lembra?

— E o senhor se lembra de que estamos investigando um crime sério e que prometeu que ele estaria presente?

— Eu mantive minha promessa. Ele estava aqui. Todos o viram. Não prometi que ele ficaria depois do horário.

— Muito bem. Então ele foi embora?

— Sim.

— Ele saiu da casa?

— Isso.

— Então talvez o senhor possa me dizer como ele saiu. Cada saída está coberta por um agente, com ordens de me trazer qualquer um que tente deixar a casa.

Houve uma pausa, então Frimbo disse, suavemente:

— Isso eu não posso dizer. Posso dizer, entretanto, que, ao interromper este procedimento, o senhor está anulando sua própria investigação, com a qual estou me empenhando em cooperar.

Dart pegou um traço da própria ironia de Frimbo.

— Sua consideração me comove, Frimbo. Estou transbordando de gratidão. Mas seu criado é uma testemunha necessária. Devo insistir que ele seja trazido de volta.

— Isso é impossível.

— Bem, pelo menos agora o senhor está dizendo a verdade. Ou talvez possa fazer por ele o que fez por si próprio.

— Está sendo obscuro, detetive.

— Olhe com mais atenção, Frimbo. É a má iluminação. Quer dizer que talvez possa fazê-lo voltar dos mortos, como aconteceu com o senhor.

Bubber não conseguiu evitar um resmungo:

— Vamos lá, Lázaro. Faça seu truque.

— Acredita, então, que meu criado morreu? — indagou Frimbo.

— Eu sei que seu criado morreu. Tenho em minhas mãos evidências concretas da morte dele.

— De que natureza?

— Evidências recuperadas da sua fornalha lá embaixo por um dos meus homens...

— Caramba! — protestou Bubber. — Fale sobre mim!

— ...quando o senhor as estava tentando destruir. Tenho um pedaço do crânio dele. Tenho uma ponte removível que sabemos que era dele e que se encaixa no osso... Ou melhor, os dentes se juntam a ela. Frimbo, isso é uma farsa. Você matou seu criado, que também era chamado de Frimbo. Deu um jeito de se esgueirar pela casa no sábado à noite, enquanto eu estava investigando o caso, e escondeu o corpo em algum lugar na propriedade. Preparou o cadáver para que ele queimasse mais rápido e para que os ossos se desfizessem mais facilmente. Depois, o esquartejou e tentou se livrar do corpo com a ajuda da fornalha. Você foi visto fazendo isso por Bubber Brown, que estava no seu porão ontem à noite e recuperou parte do osso antes que se desfizesse. Para evitar suspeitas, disfarçou-se de criado com um truque em seus olhos. Não vejo motivo para continuar com essa bobagem. O senhor é o culpado e está preso. Ainda estou sendo obscuro?

Por um longo momento, não se ouviu outra palavra. Por fim, Frimbo disse, em tom baixo:

— Já que estou preso, seria inútil, talvez, apontar certos erros em suas acusações... Entretanto, se o senhor quiser saber a verdade...

— O senhor é livre para declarar o que quiser, mas não tente nenhuma gracinha. Já antecipamos alguns de seus truques.

— "Truques" é uma palavra um tanto indelicada — retrucou Frimbo. — O fato é que, na verdade, eu não matei ninguém. É verdade que me livrei dos restos do meu criado. Se essa caixa contém o que o senhor diz que contém e se Brown estava no porão quando o senhor diz que ele estava, ele certamente testemunhou algo que não passa de um dever para o meu povo.

— Dever?

— O criado era um companheiro do meu povo, eu o acolhi e protegi quando sua aventura nessa civilização se mostrou menos afortunada que a minha. Ele era do meu clã e tinha o direito de usar o nome "Frimbo". Seu nome distintivo, entretanto, o que vocês chamariam de nome cristão, caso ele não fossc um pagão e um selvagem, era N'Ogo. Segundo nossa tradição, o espírito de um membro que se encontra com a morte pelas mãos de um... de um forasteiro... deve ser expurgado dessa desgraça e liberto de seu corpo apenas pelo fogo. O corpo deve ser queimado antes do pôr do sol do terceiro dia. Já que as circunstâncias tornaram isso impossível, assumi o risco de remover e apropriadamente destruir o corpo de meu companheiro de povo. Disso e de qualquer penalidade porventura acarretar, não tenho nenhum arrependimento. Meu único arrependimento, detetive, é que o senhor interrompeu e, talvez, pelo tempo, anulou meu esforço por completar o dever que essa morte impôs sobre mim.

Dart estava impressionado. A total falta de constrangimento do homem, sua dignidade, seu total autocontrole não podiam falhar em produzir efeito.

— Completar o dever...?

— É parte do meu dever, como o rei de meu povo, encontrar o assassino e fazê-lo pagar com a justa punição que ele merece. Em minha terra, eu devo lidar com essa parte do assunto com minhas próprias mãos. Aqui, na sua, minha intenção era encontrar o assassino e entregá-lo para a polícia. Quanto à possibilidade de eu ter matado N'Ogo, o senhor teria que ser um de nós, meu amigo, para compreender o quão horrivelmente absurdo isso é. Eu preferiria acabar com a minha própria vida a matar um de meu clã. E ele... ele não poderia, sob a mais extraordinária circunstância imaginável, dispor-se a fazer qualquer coisa contra seu rei. Ele não poderia ter cometido uma ofensa contra mim que me levasse a decretar ou executar sua morte. Contra alguém do mesmo nível ou inferior, talvez, mas não contra mim.

O detetive, costumeiramente rápido em suas decisões, estava, naquele momento, desnorteado. Mas o hábito é forte.

— Olhe aqui! Como pode provar que o que diz é verdade? Que você não matou o homem? — contestou ele.

— Não tem a menor importância para mim, detetive, se o senhor ou as autoridades que representa acreditam em mim ou não. Minha preocupação não é com minha proteção, mas com o cumprimento de minha obrigação como rei. Se não posso completar meu dever com esse membro do meu clã, não mereço ter me tornado rei. A maior humilhação que eu poderia sofrer seria a morte pelas mãos de estranhos. Isso não é mais do que ele sofreu.

Essa era uma atitude que Dart nunca tinha visto em toda a sua carreira. O completo e convincente desinteresse de Frimbo, o que era crucial para o detetive, deixou o último, naquele momento, sem recursos. Estava em silêncio, pensativo. Finalmente, questionou:

— Mas por que teve que bancar essa atuação infeliz? Se aceitarmos o que diz como verdade, por que encenar essa volta dos mortos?

— Não vê que era necessário para os meus planos? Eu precisava ter tempo para descartar o corpo do N'Ogo. E teria que justificar seu desaparecimento. Para mim, é fácil passar por quase qualquer parte dessa casa sem ser descoberto. Tenho um elevador, operado por eletricidade e praticamente impossível de descobrir, no fosso da velha plataforma de comida. Ele percorre deste andar até o porão. O que parece, em uma inspeção, ser o teto do velho fosso, com engrenagens enferrujadas e cordas desgastadas, é, na verdade, não o teto, mas a parte de baixo do chão do elevador. Os restos do N'Ogo descansaram naquele elevador, escondidos em segurança durante a última parte de sua busca. Eu também, até o momento apropriado para minha entrada. Que melhor forma o senhor pode pensar em justificar o desaparecimento de um corpo do que alegar ser o corpo? Inclusive, me feri como o N'Ogo fora ferido, em antecipação ao bom exame do doutor. Tomei cada precaução possível, inclusive convidando o doutor a vir aqui sozinho para determinar a profundidade de suas investigações e o desviar da verdade, se possível.

— E as glândulas sexuais?

— Elas também são parte da minha tradição. Apenas elas, de todo o corpo dele, devem ser preservadas como um item necessário para a realização de um dos nossos rituais, um que inclusive cheguei a mencionar para o dr. Archer hoje. Não posso falar mais sobre o assunto, mas acredito que a excelente mente do doutor irá compreender o que agora não está tão claro.

— Ainda assim, essa história está malcontada. O senhor não contou tudo. Está dizendo que não sabe quem matou o criado, ou melhor, seu companheiro de povo. Sabe por acaso quando ele foi morto?

— Nem isso. Só sei que uma das pessoas que vieram aqui para me encontrar o matou pensando que fosse eu.

— Como alguém poderia cometer esse erro?

— Fácil. Veja, sempre foi nosso costume, como é verdade para muita gente, que o chefe, em quem residem os mais importantes segredos da Nação, não seja desnecessariamente exposto a perigos físicos. Os guerreiros inferiores nos tempos medievais vestiam as plumas brancas de seus comandantes para enganar o inimigo e evitar um ataque concentrado contra o líder, matando-o logo e desmoralizando as tropas por eliminar um concorrente direto. Entre nós, uma prática similar está em vigor durante muitos anos. O rei é proibido pela lei do meu povo de colocar os segredos residentes nele em perigo desnecessário. Meu criado sabia de certos perigos a que eu me expunha aqui. Inventei uma fórmula matemática por meio da qual conseguia prever certa probabilidade no popular jogo de azar dessa comunidade. Minha parte na minguante fortuna de um dos chamados banqueiros foi descoberta por conta da deslealdade de um decepcionado oculto no campo rival ao qual minha informação estava ajudando. O perdedor pretendia me eliminar. Se essa morte de fato foi obra dele, não tenho certeza... É uma possibilidade. Aqui está outra.

"Em certo ponto, N'Ogo e eu invertemos os papéis. Isso venha acontecendo havia vários dias. Sou capaz, por meio de uma brincadeira aprendida na juventude, de divergir meus olhos como a maioria das pessoas convergem os delas e, assim, para um observador casual, poderia facilmente me passar pelo meu próprio criado.

"Meu criado só precisava se sentar aqui nesta cadeira na escuridão. E eu, vestido com suas roupas, conduziria os visitantes até aquela entrada, me viraria e iria pelo corredor até meu laboratório nos fundos. Lá, um dos meus dispositivos me possibilitava convencer o visitante, nessa cadeira em frente, que era eu quem estava sentado aqui. Essa luz sobre minha cabeça é muito mais que uma luz: é um mecanismo por onde posso ver o rosto iluminado de quem quer que ocupe a cadeira e pelo qual também posso transmitir minha voz para esse ponto. Não engloba nada mecanicamente original ou incomum, exceto, talvez, o tamanho compacto. Por meio dele, consegui executar minhas observações dos visitantes e conversar com eles como se eu de fato estivesse nesta cadeira, ainda que só pudesse ver seu rosto. Então, veja, pelo uso de dois mecanismos bastante simples, meu elevador e minha luz, eu dispunha de uma notável liberdade de movimento e uma considerável segurança pessoal, caso fosse necessário.

"Mas, no sábado à noite, não tive nenhuma razão, mais do que em qualquer outra noite, para entrar nesse cômodo. Os visitantes estavam acostumados a pagar as taxas para o criado no corredor quando saíam. Tão negativa foi a parte dele nesse teatro que eu não sabia... e não sei... exatamente quando ele foi atacado. Mas a estranha experiência... o que os senhores chamarão de premonição... que momentaneamente me assustou durante a entrevista com o sr. Jenkins me fez exclamar de um jeito que também o assustou, a ponto de ele saltar para investigar. O crime foi cometido logo antes daquele momento: entre o instante em que o visitante anterior se levantou para sair, desaparecendo do campo de visão de meu mecanismo, e o instante em que coletei a taxa desse mesmo visitante no corredor. Ou talvez entre o momento em que eu o trouxe aqui e fui até meu laboratório.

"A partir daí, o senhor sabe o que aconteceu. Eu só poderia ter feito aquilo que fiz. Hoje, tinha todas as razões para acreditar, antes de sua interrupção, que eu poderia determinar a identidade do assassino. Talvez ainda possa... Preparei certas armadilhas. Em casos inesperados, sr. Dart, cuidado onde toca..."

Uma voz completamente estranha de repente gritou da escuridão profunda atrás de Frimbo.

— Então dessa vez é realmente você, Frimbo? Por que não tomou cuidado com onde tocou? — Com a última palavra, uma pistola disparou duas vezes.

Em um instante congelado, antes que qualquer observador pasmo pudesse se mover, a luz de Frimbo foi apagada e o cômodo mergulhou em completa escuridão. No mesmo momento, um guincho inconfundível de dor e terror atravessou o breu.

— Brady... a luz... rápido! — gritou Dart em tom estridente. A poderosa luz da extensão se iluminou brilhantemente.

Entretanto, não havia necessidade de afobação. Contra a parede nos fundos da câmara com cortinas pretas, de onde vinha o choro angustiado, todos viram quando uma figura se jogou no chão. Ela gemeu e se contorceu, como se em uma convulsão, e um braço estava estendido, como se preso na parede.

Dr. Archer alcançou a figura antes do detetive, começou a levantá-la, olhou para cima, para o ponto onde a mão estava presa, e mudou de ideia.

— Espere... Cuidado! — advertiu ao detetive. A mão do homem estava segurando o cabo da caixa de interruptores que ocupava aquele ponto na parede. — O cabo sempre ficou nessa posição. Aqui... empurre-o para cima segurando pelas roupas... isso... um pouco mais... vou levantar o cotovelo dele... assim! — A mão se libertou.

Sustentando a figura frouxa entre eles, colocaram o homem de pé, o viraram na luz, mais enervado do que machucado, e o puxaram para a frente.

Era o carregador da ferrovia, Easley Jones.

Primeiro, o dr. Archer fez o que podia por Frimbo, que, sentado em sua cadeira, havia caído com o rosto sobre a mesa;

ergueu o corpo dele para que voltasse à posição ereta e começou a afrouxar suas roupas para examinar os ferimentos. Frimbo, enfraquecendo rapidamente, ainda ergueu uma das mãos em protesto. Abriu um débil sorriso e sussurrou:

— Obrigado, amigo, mas não adianta mais. Foi isso que eu previ.

Martha Crouch se aproximara atordoada. Naquele instante, estava ao lado de Frimbo. Seu rosto era um retrato de perplexidade e terror. A cabeça de Frimbo caiu para a frente, o queixo encostando no peito.

— O segredo de Buwongo morre... — murmurou.

A mulher passou seu braço pelos ombros dele, que afundavam. Seu rosto tomado pelo horror se voltou ao dr. Archer, silenciosamente questionando. Ele balançou a cabeça, um tanto triste.

— E o carro lá embaixo, doutor? — perguntou Dart. — Ele pode ir correndo para o Harlem Hospital se o senhor disser.

Dr. Archer se posicionou ao lado de Frimbo por mais um momento sem responder. Depois suspirou e virou-se.

— É tarde demais — disse ele. — Levem-no para seu quarto.

Aproximou-se de Easley Jones, que estava entre dois policiais, olhando para a palma da mão esquerda, onde o cabo do interruptor o havia queimado. O médico pegou a mão do carregador da ferrovia, a inspecionou e a soltou.

— Mas que raios — começou ele, analisando o homem de cima a baixo — você tinha contra Frimbo?

Easley Jones nada disse. Sua cabeça permaneceu taciturnamente abaixada, seus cabelos se destacando como uma peruca de lã negra, as sardas escuras bem definidas contra a pálida pele marrom.

— O senhor quer dizer algo? — indagou Dart.

Ainda assim, ele permaneceu em silêncio.

— O senhor se escondeu na escuridão até que estivesse perto do interruptor que Frimbo havia mencionado no sábado à noite. Então atirou nele pelas costas, na intenção de apagar a luz e voltar para seu lugar durante a agitação. Estávamos esperando algo assim, do contrário a extensão não serviria para nada. Nós a plugamos lá embaixo, em outro circuito.

— Mas foi Frimbo quem o pegou — refletiu o dr. Archer. — Frimbo havia instalado a caixa do interruptor para que o cabo desse choque quando fosse puxado para baixo. Ele tinha previsto tudo isso... ele mesmo disse. Deliberadamente se expôs a outro ataque para pegar o assassino. Até sabia que ia morrer.

— Só não consigo imaginar que rancor guardava esse homem, mas ele nos poupou de mais problemas ao tentar de novo. Suponho que teria tentado antes se não soubesse que estava sendo vigiado. Como sabia que estávamos vigiando você, Jones?

Sem resposta.

— Inacreditável — murmurou dr. Archer. — Nada nele sugere esse tipo de esperteza...

— Frimbo!

O médico se virou, e deu um passo até Martha Crouch, que pronunciara o nome como alguém poderia gritar ao ser torturado. Nunca, em nenhum rosto, vira estampado tão intenso pesar.

— O quê, Martha...? O que está acontecendo? Ele significa tudo isso para você?

Os olhos dela, arregalados e secos, encaravam impotentes, em um suprimido frenesi de desespero. Ela teria gritado, mas não podia.

— Quer dizer que... — o médico não conseguia se convencer de aceitar o óbvio — ...que você e o Frimbo...?

Era como se o nome acoplado ao dela fosse mais do que pudesse suportar. Afastou-se de Frimbo e da repentina e tensa imobilidade de sua figura. Ele soube que, em um momento, tudo o que ela estava freando por meio de muito autocontrole explodiria em uma crise aliviante.

Repentinamente, ela deu meia-volta. Dessa vez, seus olhos, fixos em um ponto atrás de John Archer, continham a loucura da histeria. O médico manifestou um impulso para contê-la quando ela passou por ele. Hesitou um pouco demais. Antes que qualquer um percebesse sua intenção, ela partira com fúria para cima do homem cujos braços estavam sob o domínio dos dois policiais. Palavras sussurradas saíram por entre seus dentes cerrados e suas mãos acertaram o rosto dele.

— Você... matou... o único homem...

Conseguiram, após um momento, afastá-la. O que a chocou, no entanto, tirando-a daquele momento de histeria para um repentino estupor de imobilidade, não foi o firme apertar de mãos amigáveis, mas a percepção de que, em seus dedos, estava uma peruca de cabelos pretos e crespos e que o macio e negro couro cabeludo do homem à sua frente, apesar das sardas, que tão bem disfarçavam sua aparência, era o de seu marido, o agente funerário Samuel Crouch.

CAPÍTULO 24

Jinx Jenkins, liberto, e seu aliado, Bubber Brown, andaram juntos pela Sétima Avenida. Passava um pouco da meia-noite, e a cidade, estava viva. O Lafayette Theatre estava deixando as pessoas saírem um pouco mais tarde que de costume, inundando a calçada com multidões barulhentas. Táxis competiam para se aproximar do meio-fio. Elegantemente vestidos, os moradores do centro fluíam para o Connie's Inn logo ao lado. Frequentadores da rua se reuniam em grupos que comentavam e trocavam provocações. Os dois amigos caminharam lentamente pela turbulência animada, desavisados da alegria remoinhando ao seu redor, ainda fascinados pela experiência pela qual haviam passado.

— A morte na lua — mencionou Bubber. — O que que eu falei?

— Você falou que tinha sido o criado — lembrou Jinx grosseiramente.

— E o criado fez muito — respondeu Bubber. — Acabou morto, não é?

— É, isso ele fez mesmo.

— O nome dele era N'Ogo, mas ele se foi — disse Bubber.[*]

Emergiram do tumulto do quarteirão do parque de diversões.

---

[*] A pronúncia do nome N'Ogo se assemelha à da forma inglesa *not go*, "não ir", em tradução livre. *[N.T.]*

— Um sujeito inteligente, o tal Frimbo — observou Bubber. — Sabe, eu nem me importaria de ser considerado meio maluco se isso me fizesse ser inteligente assim.

— Aquele Crouch não é nenhum idiota.

— Dart disse que Crouch devia saber tudo sobre um carregador de ferrovia chamado Easley Jones para fingir que era ele.

— Hunf! Acho que agora ele deve desejar ser o outro.

— Ele estava bem diferente dele mesmo... Agia diferente, falava diferente.

— No fim das contas, não tão diferente assim.

— Ele agia e falava como os negros, só que ainda mais.

A mão de Bubber permanecia sobre o maço de notas em seu bolso. Ele ganhara o dinheiro no Vinte-e-um, mas seus pensamentos ainda estavam na câmara mortal de Frimbo.

— As sardas artificiais... esse sujeito deve ser meio louco também... Louco de ciúme, para se sentar e pensar em uma coisa assim. As sardas dele pareciam as suas, mas as deles saíam do rosto.

— As minhas quase saltaram do rosto também quando vi quem ele era. Como você acha que ele carimbou minha impressão digital naquele negócio?

Bubber, então, descreveu com entusiasmo a demonstração do médico.

— Nossa, foi assim mesmo — lembrou Jinx. — Minha cadeira estava meio estranha de um lado, mas achei que era apenas um lustra-móveis e o classificador o apagou em um lugar limpo.

— Então a gente se levantou e foi até a cornija da lareira e ficou conversando sobre aquelas máscaras e tudo mais.

— É.

— Foi aí que o sujeito apareceu e se juntou à conversa. Mas ele tinha deixado o chapéu na sua cadeira. Enquanto ficou lá falando um monte, ele pegou seu lenço e aquele taco. Então chegou a vez dele de encontrar o Frimbo. No caminho, ele se curvou sobre sua cadeira para pegar o chapéu. Foi aí que ele pegou sua impressão digital... do lugar limpo. Não levou nem um segundo.

— Aquele coveiro — murmurou Jinx. — Ele queria mesmo me enterrar, não queria?

— Se não tivesse sido você, seria outra pessoa. Ele só não queria perder a esposa e a vida de uma vez. Não dá nem para culpá-lo. É o simples bom senso.

Um jovem alegre na beira da calçada irrompeu, tentando chamar a atenção de um conhecido que passava com uma garota:

> Vou ficar feliz quando você morrer, seu danado...
> Vou ficar feliz quando você morrer, seu danado...
> Já que você não vai parar de aprontar,
> Vou acabar com você...
> Ah, seu safado... vou ficar feliz quando você passar pro
>   outro lado!*

— Rapaz, se ele soubesse o que está cantando — murmurou Bubber.

E, em profunda meditação, os dois vagaram lado a lado pela Sétima Avenida.

---

* No original: *I'll be glad when you're dead you rascal you / I'll be glad when you're dead, you rascal you / Since you won't stop messin' 'round, / I'm go'n' turn yo' damper down / Oh, you dog—I'll be glad when you're gone!*

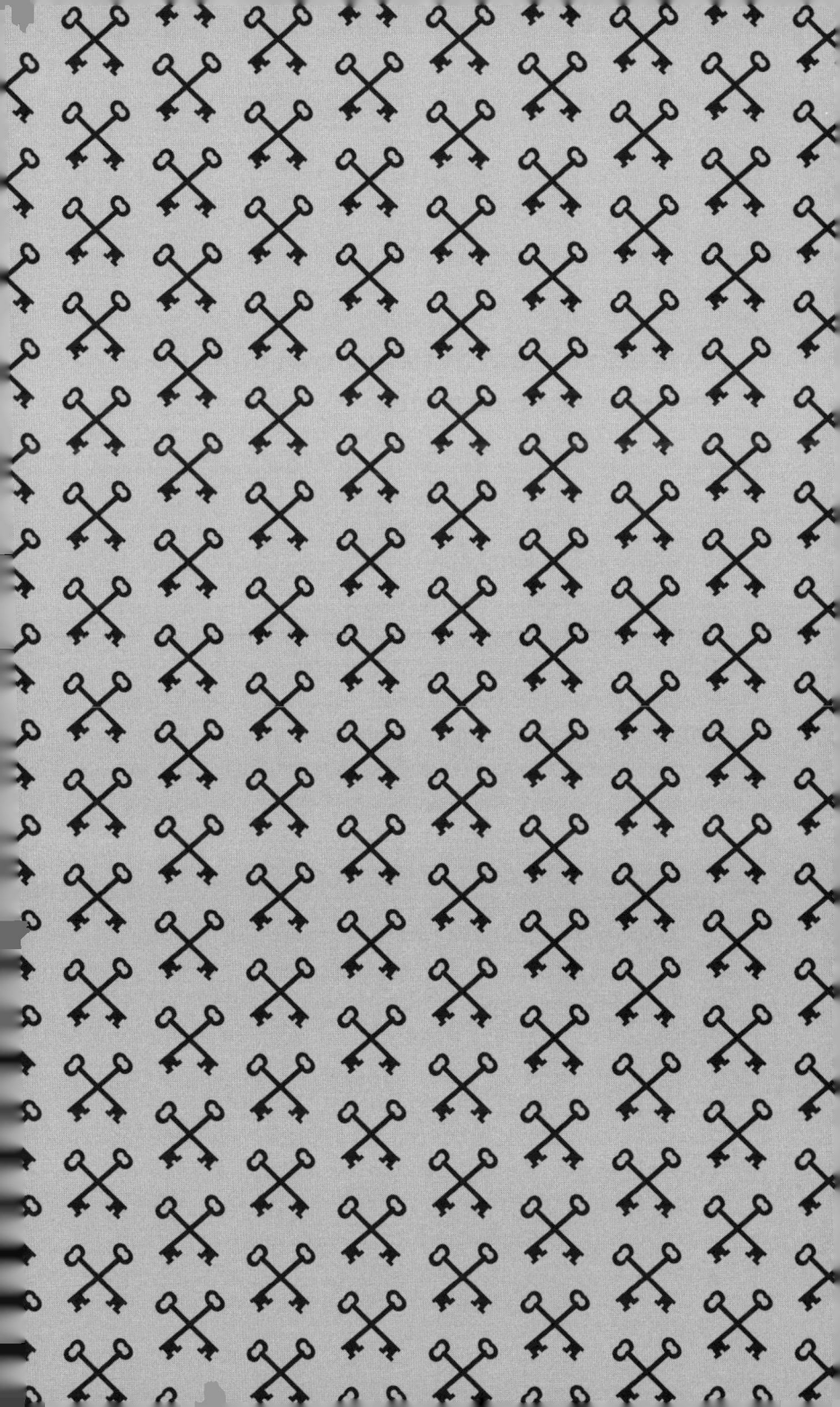

O médico e autor negro que conhecia seu Harlem e sua raça

Por Stefano Volp

No dia 1º de agosto de 1932, a foto de Rudolph Fisher, um homem negro vestido em traje social, figurou na renomada revista estadunidense *Time* em um artigo intitulado "Omnibus of Crime", que avaliava *The Conjure-Man Dies*, o segundo romance do jovem autor e médico. Além de compará-lo a outros três títulos do gênero, recorrendo a gráficos que indicavam a quantidade de cadáveres, investigadores, suspeitos, personagens engraçados e erros investigativos de cada um dos livros, o texto classificava Rudolph Fisher como um escritor "muito melhor que a maioria dos ficcionistas brancos".

O sucesso deste que é provavelmente o primeiro livro de suspense escrito por um homem negro a ser publicado por uma editora nos Estados Unidos (e não serializado em revistas, como costumava acontecer) foi reconhecido muitas outras vezes na imprensa da época. Em julho do mesmo ano, o *New York World-Telegram* disse que Fisher conhecia "seu Harlem e sua raça" e faria bem caso optasse pelo caminho da escrita em vez da Medicina. No mesmo mês, o *New York Times Book Review* o elogiou por apresentar afro-americanos de forma mais realista do que autores brancos o fariam.

No mês seguinte, o *New York Herald Tribune* chamou o livro de "um investimento sábio". O *Philadelphia Tribune*, em setembro, apesar de categorizar o romance como "desnecessariamente negroide", elegeu-o "um dos dois melhores livros do ano escritos por ou sobre pessoas negras". O romance foi reverenciado também por veículos como as revistas *Opportunity* e *Crisis*.

Para analisar a repercussão de *The Conjure-Man Dies* — publicado agora no Brasil sob o título *A morte do adivinho* — e sua recepção entre os leitores, é preciso contextualizar a obra à sua época. Esse exercício localiza uma época específica nos Estados Unidos, em que um novo horizonte se abria para a população negra, sobretudo, artisticamente.

Naquele período, logo após a Primeira Guerra Mundial, a proporção da população negra nas áreas urbanas tinha aumentado de quase 23% para cerca de 48%. Nos trinta anos desde o começo do século XX, cerca de dois milhões e um quarto de pessoas negras haviam migrado das fazendas e pequenas aldeias do sul para as cidades.[*]

O efeito desses movimentos foi visto no crescimento da população negra nas cidades do norte. Essa população nas cidades de Nova York e Chicago aumentou 114% de 1920 a 1930,[**] estabelecendo um marco na história dessas cidades. Na maior capital do país, o bairro do Harlem, tomado por uma leva de pessoas negras inspiradas por um novo modelo de vida, tornou-se um relevante centro cultural, intelectual

---

[*] ROSS, Frank A. **Urbanization and the Negro**. 1949. Publicação do American Sociological Society, nota de rodapé em E. Franklin Frazier, "The Growth and Distribution of the Negro Population", The Negro in the United States (Nova York: The Macmillan Co., 1949), p. 191.
[**] KENNEDY, Louise. **The Negro Peasant Turns Cityward**, com nota de E. Franklin Frazier, "The Growth and Distribution of the Negro Population", The Negro in the United States (Nova York: The Macmillan Co., 1949), p. 193.

e político, originando o movimento New Negro e o período que ficou conhecido como Renascença do Harlem.

Nova York abundava em patronos brancos que, aos poucos, absorviam o movimento novo, numeroso e inegável, e começavam a financiar as obras de pessoas negras. Era também a primeira vez que os negros, ainda a uma sombra próxima do regime escravocrata, uniam-se para lutar pela conquista de direitos civis, fundar suas próprias empresas, ocupar seus espaços na mídia, exigir o direito à alfabetização, cavar oportunidades socioeconômicas e desenvolver o orgulho racial.

O caldeirão da cena literária começou a borbulhar com nomes como W.E.B. Du Bois, Zora Neale Hurston, Langston Hughes, Nella Larsen, Pauline Hopkins, James Weldon Johnson e Jessie Redmon Fauset. Quatro periódicos se destacavam como veículos do pensamento e da expressão das pessoas negras, encorajando escritores, patrocinando concursos literários e publicando contos: as revistas *Crisis*, *The Messenger*, *Opportunity* e *The Colored American*. A maioria dos escritores negros de renome surgia a partir de publicações que os aproximavam de leitores não apenas negros, mas também brancos — caso da *The Atlantic Monthly*, que, em 1925, publicou "The City of Refuge", o primeiro conto do belo jovem estudioso que se tornaria uma promessa literária da época.

Rudolph John Chauncey Fisher nasceu em 9 de maio de 1897 em Washington, D.C. Sua mãe, Glendora Williamson Fisher, e seu pai, Rev. John Wesley Fisher, eram da igreja batista e, por conta do ministério, mudavam frequentemente de cidade, até se estabelecerem em Providence, Rhode Island.

Foi no menor estado do país, e um dos mais povoados, que Rudolph cresceu como um prodígio, tornando-se bem-sucedido academicamente, algo então raro para meninos negros. Em 1915, ingressou na Universidade Brown, onde estudou Literatura e Biologia, e sua habilidade para falar em público logo foi reconhecida, tendo chegado a ganhar um concurso de oratória em Harvard, em 1917. Em 1920, foi estudar Medicina na Universidade Howard, rotulada como "a pedra angular da educação negra". Depois da graduação e de um breve estágio no Howard's Freedman General Hospital, especializou-se em Biologia e Radiologia na Universidade Columbia, em Nova York.

Foi nessa época que o autor escreveu sua primeira história publicada. O conto "The City of Refuge" retratava os confrontos entre os negros recém-chegados do Sul, bem como os conflitos na sociedade do Harlem. Em Nova York, Rudolph Fisher formou com Langston Hughes, Contee Cullen, Zora Neale Hurston e Wallace Thurman, entre outros, o núcleo dos jovens fundadores do movimento renascentista na literatura,* dominando a boemia literária que puxou as cordas da produção cultural negra até o início da década de 1930.

Apesar de seu status social desconectado da maioria dos negros durante a Renascença do Harlem, Fisher provou-se excelente em produzir obras capazes de retratar a situação dos moradores do bairro e acabou se tornando o primeiro escritor renascentista a entrar para a grande imprensa, aproveitando o momento em que as principais editoras estadunidenses estavam fascinadas pela produção literária regional. A abordagem de conflitos vivenciados pelos migrantes na cena do Harlem, tema de "The City of Refuge", também apareceu em contos como "High Yaller", "The South Lingers On", "Blades of Steel" e "Miss Cynthie", que o posicionaram como um contista preciso da história social local.

---

* DOUGLAS, Kevin. Remembering Rudolph Fisher, Leading Figure of the Harlem Renaissance. **The Phi Beta Kappa Society**. Washington, DC [s.n.], 2020.

Rudolph não romantizou o Harlem e sua efervescência. Como se nota pela leitura de *A morte do adivinho*, sua obra não ignora as complexidades do gueto, tampouco sua demografia. O autor aborda o colorismo de forma convincente, se aprofunda na discussão de classe entre pessoas negras e trabalha a rica oralidade local em diálogos, além de retratar a humanidade e o toque de humor incorporado à língua e à vida dos migrantes negros do Sul em contraste com o restante do país.

Sua busca era por "traçar a topografia física e moral do Harlem durante o período renascentista como nenhum escritor jamais fez". * Diversos autores tentavam proezas parecidas, debruçando-se na mesma temática, mas Fisher destacava pela busca por uma boa história, concentrando-se no arco de seus personagens, para além da racialidade deles. Com isso, conseguiu uma conexão maior do público com suas histórias, atraindo também leitores brancos. Como escreveu Margaret Perry, "o mais espirituoso desses Novos Negros do Harlem cuja língua foi temperada com o humor mais afiado e salgado foi Rudolph Fisher".** O autor estabeleceu um belo meio-termo entre a seriedade dos assuntos abordados e um humor popular, muitas vezes satírico, no modo de retratar esses temas.

Essas escolhas literárias fizeram, por outro lado, com que Fisher encontrasse críticas dentro da comunidade negra, especialmente entre estudiosos que defendiam a existência de uma igualdade de classes nessa comunidade, tapando os olhos para conflitos que ebuliam entre um povo que proclamava união. Durante o período em que o chamado Novo Negro entrava em voga nos Estados Unidos, Fisher

---

* DEUTSH, Leonard J. The Streets of Harlem: The Short Stories de Rudolph Fisher, **Phylon** (Clark Atlanta University), 40, 1979, n.2, p. 159.
** PERRY, Margaret. **Harlem Renaissance: A Bibliography**. Nova York: Garland Publishing Inc., 1982), p. 28.

viu necessidade de delinear o tema da consciência de classe, explorando problemas ocorridos entre negros nas diversas camadas sociais. Sua intenção não era apenas revelar os conflitos de seus pares, mas apontar para uma reconciliação.

Em cada uma de suas obras, vemos que Fisher acreditava na necessidade de autoafirmação da negritude na sociedade. Para ele, no entanto, a vida não podia ser retratada apenas pelo lado militante. A vida das pessoas negras não se resumia a protestos, e ele se interessava em desenhar isso da forma mais fidedigna possível, com todos os tons necessários para espelhar a cultura do Harlem, incluindo as questões de relacionamento e afeto, a vida profissional e as festas noturnas.

Ainda em Washington, Fisher conheceu a professora primária Jane Ryder, com quem se casou e teve seu único filho, Hugh, em 1926. Dois anos depois, inspirado pelo desafio de um amigo, Fisher publicou seu primeiro romance. O desafio consistia na escrita de um livro capaz de tratar com simpatia as classes altas e baixas do Harlem negro. *The Walls of Jericho* revelou-se uma história bem-humorada que encorajava o avanço da população negra a partir da única forma de superar a desconfiança e o medo após séculos de opressão: a união.

Depois disso, Fisher se dedicou ao seu consultório particular no Harlem, tornando-se também Superintendente no Hospital Internacional de Nova York e especialista em raio-X pelo New York City Health. Após lançar *A morte do adivinho*, seu segundo e último romance, em 1932, mudou-se para a Jamaica, abriu outro consultório, e foi submetido a uma primeira cirurgia para um distúrbio estomacal que lhe acometia. Ele se dedicava à adaptação teatral de *A morte do adivinho* quando, em 26 de dezembro de 1934, aos 37 anos, morreu de câncer intestinal. Estudiosos suspeitam de que a doença tenha resultado de sua exposição profissional à radiação.

Apesar das proezas de sua carreira literária e do pioneirismo no gênero enquanto homem negro, o centenário do autor passou em silêncio. Para o público geral, Rudolph Fisher praticamente não existe. No *establishment* literário, ainda que suas obras tenham sido recentemente encontradas e reeditadas, pouco esforço é feito para que sejam notadas.

Felizmente, o resgate dessa obra, que idealizei a princípio pela editora Escureceu, no que seria um projeto de financiamento coletivo, agora encontra lugar na HarperCollins, casa editorial que adquiriu os direitos da tradução que iniciamos por lá e se propôs a jogar luz sobre Fisher e sua obra. Considero este um feito e tanto; ver isso tomar forma me traz uma alegria que não cabe em palavras. Espero que *A morte do adivinho* inspire leitores a vasculharem o passado em busca das joias produzidas por aqueles que vieram antes de nós, valorizando-as e passando-as adiante.

Rudolph Fisher (1897-1934)

Rudolph John Chauncey Fisher foi médico e escritor. Com uma vasta obra de ficção que retratou realisticamente a vida urbana negra no Norte, principalmente no Harlem, Fisher foi criado em Providence, Rhode Island, onde fez mestrado pela Universidade Brown. Mudou-se para a cidade de Nova York em 1925, e começou a publicar textos de ficção em revistas importantes como a *Atlantic Monthly*. Viveu a maior parte de sua vida no Harlem. Ele faleceu aos 37 anos, em 1934.

Este livro foi impresso pela Lisgráfica, em 2023,
para a HarperCollins Brasil. O papel do miolo é
pólen natural 80g/m², e o da capa é cartão 250g/m².